P.S.
VERGISS MICH NICHT

Roman

Ähnlichkeiten mit lebenden Personen und realen Ereignissen sind rein zufällig und nicht beabsichtigt.

Dann dreht sich
plötzlich alles
und du weißt nicht mehr,
was oben und was unten ist...

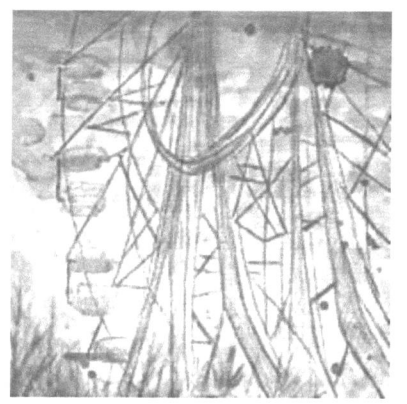

Bibliografische Information der Deutschen Nationalbibliothek:
Die Deutsche Nationalbibliothek verzeichnet diese Publikation in der Deutschen Nationalbibliografie; detaillierte bibliografische Daten sind im Internet über http://dnb.dnb.de abrufbar.

© 2015 Name des Autors/Rechteinhabers **Lena Ullmann**

Illustration des Covers: **Vivian TAN Ai Hua**

Herstellung und Verlag: BoD – Books on Demand, Norderstedt

ISBN: 978-3-7392-1489-4

Kleiner Überblick, worum es geht

Ein verräterisches Handy

Wer bitteschön ist Sebastian?

Was man über Anna wissen sollte

Dieses Pärchending zwischen Anna und Sebastian

Alle haben was zu meckern

Nicht jugendfreie Themen einer Beziehung

Besser ein Ende mit Schrecken

Konsequenz ist wohl nicht Annas Stärke

Anna, das ist nicht fair

Irgendwann erwischt es jeden mal so richtig

Sebastian gehts noch?

Liebling, bitte heirate mich

Ab in den Norden

Noch nie was von Verhütung gehört?

Das Leben schreibt manchmal skurrile Geschichten

Noch ein ganz und gar nicht jugendfreies Kapitel

Habt ihr eigentlich gar kein Gewissen?

Das musste ja so kommen

Annas Sebastiankrise oder Sebastians Annakrise?

Annasüchtig oder nur neugierig, das ist hier die Frage

Diagnose: Definitiv Sebastiansüchtig

Kreuzverhör im Chat

Die Schuldfrage

Missbraucht und durchs Telefon geohrfeigt

Wenn Liebe fast tötet

Das war längst überfällig

Wie vergisst man bitte den Mann seines Lebens?

Wenn es in der Sauna heiß wird

Bloß nicht sentimental werden

Ich mach dich fertig: Den Rest regelt mein Anwalt

Auf dem Eifelturm

Mit sich selbst ins Reine kommen

Wer hätte das gedacht

Nachwort von Anna

1

Ein verräterisches Handy

Als Sebastian die Wohnung betrat, lag irgendetwas in der Luft. Er konnte es förmlich riechen. „Regina, bist du da?", rief er in die Richtung, die zur Küche führte. Plötzlich stand sie vor ihm. Ihre finstere Miene versprach gar nichts Gutes. „Sebastian, erkläre mir bitte mal diese Nachricht auf dem Handy", fauchte sie ihn an und hielt ihm sein Smartphone unter die Nase. Ihre Augen funkelten wütend. Ohha, da war er unvorsichtig gewesen! Er hatte sofort registriert, dass sie das „Annahandy" in ihren Händen hielt. Verdammt, er hatte es, als er gestern Abend die ganzen schönen Kurznachrichten von Anna heimlich wieder einmal gelesen hatte, nicht sorgfältig genug versteckt. Und jetzt spontan eine Ausrede zu erfinden, lag Sebastian überhaupt nicht. Er druckste herum: „Regina, das ist lange her." Wie eine Furie ging diese auf ihn los: „Lange? Für wie blöd hältst du mich? Jede einzelne SMS trägt ein Datum! Anna, das war doch deine allererste Liebe!" „Ja", meinte Sebastian nun kleinlaut, „Stimmt!" „Warum hast du mit der Kontakt? Und überhaupt, was ist das für ein Handy? Normal hast du doch ein ganz anderes!" Basti fiel so spontan überhaupt keine Erklärung ein und um sich nicht weiter zu belasten, schwieg er lieber. „Wie, du hast zu deiner Verteidigung überhaupt nichts zu sagen?", schrie Regina noch aufgebrachter und schoss nun wutschnaubend aus dem Zimmer. Dabei brüllte sie noch: „Auf Nimmerwiedersehen, du Arsch." Peng! Die Haustür fiel ins Schloss. Jetzt wurde es heikel. Das erkannte Sebastian direkt.

Regina, in Bezug auf Partnerschaften ein gebranntes Kind, das schon in erster Ehe scheiterte, hatte angenommen, in Sebastian endlich den Mann gefunden zu haben, dem sie vertrauen konnte. Und sie war die Partnerschaft mit ihm eingegangen, obwohl ihre ganze Familie sich gegen die Beziehung ausgesprochen hatte. Seit dreizehn Jahren traten Basti und sie überall im Doppelpack auf und galten als unzertrennliches glückliches Paar. Bastis Aufmerksamkeit, Feinfühligkeit, seine Fixierung ausschließlich auf sie und seine Biegsamkeit gefielen Regina. Allerdings, wenn sie ehrlich war, erschien es ihr in der letzten Zeit öfter so, als hätte er Geheimnisse vor ihr. Abends ging er regelmäßig erst erheblich später als sie ins Bett, weil er angeblich noch sehr wichtige Dinge am Computer zu erledigen hatte. „Basti, was machst du da?" Wiederholt war sie unerwartet ins Arbeitszimmer geschlichen und hatte versucht, über seine Schultern einen Blick auf den Bildschirm zu erhaschen. Aber er war jedes Mal schneller gewesen und hatte die Seite schleunigst weggeklickt und ertappt gefragt: „Wieso?" Sie hatte lieber diplomatisch geschwiegen und sich damit beruhigt, dass er sich, wie alle Männer, nur heimlich Pornobildchen anschaue und beschlossen, ihm diesen Spaß nicht weiter zu verderben. Dann ließ er sie wenigstens in Ruhe. Aber lag sie wirklich richtig mit dieser Erklärung?

Bastis geheime Aktivitäten am PC hatten fast immer mit Anna zu tun, deshalb wartete er vorsichtshalber, bis Regina fest eingeschlafen war. Dann las er alte Mails von Anna, schaute sich brave, aber auch pikante Fotos von ihr an und stalkte sie auf den Onlineseiten, auf denen sie aktiv war, denn nach ihrem Kontaktabbruch musste er unbedingt wissen, was sie so treibt, wie es ihr geht, ob sie über ihn schreibt und an ihn denkt. Oh ja! Neugierig war er! Ohne Frage!

Dass Regina jemals von Anna erfuhr, das wollte Sebastian aber unbedingt vermeiden.
Mit dem Auffliegen seiner Untreue hatte er jetzt überhaupt nicht gerechnet.

Was nun? Ratlos blickte er sich um. Mit Liebesschwüren würde er auf gar keinen Fall weit kommen. Er kannte seine starrköpfige, äußerst empfindliche Freundin. Wohin sie wohl entschwunden war? Und die Chance, sich aus dem Fiasko geschickt herauszulügen, war ebenfalls vertan. Ach! Sebastian hasste unbequeme Konflikte. Das hatte ihm nun gerade noch gefehlt. Für so etwas hatte er nach einem stressigen Arbeitstag in der Firma überhaupt keinen Kopf! Anna! Immer wieder verursachte diese Frau Chaos in seinem Leben. Jetzt sogar ganz ohne ihr Zutun! Anna. Anna. Anna. Er musste aufpassen, denn die Sehnsucht nach seiner Jugendliebe saß ihm schon wieder im Nacken und die konnte er jetzt gar nicht gebrauchen. Eine perfekte Strategie musste her, um seine Freundin zurück an seine Seite zu holen.

Die ganze Nacht ließ Regina sich nicht mehr blicken und am nächsten Tag tauchte eine Arbeitskollegin von ihr auf. „Sebastian, Regina möchte, dass ich ihre Kleider hole," sagte diese in einem nichts Gutes verheißenden Tonfall, musterte ihn herablassend von oben bis unten und begann hektisch, Reginas Kleiderschrank zu inspizieren und Wichtiges in dem riesigen Koffer zu verstauen, den sie mitgebracht hatte. „Bastian, du bist wirklich das Allerletzte", fauchte sie ihn dabei feindselig an.

Erst als der weibliche Eindringling die Wohnung endlich grußlos verlassen hatte, setzte Sebastian sich mit einem Glas Rotwein auf sein bequemes Sofas, atmete mehrfach ganz tief durch, um sich zu beruhigen, schaltete entspannende Musik ein und begann nachzudenken. Jetzt war also endgültig der Zeitpunkt eingetreten, an dem er entscheiden musste, was er wirklich wollte. Hatte er Lust darauf, zu betteln und zu flehen, dass Regina zu ihm zurückkommt, um dann wie ein Hündchen mit dem Schwanz zu wedeln und Männchen zu machen und unterwürfig auf ihre Kommandos zu warten, um sie gnädig zu stimmen? Schon länger kam ihm immer öfter der Gedanke, dass ein Singleleben in vieler Hinsicht sehr viel angenehmer wäre. Im Grunde brauchte er Regina doch gar nicht! Oder?

Und eigentlich liebte er doch…Halt, Stopp, was passierte denn da gerade mit ihm? Nix da! Annagedanken! Husch, husch, Fenster auf und raus mit euch!

2

Wer bitteschön ist Sebastian?

„Dein Sohn." Stolz drückte Kathrin ihrem Jochen den kleinen, dicken Schreihals in den Arm. Noch völlig geschafft von der extrem anstrengenden Geburt hätte sie am liebsten nur vierundzwanzig Stunden am Stück geschlafen, aber der Winzling brauchte sie jetzt, hatte Hunger für Drei und wollte kuscheln. Jochen betrachtete den Kleinen mit gemischten Gefühlen: „Du kleiner Wicht, mein eigen Fleisch und Blut. Muss ich wegen dir den Plan meines Lebens ad acta legen und die sorgfältig vorbereitete Flucht in den Westen abblasen?" Kathrin bemerkte Jochens Zweifel. Für so etwas besaß sie ausgeprägte Antennen, aber sie sagte nichts.

Wenige Tage später rückte Jochen dann endlich mit seinen bisher unausgesprochenen Zukunftsplänen heraus: „Kathi, ich will, ich muss in den Westen. Hier in Greifswald wird es für mich immer brenzliger." Diese Aussage stimmte. Jochen war unbequem: Er ließ sich nichts gefallen, nahm nie ein Blatt vor den Mund und hatte sich damit in eine fatale Situation gebracht. Seine Chefs, die seine oft berechtigte Kritik nicht hören wollten und durften, konnten jeden Moment dafür sorgen, dass er aus nichtigen Gründen für immer im Gefängnis der Deutschen Demokratischen Republik verschwinden würde und was das bedeutete, wusste man nur zu gut! „Freunde haben mir die Möglichkeit eröffnet, mich relativ unproblematisch in den Westen abzusetzen. Kathrin, ich will dir da nichts vormachen. Alles ist sorgfältig geplant und ich wünsche mir sehr, dass du mit mir kommst!" Sie hatte nur verständnisvoll genickt, um später mit dem kleinen Wonneproppen im Arm bitterlich zu weinen. „Basti, dein Vater will uns verlassen! Sag mal", sie schaute das friedlich nuckelnde Söhnchen liebevoll an: „Erlaubst du es mir, dass ich dich hier bei Oma und Opa lasse und deinen Vater begleitete?" Einen Moment schien es so, als nicke der kleine Basti zustimmend. Ein mutiger Entschluss reifte in ihrem Kopf. Allerdings brauchte sie dazu die Hilfe ihrer Eltern. „Würdet ihr euch um Sebastian kümmern, wenn ich mich mit Jochen in den Westen absetze? Kann ich ihn bei euch lassen, bis ihr nachkommen könnt? Ihr seid die einzigen Menschen auf der Welt, bei denen ich mein wertvolles Söhnchen ohne Skrupel zurücklassen kann. Ihr wollt doch sicher ohne uns auch nicht hierbleiben. Oder? Dann kommt ihr nach und bringt den Kleinen mit! Wenn ich diesen Schritt nicht gehe, verliere ich meine große Liebe für immer und beide Kinder müssen ohne Vater aufwachsen!" Gottergeben hatten ihre Eltern, die nur diese eine Tochter besaßen und abgöttisch liebten und ihr nie einen Wunsch abschlagen konnten, genickt. „Kathrin sei beruhigt, Basti wird es sehr gut bei uns haben. Das weißt du. Lebe dein Glück! Wir werden dann einen Ausreiseantrag stellen. Bei Rentnern geht das schnell und wird sich unproblematisch gestalten. Anschließend werden wir so schnell wie möglich nach Westdeutschland nachkommen", versprachen die Eltern.

Hartnäckig hatte Kathrin allerdings darauf bestanden, die fünfjährige Tochter mitzunehmen: „Ohne die Kleine gehe ich nirgends hin!" Und das kleine Mädchen gab ihr enorm viel Kraft, die Strapazen und Risiken ihrer Flucht nervlich durchzuhalten. „Jochen, was geschieht denn, wenn wir erwischt werden?", hatte Kathrin ihn immer wieder ängstlich gelöchert. „Dann dürfen wir die Gefängnisse unseres Landes für sehr viele Jahre von innen betrachten!", hatte er gemeint. „Und die Kinder?", fragte Kathrin ängstlich. „Keine Sorge, die kommen nicht in den Knast! Die werden zu Pflegeeltern gegeben! Zu ganz besonders überzeugten Sozialisten!" Da war ihr angst und bange geworden.

Als sie Westberlin wohlbehalten, ohne lebensgefährliche Komplikationen erreichten, jubelte Jochen; „Kathrin, die Freiheit begrüßt uns", war völlig aus dem Häuschen und nahm seine Frau und das Töchterchen glücklich in die Arme. „Wir sind frei, wir sind frei, wir sind frei! Fröhlich schlenderten sie den Kudamm entlang und Jochen spendierte Unmengen von Bananen. „Esst, meine Süßen! Esst, bis ihr platzt. Ein Leben im Wohlstand ohne Zensur und Kontrolle kann beginnen!" Ein Schatten huschte über Kathrins Gesicht. Der Gedanke an ihren kleinen verlassenen Sohn schmerzte einen Moment, deshalb konnte sie sich nur bedingt freuen. Aber die Dinge überschlugen sich und schon ging es nach Bonn, wo ein recht gut bezahlter Job auf den aktiven jungen Familienvater lauerte. Wie mag es Basti und meinen Eltern gehen, quälte Kathrin jeden Abend vor dem Einschlafen ihr schlechtes Gewissen. Bin ich eine Rabenmutter und Rabentochter? Seit Monaten blieben ihre Briefe an die Eltern unbeantwortet, sie verschwanden oder kamen sporadisch mit „Empfänger verzogen" zurück. Auch alle Kontaktversuche zu alten Freunden scheiterten. Was war geschehen? Verzweiflung überfiel die junge Mutter.

Die Ungewissheit blieb. Kathrin hörte überhaupt nichts aus Greifswald und badete in Selbstvorwürfen. Wo waren ihre Eltern und ihr Sohn abgeblieben? Hatte man sie etwa verhaftet und Basti zu Pflegeeltern gegeben? Auch über Bekannte erfuhr sie nichts! Mittlerweile waren sechs Jahre verflogen. Die Ungewissheit zerfraß Kathrin, auch wenn sie ihre Verzweiflung geschickt verbarg.

Vergeblich stellten Kathrins Eltern in Greifswald einen Ausreiseantrag nach dem anderen, alle wurden wieder und wieder abgelehnt. „Ihre Tochter hat sich respektlos der Deutschen Demokratischen Republik gegenüber verhalten, das können wir nicht noch honorieren", hieß es vorwürfig. Andere durften in den Westen ziehen, die alten Leute mit dem kleinen Jungen wollte man jedoch nicht gehen lassen. So wuchs Basti elternlos, aber gut behütet bei Oma und Opa auf, war deren kleiner Sonnenschein, lachte viel und war sehr brav und ruhig, manchmal beängstigend unbeweglich für einen kleinen Jungen seines Alters. „Basti, iss schön, damit du groß und stark wirst", betonte die Großmutter bei jeder Gelegenheit und stopfte das Kerlchen mit Leckereien voll. Das arme Kind musste schon auf seine Mutter verzichten, dann sollte es wenigstens ordentlich ernährt werden! Und dann, Sebastian feierte schon seinen sechsten Geburtstag, geschah das Wunder. Kathrins Eltern wurden in das Rathaus bestellt und nach endlosem Warten in ein Büro geführt. „Sie dürfen unser Land schon nächste Woche mit ihrem Enkel verlassen. Ihr Eigentum, ihre Immobilien, ihr ganzes Hab und Gut fällt damit allerdings an den Staat. Sie können nur das Nötigste mitnehmen", erklärte ein übereifriger Beamter. Die Freude hielt sich bei allen sehr in Grenzen. Besonders Basti schimpfte und tobte, denn er wollte nicht weg von seinen Freunden, Tieren und seinem Kindergarten. Wer verlässt schon gerne seine Heimat? Schweren Herzens verabschiedeten sich die alten Leutchen von ihrem geliebten Mecklenburg-Vorpommern, ihrem Gut, auf dem seit Generationen die Familie glücklich lebte, ihrem großen Freundeskreis, um im Westen in einem unwirtlichen Auffanglager für Flüchtlinge zu landen, aus dem es zunächst monatelang kein Entkommen gab. Unsicherheit beherrschte ihr erstes Jahr in Westdeutschland. Sie besaßen weder ein Lebenszeichen noch eine Adresse von ihrer Tochter und deren Familie, seit diese geflüchtet war. Trotzdem! Es war ihre Pflicht, Sebastian wieder zu seinen Eltern zu bringen. Nur, wo sollten sie anfangen zu suchen? Erst nach mehr als einem Jahr intensivster Recherchen wurde der Großvater fündig. Es hatte die Kinder in die Stadt Bonn im Rheinland verschlagen. Nachdem die Tochter sich bereit erklärt hatte, allen Asyl zu gewähren, durften sie endlich nach Bonn reisen. Glücklich betraten sie die Wohnung, die Kathrin mit Jochen und Marlies bewohnte und die Kathrins Eltern nach einem Jahr Flüchtlingslager vorkam, wie ein kleines Paradies, auch wenn sie für sechs Personen aus allen Nähten platzte.

Mit fast sieben Jahren lernte Sebastian bewusst Mutter, Vater und Schwester kennen und fremdelte zunächst. „Fremde Frau, lass mich!", fauchte er seine Mutter an, als Kathrin ihn glücklich in ihre Arme schließen wollte und lief schutzsuchend zu Oma und Opa. Aber schon bald fand Basti Gefallen an der Frau, die sich Mutter nannte und ihm nahezu jeden Wunsch von den Lippen ablas. Auch der meist ernst dreinschauende Vater mit seiner lauten, brummigen Stimme war Basti ganz und gar nicht geheuer. Aber er gewöhnte sich schnell auch daran. Und tägliche Zankereien mit der Schwester ließen auch nicht lange auf sich warten. Langsam ging die Familie zum Alltag über.

Als Sebastians Mutter ein paar Monate später das Kinderzimmer betrat, traute sie ihren Augen nicht: „Basti, was wird das denn?" Da stand der Siebenjährige und um ihn verstreut lagen

sämtliche Dessous seiner großen Schwester. Und damit nicht genug: Der Kleine selber bemühte sich krampfhaft, einen der Büstenhalter, einen schwarzen mit ganz viel Spitze, anzuziehen und stolzierte anschließend, mit seinem kleinen, ausladenden Hinterteil eifrig wackelnd, vor Eitelkeit strotzend durch das Zimmer „Sebastian, bist du noch bei Verstand?", fragte Frau König völlig entgeistert. „Ich, ähhh, also, die Marlies hat mir befohlen, ihre Wäsche anzuziehen, sonst haut sie mich", behauptete der Junge mit pfiffigem Augenaufschlag und dem treunaiven Blick, der immer wirkte. Sein Interesse an ausgefallenen Dessous sollte ihn übrigens sein ganzes Leben lang begleiten.
„Marlieeees", brüllte Frau König ungehalten und schon erschien Sebastians große Schwester und brach in schallendes Gelächter aus, als sie den kleinen Bruder in seiner ausgefallenen Kostümierung mitten im Zimmer stehen sah. „Sag mal, Kleiner, gehts noch?" Erst dann registrierte sie, dass ihre Mutter alles andere als belustigt wirkte. „Marlies hat mir aber befohlen, die Wäsche anzuziehen", behauptete der Kleine zum zweiten Mal dreist und frech. Diese spontan zusammengereimte Ausrede überzeugte die Mutter, obwohl sie ganz und gar nicht den Tatsachen entsprach. „Marlies, das Chaos räumst du auf", befahl Frau König angesäuert, „wahnwitzig, auf was für dumme Gedanken du den Basti immer bringst!" „Mutter, ich…", setzte das Mädchen an, verstummte aber gleich wieder, denn Frau König hatte einen Narren gefressen an ihrem kleinen, korpulenten Wonneproppen, da war es zwecklos zu meckern. Basti war pfiffig genug, diese Tatsache zu seinem persönlichen Vorteil auszunutzen. „Komm Schatz, zieh dich an, in der Küche warten leckere Wiener Würstchen auf dich", säuselte die Mutter schon wieder verführerisch. „Hey, wird der jetzt

auch noch belohnt? Ist ja nicht zu fassen", protestierte Marlies, aber niemand hörte ihr zu.

Als einziger Sohn und zukünftiger Stammhalter wurde Sebastian von allen Seiten maßlos verwöhnt. Ob das die richtige Option für seine weitere Entwicklung war?

„Komm mal mit", überraschte Sebastians Vater ihn an seinem 10. Geburtstag und führte das aufgeregte Geburtstagskind zur Wiese neben dem Wohnhaus. Dort graste friedlich ein niedliches, weißes Shetlandpony. „Basti, das Tierchen gehört ab heute dir", erklärte er nun seinem Sohn. „Du bist jetzt alt genug, um die Verantwortung für ein anderes Lebewesen zu übernehmen!" Gut, dass er Basti nicht ansah, denn dessen Mimik wechselte von Schock über Angst zu Ekel und Ablehnung. „Och, ich glaube, das Pferd brauche ich eher nicht", kommentierte Sebastian das großzügige Geschenk enttäuscht. Allein der Gedanke, sich ab sofort täglich um das Pony kümmern zu müssen, reizte ihn ganz und gar nicht. Die Fortbewegung auf Pferden war Sebastian schon immer eher suspekt. „Papa, du musst nicht glauben, dass ich mich auf so ein wackliges Ding raufsetze", meckerte er unzufrieden. „Übrigens werde ich es Frikadelle nennen", verkündete er mit bockigem Gesichtsausdruck. „Bist du dumm? Das ist ein Tier und kein Nahrungsmittel!", schimpfte Marlies, die wieder als Einzige den Mut besaß, den Jungen zu kritisieren. Basti sah sie mit seinem „Ich-bin-Mamis-Liebling-Triumphblick" herausfordernd an und grinste breit: „Ich bin jetzt der Besitzer und bestimme! Basta! Frikadelle komm." Er schnappte sich die Zügel, zerrte wild an ihnen herum und bemühte sich, das Tier in Bewegung zu setzen. „Los, du störrisches Biest, beweg dich!" Das funktionierte natürlich überhaupt nicht, denn Ponys können genau so stur sein wie zehnjährige Jungen. Am liebsten schaute Sebastian sich das Tier sowieso aus der Ferne an.

Zum Glück war Sebastian ein sehr groß gewachsenes Kind, dennoch sah man sein Übergewicht, in Form von Speckröllchen über den Körper verteilt, deutlich. Das führte in der Schulzeit dazu, dass andere Schüler hinter vorgehaltener Hand über seine Figur lästerten: „Vorsichtig, geht lieber in Deckung, massives Riesenbaby im Anflug." Sebastian überhörte derartige Sprüche, legte sich schon sehr früh eine besonders dicke Haut zu und ließ solche Hänseleien gar nicht an sich herankommen. Die sind nur neidisch, beruhigte er sich, denn Männer müssen groß und stark sein. Das hatte seine Großmutter ihm schließlich immer eingeredet!

Später, als sein Interesse am anderen Geschlecht sein Denken mehr und mehr dominierte, bemerkten die Mädchen ihn gar nicht, obwohl er mit seiner überdurchschnittlichen Körpergröße und Leibesfülle kaum zu übersehen war. Aber ihm fehlte einfach dieses Attraktivitätsdingsda, das die Frauen zum Schmelzen bringt, wenn Mann die Bildfläche betritt. „Wie schafft ihr es bloß immer, dass ihr euch aussuchen könnt, welche Weiber ihr mit ins Wochenende nehmt und welche ihr in die Wüste schickt?", fragte er neidisch seine Kumpel.

In der Vierzimmerwohnung der Familie stapelten sich in Sebastians Teenagerzeit zwei Großmütter, der Großvater, drei Schwestern, die Mutter, sein Vater und Sebastian selbst. Von Intimsphäre und Rückzugsmöglichkeiten ließ sich in dieser Situation nur träumen. Basti konnte höchstens unter der Bettdecke heimlich onanieren und zwar nur dann, wenn wirklich alle anderen im Zimmer im Tiefschlaf lagen. Selbst die Toilette war immer hochfrequentiert. Und es gab nur eine einzige in der Wohnung! Hier lernten sämtliche Familienmitglieder schon früh das Schlangestehen samt Bedürfnisaufschub, was manchmal durchaus unangenehm werden und enden konnte, und Sebastian schwor sich: Wenn ich erwachsen bin, miete ich mir nur eine Wohnung mit mindestens zwei Toiletten. Ihm war Ruhe und Gemütlichkeit am stillen Örtchen ein ganz ausgeprägter Herzenswunsch.

„Sebastian, mein Freund bietet dir eine Lehrstelle als Elektriker. Ich denke, diese Chance solltest du unbedingt nutzen", meinte Bastis Vater kurz vor dessen Hauptschulabschluss.
„Was zahlt der?"
„Sei froh, überhaupt eine Lehrstelle zu bekommen, die liegen wahrlich nicht auf der Straße!"
Der phlegmatische Junge muss durch körperliche Arbeit dazu gebracht werden, festzustellen, wie viel angenehmer es ist, seine Gehirnzellen einzusetzen und geistig zu arbeiten. In meinem Sohn steckt nämlich viel mehr, dachte Bastis Vater sich. Man muss nur den richtigen Knopf drücken. Und dieses Konzept ging auf. Sebastian fand sehr schnell heraus, dass es weniger anstrengend ist, für die Schule zu lernen, als sich auf den Baustellen abzurackern und dabei körperlich völlig zu verausgaben. „Ich glaube, ich will doch noch ein Fachabitur machen und studieren", verkündete der Junge schon nach der ersten Woche seiner Lehrzeit.
Auch was Frauen betraf, beschloss Sebastian endlich in die Offensive zu gehen. Zunächst stellte er die ausschweifende Esserei ein: „Bitte verschont mich in Zukunft von Schokolade in jeglicher Konsistenz, unzähligen Chipstüten, Bonbons und fetten Sahnetorten", instruierte er die spendablen Großmütter energisch, die es doch nur gut mit ihm meinten und brachte konsequent seine Figur in eine annehmbare Form. „Von nix

kommt nix", sagte er sich immer wieder und sammelte in einer Schublade die Süßigkeiten, die sie ihm trotzdem noch aufzwangen. Sebastian hatte Mühe, die ganzen Kalorien woanders an den Mann oder die Frau zu bringen, aber er selbst blieb standhaft und ernährte sich gesund und kalorienarm.

„Was hältst du denn davon, einen Tanzkurs zu besuchen?", schlug Frau König ihrem Sohn vor, denn sie sah, wie sehr er darunter litt, weit und breit als einziger immer noch keine Freundin zu haben. „Guter Plan", stimmte dieser zu, schließlich gab es in Tanzschulen reichlich Mädchenüberschuss. Zunächst besuchte er einen Anfängerkurs. Selbstbewusst umwarb er anfangs die Michaela, deren gut geformte Brüste ihn außerordentlich anlockten. „Hör mal, nicht, dass du dir falsche Hoffnungen machst. Ich suche keinen Freund!", erklärte ihm das Mädchen mit der ansprechenden Oberweite unverblümt, als ihr Sebastians Penetranz nur noch auf den Wecker ging und ließ ihn einfach stehen. Damit fiel dieser ein paar Tage in alte Unsicherheiten zurück. Was mache ich falsch? Warum erkannte die schon wieder meine Werte nicht? Ich bin doch ein stattlicher vorzeigbarer Mann! Aber dann konnte er sich erneut aufraffen, erst die Kerstin mit dem knackigen, ausladenden Hinterteil und danach die Gudrun mit ihren flammendroten Locken im Tanzkurs aufzufordern und sich Hoffnungen zu machen, sie dann auch mal nach Hause begleiten und in einer dunklen Ecke berühren zu dürfen. „Sebastian, ich habe wenig Zeit", winkten nacheinander erst Kerstin dann auch Gudrun ab. Und wieder waren es andere Jungen, die diese beiden ausführen und angrapschen durften. Ein Satz mit X, das war wohl nix, sagte Sebastian sich enttäuscht. Aber so schnell gebe ich die Frauensuche nicht auf, beschloss er, schließlich besaß er diese enorm dicke Haut, die er sich im Laufe seines jungen Lebens zugelegt hatte und die ihm letztlich half, die Absagen der Mädchen einfach abprallen zu lassen. Jetzt wollte er es wissen! Wenn nicht in der Tanzstunde, dann halt in der bekanntesten Disko des Ortes. Eine Freundin muss jetzt her! „Dirk, Treffpunkt Disko, morgen einundzwanzig Uhr", instruierte Sebastian seinen besten Freund, als das Wochenende anbrach.

„Mutter, bring mir doch bitte mal ein passendes Hemd", rief Basti am Abend ungeduldig. Er war es gewohnt, von seiner gutmütigen Mutter bedient zu werden. Sorgfältig schmiss er sich für den Diskobesuch in Schale: Trug seinen teuersten Blazer und eine perfekt sitzende XXL-Designerjeans. „Mutter, was denkst du?", fragte er, sich selbstgefällig vor dem Spiegel hin- und her wendend und seine Mutter verstärkte seine Eitelkeit überschwänglich schwärmend: „Fantastisch, was für eine attraktive Erscheinung du bist, Sebastian! Mein wunderbarer Sohn!" „Heute", sagte dieser sich gebauchpinselt von den schönen Komplimenten, „genau heute wird es geschehen." Ob er endlich einmal richtige Vorahnungen hatte?

Sein Freund stand schon ungeduldig am Eingang: „Da bist du ja endlich! Steh mir hier schon die Beine in den Bauch." Beide Männer waren so edel gekleidet, dass es ein Leichtes für sie war, an den Türstehern vorbei zu kommen. Die hübschen Mädchen um sie herum ließen sie von der ersten Minute an richtig übermütig werden. „Basti, welchem Hasen spendieren wir nun den ersten Drink?", fragte Dirk anzüglich grinsend, „die Auswahl ist ja heute beeindruckend. Eindeutiger Frauenüberschuss! Mindestens drei für jeden Mann!" „Nicht so stürmisch, wir müssen nichts überstürzen", entgegnete Sebastian kontrolliert wie immer und ließ seinen Blick im Kreis wandern. Es gab tatsächlich ein Mädchen, das ihn auf Anhieb faszinierte. „Schau mal, Dirk, die Blonde da! Die hat doch mal eine sehr ansprechende Figur, schlank, aber nicht zu abgemagert, genau wie ich es mag!" Während er sie beobachtete, nahmen wilde erotische Phantasien neunzig Prozent seines Denkapparats in Besitz. Sie war nicht zerbrechlich, sondern schlank und durchtrainiert und er müsste keine Angst haben, ihr weh zu tun, wenn er auf ihr liegt. Und ihre wohlgeformten Brüste entsprachen genau dem, was er sehr mochte. Mit ihnen ließ sich seine große Hand schon ausfüllen. Schließlich wollte er auch etwas zum Anfassen haben.

„Los, sprich sie an!"

„Soll ich wirklich?"

Schweißperlen bildeten sich auf Bastis Stirn und in Anbetracht der bevorstehenden Ansprechaktion bröckelte seine Selbstsicherheit etwas. Er musste dauernd zu ihr schauen und kalkulierte jedoch, um nicht enttäuscht zu werden, schon ein, sich bei ihr vielleicht auch wieder einen Korb zu holen.

„Wenn man sie so tanzen sieht, bekommt man richtig Appetit", meinte er und leckte sich gierig über seine Lippen.

„Dass du immer ans Essen denkst, Basti, du sabberst ja schon wieder! Auf jetzt, sprich sie an und friss sie auf!"

Sebastian atmete noch einmal ganz tief durch und stürzte dann zu ihr. Er stellte sich vor ihr auf und schaute durch seine Brillengläser in ihre strahlendblauen Augen, die nicht auswichen, sondern ihn anlächelten. Dabei hatte Basti in diesem Moment das Gefühl einen Magneten verschluckt zu haben, so sehr zog ihn dieses Mädchen gerade an. Was geschah denn da mit ihm? Seine Stimme klang belegt vor Aufregung. So krächzte er, fast als wäre er noch im Stimmbruch, aufgeregt: „Du, wollen wir tanzen?"

3

Was man über Anna wissen sollte

„Sag mal, hatte ich grade eine Erscheinung, oder ist die kleine Anna von nebenan eben nur mit einem Unterrock bekleidet auf den Spielplatz gelaufen?", fragte Frau Brinkmann, eine Nachbarin, irritiert ihren Mann, der nur unverständlich brummelte. Tatsächlich saß Anna mit einem rosa Tüllpettikot dürftig bekleidet auf der Schaukel des beliebten Spielplatzes des Viertels. „Ich bin eine Prinzessin", rief sie jedem, der vorbei kam zu. „Aber wo ist deine Krone, Mausi?", wurde sie immer wieder lachend gefragt.

Ihre Großmutter war nachmittags zu Besuch gekommen und hatte Anna dieses Kleidungsstück geschenkt. Stolz hatte die Kleine den schwingenden Tüllpettikot der ganzen Familie vorgeführt, sich als Modell gefühlt und war dann in einem unbewachten Augenblick durch das Kinderzimmerfenster auf die Straße gesprungen. Sie ahnte nämlich, dass Mutter und Oma Einwände gegen eine Unterrockexkursion anzubringen hätten. Vergeblich hatten die Erwachsenen anschließend stundenlang erfolglos die leichtbekleidete Anna gesucht.

„Um Gottes willen, Kind, es schickt sich für ein kleines Mädchen überhaupt nicht, im Unterrock herumzulaufen", empfingen sie die Kleine empört, als diese endlich, sogar durchaus schuldbewusst, am Abend in der Tür stand. „Kein Mensch läuft in Unterwäsche über die Straße! Stell dir nur vor, der Opa würde in seinen langen Unterhosen durch die Stadt spazieren oder ich in Büstenhalter und Miederhöschen", hatte die Großmutter ihr anschaulich zu erklären versucht. „Oma, das ist doch ganz was anderes! Meins sieht doch aus wie ein Ballettkleid", hatte sich das Kind uneinsichtig verteidigt. Anna beabsichtigte insgeheim immer noch, auch die nächsten Tage in diesem Gewand zum Spielen zu gehen, aber das durften Mutter und Omi natürlich auf gar keinen Fall erfahren.

„Man, Mama, wo ist denn das neue schwarze Top?", fragte Anna viele Jahre später und zahlreiche Zentimeter größer sichtlich genervt ihre Mutter und verdrehte die Augen, „man, du hast echt ein unglaubliches Talent, mir meine Sachen zu verstecken."
„Das habe ich in deinen Schrank geräumt, mein „ordentliches" Töchterchen!", erwiderte diese schroff, denn immer, wenn in dieser Familie jemand etwas nicht fand, dann gab man ihr die Schuld, dabei versuchte sie lediglich, eine Grundordnung in der chaotischen Familie aufrecht zu erhalten!
Und als Anna das „Oberteilchen", von Teil konnte man wahrlich nicht sprechen, angezogen hatte, fiel ihr Vater fast in Ohnmacht und meinte kritisch: „Anna, dieses Oberteil ist viel zu gewagt! Dazu würden nun Klarsichtfolienhotpants perfekt passen! Hast du etwa noch keine?" Anna überhörte das Nörgeln des Vaters einfach. Sie hatte jetzt keine Lust zu diskutieren.
„Schwesterchen, du Dummchen, du machst mit deinem Outfit einen riesigen Fehler! Welcher Junge hat da noch Lust, dich auszuziehen, wenn eh schon alles rausfällt?", mischte sich auch noch ihr Bruder in das aus Annas Sicht komplett überflüssige Gespräch ein. „Sorry Leute, aber ich muss das heute anziehen", antwortete sie uneinsichtig, denn am Abend in der Disko wollte sie die Jungen beeindrucken und heiß machen, dazu benötigte sie genau dieses spezielle Top, denn das funktionierte nur so,

da war sie sich sicher. Sie liebte die begehrlichen Blicke der Jungen. Aber wenn dann ein männliches Exemplar ankam und mehr wollte, konnte Anna, die mit zweitem Vornamen Angsthase hieß, blitzschnell von der Bildfläche verschwinden.
Nun lag der Teeny schimpfend in der Badewanne: „Verflucht, habe ich zugenommen oder warum ist die Jeans heute so extrem eng und widerspenstig? Geht die denn nie zu?" Doch plötzlich klappte es.
„Kind, es ist viel zu kalt, um in der tropfnassen Jeans loszuziehen", kritisierte Annas Mutter verständnislos den Kopf schüttelnd die Jeansanziehaktion ihrer Tochter. „Wenn das deine Blase unbeschadet überlebt, hast du enorm gute Abwehrkräfte!"
Sorgfältig geschminkt, hineingepresst in die knallenge schwarze Jeans, die ganz extrem ihre Kurven akzentuierte und ein hautenges, knappes Top, das tiefe Einblicke erlaubte, betrat Anna dann in Begleitung dreier ebenfalls schick gestylter Freundinnen die angesagteste Disko Bonns.
„Ich weiß auch nicht, aber seit wir hier sind, habe ich die ganze Zeit das merkwürdige Gefühl, ein paar Augen verfolgen mich", meinte Anna nach einer Weile verunsichert zu ihren Freundinnen.
„Oh, wie spannend, Anna! Hoffen wir mal, es ist kein Killer!", erwiderten die nur lachend. Erst nach einer halben Stunde konnte sie das Gefühl endlich eindeutig analysieren.
„Ich habs, schaut mal da hinten. Dieser endlos lange, dunkelhaarige Mensch, etwas adipös und leicht verkrampft wirkend, starrt mich die ganze Zeit an! Guck gefälligst woanders hin. Du bist nicht mein Typ!", versuchte Anna sich in Beschwörungen.
„Ignorier den einfach", rieten ihr die Freundinnen, „Wieder nur männliche Mängelexemplare. Heute ist echt nicht unser Tag!"
„Warum immer ich?", jammerte Anna weiter, „schaut doch nur mal, wie der mich anstiert", und sie fasste schon Fluchtoptio-

nen ins Auge. Die Jungen, die sie wirklich interessierten, schienen an diesem Abend mal wieder alle daheim vor dem Fernseher zu sitzen. „Welches langweilige Fußballspiel hält sie wohl heute wieder ab, in die Disko zu kommen?", fragte Anna verzweifelt die Freundinnen. Aber die hörten ihr gar nicht zu, sondern amüsierten sich mittlerweile doch noch ganz prächtig, indem sie über jeden zweiten Jungen, der ihren Weg kreuzte, schonungslos lästerten: „Schaut mal, der beißt Anna gleich ins Bein! Hat denn niemand einen Schnuller für ihn?", oder: „Wann hat Mami dem denn diese Hose verpasst und bis unter sein Kinn gezogen?" Man sah den hübschen Mädchen keineswegs an, dass sie derartig bissig sein konnten.

Aber Fortuna hatte sich an diesem Abend ganz offensichtlich frei genommen! Annas Verwünschungen, den aufdringlichen Beobachter betreffend, bewirkten das genaue Gegenteil. Beharrlichkeit war nämlich Sebastians zweiter Vorname. Er stolzierte schnurstracks auf sie zu, strahlte sie durch seine Brillengläser auffordernd an und fragte mit fast säuselnder Stimme: „Wollen wir tanzen?" Und Anna sagte verblüfft: „Ja", während sie innerlich mit sich selber schimpfte: Geht's noch? Warum habe ich zugestimmt? Einmal, zweimal, immer wieder kam Mr. Unvermeidlich an. „Tanzen wir?", und Anna folgte ihm jedes Mal brav auf die Tanzfläche. Immerhin konnte er sogar Diskofox tanzen und war älter und sympathischer als dieser Zehenmisshandler Max oder der chaotische Elmar, die beide jedes Wochenende in der Disko herumlungerten und Anna mit ihrer Aufdringlichkeit ganz schrecklich nervten. Aber hätte sie gewusst, was ihre Jasagerei an diesem Abend für ihr weiteres Leben bedeutete und auf was sie sich da gerade einließ, hätte sie sicher energisch den Kopf geschüttelt.

Anna schaffte es einfach nicht, dem verzückt dreinblickenden

Basti einen Korb zu geben. Sie war von ihren Eltern immer auf Höflichkeit und Rücksichtnahme getrimmt worden. „Sehen wir uns wieder?", fragte Sebastian hoffnungsvoll, nachdem er sie nach Hause gebracht hatte und Anna entgegnete unverfänglich: „Wir werden uns sicher mal wieder über den Weg laufen." Sebastian hatte sich auf den ersten Blick in dieses Mädchen verliebt. Sie musste unbedingt seine Freundin werden, soviel war sicher!

Es war nicht schwer für ihn, von da an jeden Freitag- und Samstagabend rein zufällig in Annas Stammdisko aufzutauchen und sich anzubieten, sie heimzubringen. „Herrlich, Anna, wenn dieser kräftige junge Mann dich nach Hause begleitet, muss ich mir endlich in der Nacht keine Sorgen mehr machen, dass du verloren gehst", jubelte Annas Mutter höchst erfreut darüber, dass ihre Tochter sicher von einem starken, zuverlässigen männlichen Wesen heim gebracht wurde, das endlich einmal nicht so flippig erschien, wie all die anderen Jungen, die Anna sonst anschleppte. Sebastian strahlte diese enorme Zuverlässigkeit aus. Vielleicht gerade deshalb, weil er wenig spontan und beweglich war.
Eigentlich ist er so ziemlich das genaue Gegenteil von dem, was ich mir unter meinem Traummann vorstelle, überlegte Anna. Aber irgendetwas zieht mich zu ihm hin. Sie konnte sich nicht erklären, was es eigentlich war. Oh, er hörte sich gerne reden. Dabei schaffte er es selten mal, auf den Punkt zu kommen, zerredete fast jedes Thema und merkte nicht einmal, wie sehr er das junge Mädchen mit seinen Endlosmonologen langweilte. Mit neunzehn Jahren war Basti eher der nüchterne, der gründliche, der zuverlässige, der realistische Mensch, der Emotionen nicht ausstehen konnte, weil sie viel zu unkontrollierbar schienen. Ein zweiter Homo Faber irgendwie. Er hasste es, Dinge nicht im Griff zu haben. Die Themenwahl, mit der er

meinte, Anna gut zu unterhalten, zeugte von kaum vorhandener Empathie: „Soll ich dir mal erklären, wie so ein Motor aufgebaut ist?", fragte er Anna und fand das höchst unterhaltsam und spannend und vielleicht sogar romantisch. „Mach nur", erwiderte diese gottergeben, ließ ihn blubbern und hörte gar nicht richtig hin. Aber gut erzogen setzte sie immer eine interessierte Miene zu seinen langweiligen Ausführungen auf und überlegte dabei lieber, ob sie sich nun endlich mal küssen sollten oder nicht, ob mit oder ohne Zunge und wie sich das wohl anfühlt. Man, sie war längst überfällig, was die Knutscherei betraf. Ihre Freundinnen konnten schon fast alle mitreden. Und bevor sie in die Straße einbogen, in der ihre Familie wohnte, geschah es dann: Hm, ganz schön störend seine Brille und die Zähne waren auch irgendwie im Weg. Ihre Lippen berührten sich, sie bekamen es hin und es schmeckte nach mehr. Komisch, der Kuss kribbelte sogar im Bauch. Anna wusste, dass es auch für Sebastian der erste Kuss war, obwohl er betont lässig so tat, als hätte er schon reichliche Erfahrung, aber seine Unsicherheit entlarvte ihn. An der Haustür verabschiedeten sie sich und Bastian fragte: „Treffen wir uns morgen in der Stadt?" Hätte Anna seine Frage verneinen sollen? Wäre das vielleicht die bessere Option für ihr und auch Sebastians Leben gewesen? Optisch war er eigentlich nicht wirklich ihr Fall! Er wirkte so überhaupt nicht lässig und cool, wie Anna das bei Jungen mochte, sondern angespannt und ziemlich verkrampft. Trotzdem sagte sie: „Ja!"

Das junge Mädchen war sich nicht sicher, ob sie etwas Festes mit Sebastian wollte. Aber gab es noch ein Entkommen? Die Weichen hatte sie mit ihrer Jasagerei und der Knutscherei gestellt und leicht ließ ein Sebastian sich nicht mehr abschütteln.

Eigentlich schien doch der David mit den wunderschönen braunen Augen und Locken aus dem Tennisclub, bei dem sie immer ganz rot wurde, die letzten Male äußerst interessiert an ihr. Sollte sie besser doch noch abspringen und auf ihren Traumprinzen warten?

4

Dieses Pärchending zwischen Sebastian und Anna

Von da an verbrachten sie sehr viel Zeit miteinander, probierten an Sebastians Lieblingsfrittenbude die sensationelle Frikadelle Spezial, die es nur dort gab, hockten abwechselnd bei Anna oder bei seinen Eltern und spielten „Mensch ärgere dich nicht" und das „Spiel des Lebens", gingen manchmal ins Kino, häufig ins Theater und zum Eislaufen.

Ein Grund für Bastis Dilemma, beim Thema Sex zunächst nicht weiterzukommen, lag natürlich darin, dass die beiden nie ungestört zusammen sein konnten. Draußen auf der Straße hatte er nur ein einziges Mal riskiert, unter Annas Pulli zu greifen, mit dem Resultat, dass er eine schallende Ohrfeige kassierte. „Mach das nie wieder", hatte sie mit hochrotem Gesicht gefaucht. Anna konnte ganz schön bieder sein! Oder lag es daran, dass sie sich gar nicht sicher war, ob Sebastian der Richtige ist?

Dann, eines Abends erschien Basti freudestrahlend bei seiner Freundin. „Basti, was ist los, du strahlst ja über alle vier Backen!", begrüßte Anna ihn frech. „Du, ich habe heute ein Auto gekauft und auch schon den ultimativen Kuschelparkplatz für uns beide aufgetan." „Aha", entgegnete Anna nur und man sah ihr nicht an, was sie wirklich dachte. Fast täglich holte Basti seine Freundin nun ab und ganz selbstverständlich fuhren sie auf „ihren" Parkplatz. Stundenlang hielten sie es so miteinander aus, erzählten sich ihre geheimsten Gedanken und genossen die extrem intime Zweisamkeit. „Anna, alles ist ganz leicht, wenn wir zusammen sind", schwärmte Basti. In solchen Augenblicken waren sie sehr glücklich miteinander, ohne wenn und aber, obwohl Anna… Egal!

„Komm, Anna, gehen wir zu mir nach Hause! Meine Mutter fragt die ganze Zeit nach dir", schlug Sebastian immer dann vor, wenn ihm so gar nicht einfiel, was er und Anna unternehmen sollten. Dort überschüttete Sebastians Mutter Anna mit Schokolade, ausgefallenem Süßkram und Redeschwällen. Kaum hatte Anna das Wohnzimmer betreten, stand auch schon ein Teller mit auserwählten Kalorienbomben bereit.
„Wollt ihr mich mästen?", fragte Anna entsetzt, denn ihr war klar, dass sie diesen Versuchungen nie im Leben widerstehen konnte. „Bei deiner Figur darfst du sogar den Teller noch mit verspeisen", mischte Basti sich ein. Kein Wunder, dass Sebastian immer mit Figurproblemen kämpfen muss, dachte Anna dann insgeheim.
Und manchmal entstand bei Anna der Eindruck, Frau König lege es mit allen Mitteln darauf an, dass sie sich mit ihrem Sohn wohlfühlt. Aber Süßigkeiten als Bestechung kann sie vergessen, brummte Anna missmutig und fühlte sich in die Enge getrieben.
An einem dieser Nachmittage fragte Sebastians Vater: „Anna, kommst du am Wochenende mit an die Biggetalsperre?"

Und schon am folgenden Samstag war es dann so weit! Der künstliche Stausee schillerte und funkelte in der Sonne in den

verschiedensten Blautönen und damit in Annas Lieblingsfarben. Na, wenn das kein gutes Omen war!
„Dieses herrliche Blau, Basti schau nur, wie schön!", schwärmte Anna. „Komm, es gibt eine idyllische, einsame Bucht, die nur Liebespaare betreten dürfen", lockte Basti seine Freundin vom Rest seiner Familie weg, „die wurde letztens speziell für uns angelegt! Hilf mir bitte mal." Gemeinsam breiteten sie eine Decke aus und machten es sich gemütlich. Anna hatte sich extra noch einen ganz knappen schwarzen Bikini zugelegt. Basti gefiel, was er sah. Die strahlende Sonne, die wohlige Wärme, der See zum Abkühlen und Sebastian liebevoll an Annas Seite, alles schien perfekt. Glücklich kuschelte sie sich entspannt in seine Arme. Doch plötzlich sprang er auf und rannte, wie von einer Tarantel gestochen zum Wasser. „Hast du in einem Wespennest gesessen, Basti? Oder was ist los?", rief sie ihm kichernd hinterher. Anna, in punkto Männerreaktionen auf heiße Küsse hin recht unbedarft, war noch damit beschäftigt, sich über Sebastian zu wundern, als sie ihren Augen nicht traute. Was bitte war das? Sie rieb sich die Augen vorsichtshalber noch einmal gründlich, aber das Bild vor ihr entpuppte sich keineswegs als optische Täuschung. Die Naht von Sebastians Badehose hatte sich komplett aufgelöst und sein Hinterteil blitzte weiß in nackter Unschuld in der strahlenden Sonne. Ein unbändiges Lachen schüttelte Anna. „Hilfe, Basti, also wirklich", stammelte sie. Sebastian drehte sich verwirrt um und verstand gar nichts mehr. „Warum um alles in der Welt lachst du mich aus?"; fragte er pikiert. Weil er nach dem heißen Kuss die Abkühlung ganz dringend brauchte? Das war ja nun ganz und gar nicht nett von ihr! „Sebastian, was ist denn mit deiner Badehose?", konnte Anna endlich nach einem Endloslachanfall fragen. Seine Hände wanderten nach hinten und bekamen nur nackte Haut zu fassen. „Hä? Auch du Schande. Was ist das

denn?" Irritiert stand Sebastian dort bis zu den Knien im See, untersuchte mit den Händen den aktuellen Zustand seiner Badehose an seiner Rückfront und sein Gesichtsausdruck sprach Bände, als er die aufgelöste Naht ertastet hatte! Die ganze Situation war ihm mehr als peinlich. Zum Glück hatte er eine zweite Badehose eingepackt und die kam jetzt ganz schnell zum Einsatz.

„Komm mit auf den See", rief Sebastian nach erfolgreichem Hosenwechsel, zerrte am Arm des verblüfften Mädchens und zog sie zum Schlauchboot. Sie wollte erst nicht, kam sich kindisch vor auf so einem Ding. „Das ist doch nur was für Kleinkinder, Basti." „Anna, bitte tu mir den Gefallen", bettelte Basti und überzeugte sie. Damit siegte die Romantik doch noch: Nur Anna und Sebastian auf dem Wasser und ganz weit weg der Rest der Welt, der am Ufer krabbelte wie winzige Ameisen. Die Wärme, Bastis Nähe, seine ruhige, besonnene, feinfühlige Art. So fühlt sich Liebe an, dachte Anna glücklich. „Basti, lass uns hierbleiben, bis ans Ende der Welt!" Sie küssten sich sehr leidenschaftlich und endlos lange. Sebastian wurde schwindelig. „Diese Frau hat dich restlos in der Hand", warnte ihn eine Stimme im Inneren aufgeregt. Er ignorierte sie! Und an diesem Abend war auch Anna sich sicher, mit der Beziehung zu Bastian das Richtige getan zu haben.

Manchmal aber wird eine Beziehung mehr und mehr zu einem Gefängnis. Es war nicht vermessen, Sebastian einen Kontrollfreak zu nennen. Er überwachte Anna und ließ sie möglichst nichts mehr alleine machen. Selbst die Freundinnen und ihre Hobbies erregten seine Eifersucht. „Der Freund muss an erster Stelle stehen", forderte er besitzergreifend. Anna fühlte sich permanent kontrolliert. Beim Shoppen, vor dem sich alle anderen Jungen gerne drücken, wollte er immer dabei sein. Er dackelte dann ganz brav und grenzenlos geduldig hinter seiner

Freundin her. Nein, sie sollte ihre Zeit mit ihm verbringen, nicht mit irgendwelchen Freundinnen!

Eines Tages beim Einkaufen kreiste Anna bewusst drei Mal um einen Kleiderständer in der Damenabteilung des Kaufhauses. Sebastian trottete lammfromm hinter ihr her: Eine Runde, noch eine... Lachend fragte Anna: „Sebastian, alles okay?" „Sicher, mein Schatz", antwortete er ihr, wobei er immer weiter im Kreis hinter ihr her lief, ohne es scheinbar selbst zu registrieren. „Magst du noch drei Zusatzrunden drehen?", fragte sie nun schelmisch. Basti schaute recht verdutzt aus der Wäsche. „Wieso?"
Anna fand dieses treudoofe Hinterherlaufen ihres Freundes übrigens insgeheim äußerst peinlich und unmännlich.

Mit Renate, Annas langjähriger Schulfreundin, besprach Anna alle Beziehungsfragen. Renate fühlte sich unverstanden in ihrer Beziehung und jammerte auf dem Schulhof zum hundertsten Mal. „Mensch Anna, Reiner will immer noch nicht mit mir schlafen. Er besteht darauf, zu warten, bis ich Sechzehn bin. Das ist doch nicht mehr auszuhalten! Er sagt, er macht sich sonst strafbar. So eine feige Nuss!" „Ach Süße", versuchte Anna Renate zu beruhigen, die ihr manchmal wie eine läufige Hündin vorkam, „setz dich doch nicht immer so unter Druck und genieß die Vorfreude auf das erste Mal." Und auch Anna suchte den Rat ihrer Freundin: „Renate, mache ich einen Fehler mit dieser frühen, viel zu festen Beziehung? Basti entspricht optisch so ganz und gar nicht meinem Wunschbild. Außerdem vermisse ich bei ihm Spontanität und Eigeninitiative. Immer müssen alle Anregungen von mir kommen. Manchmal habe ich den Eindruck, dass wir schon ein uraltes, langweiliges Ehepaar sind. Aber irgendetwas zieht mich dann doch wieder zu ihm hin." „Wenn du erst mal guten Sex mit ihm hattest, kannst du sagen, ob er wirklich der Richtige ist! Das ist definitiv das Wichtigste in einer Beziehung. Leg es doch mal darauf an. Vielleicht ist er mutiger als mein großer Feigling", antwortete Renate ernst. Typisch, Renate! Sie reduzierte die Beziehung von Mann und Frau ganz profan nur auf das Sexuelle. Nein, Anna dachte da entschieden anders! Für sie gab es nur Sex und echte Gefühle zusammen im Komplettpaket.

Renate begrüßte Annas Skepsis Sebastian gegenüber. Sie zweifelte insgeheim daran, dass dieser zu Anna passt und konnte sich überhaupt nicht vorstellen, dass der schwerfällige, umständliche Mann Qualitäten im Bett haben würde. Oh nein, allein die Vorstellung war für Renate eine Gruselnummer. Aber das sprach sie lieber nicht aus. Sie kannte den ausgeprägten Gerechtigkeitssinn ihrer Freundin, die sich oft so fair für Andere einsetzte, dass es schon weh tat. Manchmal vergaß sie dann sogar, an sich selbst zu denken, Aber Renate hoffte, dass Anna über kurz oder lang selber darauf kommen und dann noch rechtzeitig den Absprung schaffen würde, um mit einem attraktiven Männerexemplar glücklich zu werden.

5

Alle haben was zu meckern

Tag für Tag kreuzte Basti bei Anna zu Hause auf, um sie abzuholen. „Was macht ihr Studium?", begrüßte Annas Vater, ein redegewandter Staatsanwalt, den jungen Mann jedes Mal, wenn er ihm über den Weg lief und Sebastian antwortete ebenso regelmäßig wie einsilbig: „Alles gut!", und damit endete ihre Kommunikation dann schon wieder. „Viel zu sagen, hat dein Freund wohl nicht", beschwerte er sich bei Anna, „ist er tatsächlich so dumpf, oder einfach nur schüchtern?" „Ach, Papi", antwortete Anna vermittelnd, „der hat doch nur Respekt vor dir!"
Und auch Annas Mutter jammerte: „Ich weiß überhaupt nicht, worüber ich mit deinem Basti reden soll." Sie wurde einfach nicht warm mit dem verkrampften, wortkargen jungen Mann. „Frag ihn nach dem Aufbau von Motoren, dann hört er gar nicht mehr auf", neckte Anna sie und ihre Mutter schüttelte nur verständnislos den Kopf. „Anna, man muss doch gemeinsame Gesprächsthemen finden!" Argwöhnisch schlichen Annas Brüder um Sebastian herum und beobachteten den etwas behäbigen jungen Mann, der da ihre große Schwester dauernd besuchte, kritisch, fanden ihn viel zu steif für Anna und lästerten bei jeder Gelegenheit über ihn. „Anna, da kommt der Langweiler schon wieder", zogen sie die Schwester auf, die sich dann im-

mer fürchterlich aufregte. „Verblödest du in dessen Gesellschaft nicht? Und sag mal, Anna, gehören Klammeraffen nicht eigentlich in den Zoo?", steigerten sie ihre Unverschämtheiten noch. „Wie hat Mutter ihn letztens noch genannt? Wonneproppen? Haha, unser Annalein hat sich einen Wonneproppen geangelt! Wer hätte das gedacht?" Und dann konnten sie sich totlachen über den Ausdruck.

Auf die Minute pünktlich klingelte Sebastian an der Haustür der Wohnung von Annas Eltern. Ute öffnete ihm. „Was machst du denn hier?", fragte er in barschem Ton wenig höflich und sichtlich genervt. Er wollte seine Freundin für sich alleine haben. Ute störte da nur, zumal er wusste, dass Annas Familie ausgeflogen war, sie endlich einmal sturmfrei hatten. „Hallo Sebastian, schön dich zu sehen. Anna ist noch kurz zum Bäcker gesaust und kauft ein paar Torten, die sie dir ins Gesicht schmeißen möchte. Sie müsste aber gleich zurück sein", begrüßte Ute den jungen Mann, der zu ihrem Scherz nur angesäuert das Gesicht verzog. „Komm rein", kommandierte Ute und machte Anstalten, den zögernden Basti an seinem Pulli in die Wohnung zu zerren. Gemeinsam betraten sie das Wohnzimmer. Sebastian machte es sich in einem dieser braunen Lederdrehsessel bequem, soweit diese monströsen Ungetüme dies überhaupt zuließen. Mit denen konnte man übrigens wunderbar umkippen, wenn man sich falsch hineinsetzte.

Zurück zu Ute, die Sebastian mit ihrem strengen Blick fast durchbohrte und Basti ertappte sich tatsächlich dabei, sich aller Sünden seines Lebens bewusst zu werden. Nervös mit den Fingern knackend, ein Tick, den Basti sich einfach nicht abgewöhnen konnte, saß er im Sessel. „Hör mal, es ist gut, dass wir endlich ungestört reden können. Ich habe das schon seit einiger Zeit vor", begann diese. „Um gar nicht um den heißen Brei herumzureden, Sebastian, du passt nicht zu Anna!" Diese Direktheit und Dreistigkeit verblüffte Basti, machte ihn im ersten Augenblick sprachlos, dann ärgerlich. „Woher willst du das denn wissen?" Ute fuhr unbeirrt fort: „Anna braucht einen geistreichen Partner, der sie fordert, mit ihr über Gott und die Welt diskutiert und philosophiert und nicht immer nur nach ihrer Pfeife tanzt! Basti, sei mal ehrlich und selbstkritisch." Sebastian schnappte gefährlich nach Luft, bedrohlich zuckten alle Gesichtsmuskeln in seinem breiten Gesicht. Ute vergrößerte vorsorglich den Abstand zu ihm, falls er nun restlos aus der Haut fahren würde. „Mädel, hör an dieser Stelle sofort auf, dich in unsere Beziehung einzumischen!", gebot Sebastian mit Zornesröte im Gesicht. Ohne seine Einwände zu berücksichtigen fuhr Ute mutig fort: „Sei mal objektiv! Auch vom Optischen bist du nicht gerade der Womanizer und Anna kann ganz Andere haben als dich." Dabei hielt Bastian sich für ein ganz außerordentlich attraktives männliches Exemplar: Groß und stattlich, rücksichtsvoll und treu. Diese Unverschämtheiten gingen aber jetzt wirklich zu weit! Basti blähte sich auf, erhob sich aus dem Drehsessel zu seinen stolzen zwei Metern, stellte sich neben die knapp einssechzig große Ute, schaute grimmig auf sie hinunter und zischte wütend: „Jetzt hör mir mal sehr gut zu, liebe Ute! Halte dich aus meiner Beziehung raus! Die geht dich nichts und ich betone absolut NICHTS an! Es ist besser, du gehst jetzt ganz schnell!"

Und er lehnte es von diesem Moment an ab, Ute jemals wieder zu besuchen, da konnte Anna sich auf den Kopf stellen und mit den Ohren wackeln. Diese Frau hatte es für immer und ewig mit ihm verdorben!

Als Anna vom Bäcker kam, begegnete Ute ihr schon auf der Straße.

„Du gehst schon? Ich habe doch auch für dich Kuchen besorgt! Alles in Ordnung?"

„Sebastian wartet in der Wohnung! Du hast mein Mitleid! Ein ganzer Nachmittag mit diesem Langweiler wäre nichts für mich", schnaubte diese nur. Verwundert musterte Anna ihre Freundin, die es offensichtlich ziemlich eilig hatte und begriff nicht, warum sie plötzlich so extrem negativ reagierte.

Anna erfuhr nie etwas von der Unterhaltung zwischen Ute und ihrem Freund. Das war auch besser so. Sie hätte sich nur aufgeregt. Basti sah keine Veranlassung, ihr davon zu erzählen, da für ihn kein Zweifel daran bestand, dass Anna ihn für den Richtigen hielt, ihn später heiraten und Mutter seiner Kinder werden würde. Und Ute wollte sich nicht auch noch von Anna die Einmischung in deren Beziehung vorwerfen lassen, auch wenn sie ganz sicher wusste, dass Sebastian der falsche Mann für Anna war. Sollte sie Recht behalten?

Besorgt beobachtete Herr König, wie viel diese Anna seinem Sohn bedeutete und wie sehr auch seine Frau sich dafür einsetzte, dass Anna bei Sebastian blieb und diese nach Strich und Faden verwöhnte. Deshalb lud er Basti auf ein Kölsch ein, um seines Erachtens zwingend notwendige Männergespräche zu führen. „Sohnemann, überleg dir gut, ob du an so einem Mädel wie Anna hängenbleiben willst. So eine anspruchsvolle Frau wie sie wird immer sehr kostspielig sein", legte er Bastian nahe, denn Sparsamkeit galt für ihn als oberste Maxime und Anna schien ihm ganz schön anspruchsvoll. Außerdem war dem aufmerksamen Vater aufgefallen, dass dieses Mädchen seinen vernunftgesteuerten Sohn immer wieder ganz massiv verwirrte und alles von ihm haben konnte. Das war gar nicht gut! „Vater, mach dir da keine Sorgen, ich habe Anna im Griff", entgegnete der junge Mann ruhig und bestimmt. „Anna ist nicht so, wie du denkst! Sie arbeitet hart, um sich ihren Luxus zu verdienen. Und Vater, Träume muss man doch haben, oder?" Auch wenn Sebastian die Warnungen zu diesem Zeitpunkt ignorierte, sollten später genau diese Vorurteile bei seinen Entscheidungen eine wichtige Rolle spielen, denn er war der Typ, der oft einfach nur nachmachte und nicht reflektierte, gleichgültig, ob es wirklich den Tatsachen entsprach. Er wählte immer gerne den bequemsten Weg.

Unglaublich, wie viele Leute sich den Kopf um Annas und Sebastians Liebe zerbrachen, sich sogar einmischten, statt den beiden ihr Glück einfach zu gönnen!

6

Nicht jugendfreie Themen einer Beziehung

Wenn Sebastian Anna zum Abschied umarmte, spürte sie an der riesigen Beule in seiner Jeans seine körperliche Erregung. Irgendwie faszinierte es Anna, wie sehr er auf sie reagierte. Bastis Hormone schossen all die Jahre Purzelbäume. Er konnte es kaum aushalten, endlich mit Anna zu schlafen. Auf die Idee, dem leidenden hormongesteuerten jungen Mann wenigstens schon mal eine Gummipuppe von Beate Uhse zum Abreagieren zu schenken, kam leider niemand. Zwar wurde erzählt, dass früher manche Väter ihre voll im Saft befindlichen Söhne verständnisvoll zum Erfahrungen sammeln in Bordelle führten, doch Basti kam nicht mehr in diesen zweifelhaften Genuss. Da Passivität und Bequemlichkeit Bastis Markenzeichen waren, wartete er brav unter Höllenqualen und gab sich mit Streicheleinheiten zufrieden, die er mit Anna abends auf einsamen Parkplätzen in seiner gemütlichen Schrottlaube austauschten. „Wo fährst du mich hin?", fragte Anna ihn, wenn er sie abholen kam und wusste die Antwort eigentlich schon. Sie machten es sich im Auto gemütlich. Ein bisschen Reden und Musik hören, ein bisschen Petting, die Zeit verstrich im Nu. Basti bedrängte Anna nicht übertrieben, gab sich mit dem zufrieden, was sie zuließ. Seine Finger kannten ihren Körper in- und auswendig. Aber Anna wollte nicht nur körperliche Nähe, sondern auch seelische. Eines Abends, im Incognito seines

Autos, legte sie los: „Sebastian?" „Anna?" „Erklär mir bitte mal, was Liebe ist!" „Ach Anna, du stellst merkwürdige Fragen." „Naja, ich meine abgesehen vom Sex, Sebastian. Was ist es noch?" Sebastian verdrehte die Augen, allerdings so, dass Anna es nicht sah. Das konnte oder wollte er nicht diskutieren. Dieser emotionale Mist nervte ihn nur. Also äußerte er sich einfach nicht weiter. Anna hingegen wollte damit endlich einmal ein richtig kitschiges „Ich liebe dich" von ihm provozieren. Aber das schaffte sie nicht. Dabei war Sebastian ziemlich heftig in Anna verknallt, konnte es nur nicht richtig zeigen und schon gar nicht verbal artikulieren.

„Anna, hast du Lust auf Kino?", fragte Sebastian an einem endlos langweiligen Wochenende, als sie wieder einmal nicht wussten, was sie zusammen unternehmen sollten. „Kommt ganz darauf an", entgegnete diese vorsichtig, denn sie hatte wenig Lust, sich einen fürchterlichen Actionfilm anzusehen. „Nein, nein, wart es mal ab, ich habe einen Film ausgesucht, den du mit Sicherheit nicht kennst, der dir aber gefallen wird", meinte der junge Mann geheimnisvoll. „Was hast du vor? Verrat es mir", löcherte Anna ihn ungeduldig. Als Sebastian sie in den Bahnhof führte und vor dem anrüchigen Bahnhofskino stehen blieb, wunderte sie sich. „Basti, was wollen wir denn hier?" „Wart es ab und lass dich überraschen", antwortete Basti geheimnisvoll, löste die Karten und führte Anna in den Saal zu ihren Plätzen.
 Das gutgeheizte Kino ließ Anna in einem selbstgestrickten Pulli schwitzen. Deshalb beschloss sie, ihn auszuziehen. „Madame, was wird das?" Sebastian schaute sie erstaunt von der Seite an. Erst jetzt merkte sie, dass sie zusammen mit ihrem Pulli auch das T-Shirt ausgezogen hatte und nun als Blickmagnet zwischen den vielen Leuten mitten im Kino nur noch im

knallgrünen Büstenhalter saß. Schleunigst schlüpfte sie zurück in ihr Shirt, aber vermeiden ließ es sich nicht, dass besonders die Leute in den Reihen hinter ihr lange und laut über ihr Missgeschick lachten. Wer es nicht selbst gesehen hatte, dem wurde es erzählt und dann gackerte wieder jemand in den Reihen hinter Anna verspätet, aber äußerst amüsiert. „Sebastian, lass uns gehen", flehte sie feuerrot im Gesicht und wollte im Boden versinken, denn das Gegacker der Leute in den Reihen hinter ihr wollte und wollte nicht enden. „Anna, jetzt haben wir die teuren Karten bezahlt, also bleiben wir", meinte ihr Freund nur breit grinsend. Er fand den Vorfall äußerst belustigend.

Danach sah sie den ersten Sexfilm ihres Lebens. „Schulmädchenreport". Na, dieser Film passte ja perfekt zu der vorangegangenen BH-Szene.
Anna, aufgeschlossen und wenig prüde, war enorm neugierig darauf, einen Sexfilm anzuschauen. Aber dieser Film schockierte sie. Nachdenklich fragte sie hinterher: „Sebastian, warum werden Frauen von Männern so schlimm ausgenutzt und erniedrigt?" Die Szenen von Zwangsprostitution und Kriminalität hatten sie schockiert. „Anna, das kannst du nicht verallgemeinern. Ich würde so etwas nie tun", entgegnete Sebastian kurz und bündig. Er hatte jetzt keine Lust zu diskutieren und damit war das Thema für ihn erledigt. Der Film sollte seine Freundin anregen und nicht aufregen! Dabei hätte Anna jetzt noch tausend Fragen dazu gehabt. Mädchen, hör auf nachzudenken, dachte Sebastian ärgerlich. Sie sollte die Sexszenen durchleben und nicht das soziale Milieu kritisieren!

Alle Aktionen Sebastians waren exakt geplant und durchdacht. So sorgte er behutsam und konsequent dafür, dass Anna Neugierde und Spaß am Sex entwickelte. Eines Nachmittags, beim

Einkaufen in der Innenstadt, meinte er plötzlich: „Komm mit", und lenkte sie zu einem Beate Uhse Laden. „Das ist jetzt nicht dein Ernst!", entgegnete Anna entsetzt und wollte weglaufen. Aber Basti hielt sie fest und sagte: „Komm, trau dich! Es wird dir gefallen!" Niemals hätte Anna allein diesen Laden betreten. Sie wagte sich ja nicht einmal, im Vorbeigehen in die Auslagen zu schauen. Im Laden genierte sie sich sehr, schaute verschämt auf den Boden und traute sich kaum, all die Sexartikel, die dort angeboten wurden
, überhaupt anzuschauen. Überall lagen bunte Dildos in den unglaublichsten Formen und Größen herum. Fesseln, Peitschen und Sexspielzeuge, die Annas Fantasie komplett überstrapazierten, füllten die Regale. „Komm, bitte, lass uns gehen!", bettelte sie und versuchte Sebastian an seinem Pulli zur Tür zu ziehen. Aber der junge Mann steuerte souverän auf die Verkäuferin zu und Anna wäre schon wieder einmal am liebsten im Boden versunken, so peinlich war ihr das grade. Doch Sebastian erklärte weltmännisch: „Ich suche ein paar ganz besondere Dessous für meine Freundin", und als die Verkäuferin eine Kollektion vorlegte, unterstützte er Anna eifrig dabei, etwas auszuwählen. „Nimm das Pinkfarbene, fast transparente", bettelte Sebastian mit schmachtendem Hundeblick. Da blieb Anna nichts anderes übrig, als zuzustimmen, obwohl sie die Vorstellung, dieses Erotikoutfit dann auch anziehen zu müssen, enorm beunruhigte.

Drei Jahre waren vergangen. Endlos lange Jahre, wenn man Sebastians Hormone fragte. „Basti, wir leben jetzt schon nebeneinander her wie ein altes Ehepaar", scherzte Anna manchmal. „Ob das nicht extrem langweilig mit uns wird, wenn es immer so weiter läuft? Zwanzig, dreißig, vierzig Jahre?" Anna schüttelte sich bei dieser Vorstellung.

Da fehlte Basti aber in ihrer Beziehung noch etwas ganz Lebensnotwendiges.

Annas achtzehnter Geburtstag stand an und damit lief Sebastians Wartefrist und Folterperiode ab. Endlich war der Termin erreicht, den Anna gesetzt und er ungeduldig sehnlichst herbeigewünscht hatte. An dem Wochenende nach Annas achtzehntem Geburtstag kurvten die beiden jungen Leute in Sebastians klapprigem Renault durch den Westerwald. „Hast du dir überlegt, wo wir übernachten?", fragte Anna ihn. „Hm, wir finden schon was", entgegnete er zuversichtlich und er fuhr weiter, vorbei an Wäldern und Wiesen, Kühen und Bauernhöfen. Aufgeregt, freudig erwartungsvoll, auch etwas unsicher saßen sie nebeneinander in dem kleinen Auto. „Gibt es hier eigentlich nirgends ein brauchbares Hotel?", nörgelte Anna wie ein ungeduldiges Kind. Doch dann hielt Sebastian endlich an. „So, hier frage ich jetzt nach", entschied er und schoss zunächst allein in ein Haus, an dem ein Schild mit der Aufschrift „Zimmer frei" lehnte. Schüchtern blieb Anna zunächst noch im Auto, während er hineinging. Strahlend kam Sebastian zurück: „Hey Süße, komm, wir haben ein wunderschönes Zimmer!" Spießrutenlauf, vorbei an der Gastgeberin, die ihnen doch sicher ansehen musste, warum sie da das Zimmer für nur eine Nacht mieteten. Jeder musste in ihren Gesichtern lesen können, was sie heute noch vorhatten. Oh Gott, war das alles peinlich!

Das Haus war sicher kein Märchenschloss, das Frau sich für das erste Mal erträumt, aber nun hatten sie endlich ein Zimmer für eine ganze Nacht. Sebastian versteckte erfolgreich seine Aufregung und Anspannung vor Anna, schließlich war es ebenso sein erstes Mal und er stand ja nun unter Druck, gut sein zu müssen, denn er wollte seine Anna beeindrucken. Und wie er das wollte! Leidenschaftlich umarmten sie sich, küssten sich endlos lange und entkleideten sich langsam. „Komm mit unter die Dusche", schlug Anna vor, um anschließend mit ihm das komplette Bad restlos unter Wasser zu setzen. Die Nacht gestaltete sich fantastisch, denn Basti war perfekt: Rücksichtsvoll, ganz vorsichtig und einfühlsam. Er hatte sich genauestens informiert und vorbereitet, jeden Handgriff mittlerweile schon hundert Mal gedanklich durchgespielt. Bei ihm fühlte es sich von Anfang an gut an. „Na also, gute Planung und Voraussicht sind das halbe Leben", sagte Sebastian sich hinterher stolz und fühlte sich endlich als richtiger Mann! Oh ja, mit Anna zu schlafen hatte alle seine Erwartungen übertroffen. Das schmeckte nach mehr, nach möglichst täglicher Wiederholung. Was für ein Genuss! Genau so hatte Basti es sich immer vorgestellt. Es war das erste Mal, dass sie eine ganze Nacht miteinander verbrachten und beide genossen es sehr, nebeneinander einzuschlafen und aufzuwachen, Zärtlichkeiten auszutauschen und dabei erst richtig wach zu werden. Anna hat sich nie mehr in ihrem ganzen Leben einem Mann sexuell so sehr ausgeliefert wie Sebastian. Bei ihm konnte sie sich von Anfang an bedingungslos fallen lassen. Sie vertraute ihm grenzenlos. Und sie hatte Spaß daran, mit ihm zu schlafen und auch, ihn zu verführen.

„Sebastian?"
„Anna?"
„Es fühlt sich gut an mit dir!"
„Meinst du wirklich?"
Anna musste ihn küssen, um seine Skepsis und seine ewigen Zweifel zu ersticken, aber vielleicht spürte er auch Dinge, die Anna noch so ganz und gar nicht bewusst waren.

7

Besser ein Ende mit Schrecken

Dann gab es da diesen Traum. Anna besuchte noch die elfte Klasse und in ihrer Freizeit spielte sie leidenschaftlich Tennis. Ihr Trainer, Herr Fischer, neckte sie dauernd im Unterricht mit zweideutigen Bemerkungen, die Anna oft erröten ließen. Er wirkte so frech, attraktiv, sportlich, redegewandt, war das genaue Gegenteil vom viel zu steifen, unsportlichen, behäbigen Sebastian. Eines Nachmittags geschah es dann. Die anderen Mädchen waren schon gegangen, Anna stand noch allein in der Umkleide, versunken in Gedanken über die Ereignisse in der Trainingsstunde, in der Herr Fischer wieder einmal viel zu offensichtlich mit ihr geflirtet hatte. Es klopfte und plötzlich stand das Subjekt ihrer Gedanken leibhaftig vor ihr. Anna überfiel mit einem Schlag eine unglaubliche Verlegenheit und Schüchternheit. Gnadenlos breitete sich Röte über ihr gesamtes Gesicht. Gott wie peinlich ich bin, dachte sie nur. Herr Fischer kam näher, schaute ihr mit seinen strahlendblauen Augen bis in die Seele und flüsterte leise: „Anna, ich habe mich in dich verliebt", nahm sie zärtlich in die Arme und küsste sie unglaublich gut. Leider klingelte genau in diesem Augenblick der Wecker aufdringlich schrill und alles entpuppte sich zum Glück nur als ein Traum. Aber seitdem war Annas Unbefangenheit Herrn Fischer gegenüber verflogen. Sie wurde jedes Mal nervös, wenn sie bei ihm trainieren musste oder wenn er sie morgens auf dem Weg zum Bus abpasste und fragte: „Anna, magst du mitfahren? Es bietet sich doch an, wir haben ja den gleichen Weg!" Meist stimmte sie zu, freute sich und errötete dabei jedes Mal bis unter die Haarwurzeln. Verdammt unangenehm, dieses Gefühl, wenn man genau spürt, wie sich die Röte im ganzen Gesicht verteilt und man kann rein gar nichts dagegen tun! Anna passierte das immer wieder, wenn Herr Fischer sie ansah. Auf den Autofahrten schaute sie ihn immer wieder heimlich sehr genau an und fragte sich: Wie hat er das angestellt, dass ich solche Dinge von ihm träume? Er war doppelt so alt wie sie, also steinalt und aus ihrer Sicht vom Großvaterstatus nicht mehr sehr weit entfernt. Und einen Vaterkomplex hatte sie ganz sicher nicht! Trotzdem faszinierten Anna seine feinen, sensiblen Gesichtszüge, seine ironische Art, sein guter und ganz besonderer Geruch, der sie im Inneren des Autos richtiggehend benebelte. Und wenn sie über ihre gemeinsamen Leidenschaften, Tennis und Theater, fachsimpelten, konnten beide nicht genug bekommen von diesen Gesprächen. Ihre Seelen berührten sich heimlich und ganz leise. Ohne Frage für beide ein gefährliches Spiel mit dem Feuer!

Endlich schaffte Anna es, sich bei ihrem Vater durchzusetzen, der bislang ihre Wohnungswünsche strikt ignoriert hatte.

„Dad, ich brauche dringend mein eigenes Zimmer!"
„Sehe ich ein, deine vorlauten, kleinen Brüder stören dein Liebesglück mit deinem Lover definitiv!", hatte ihr Vater augenzwinkernd nachgegeben. In der Nachbarschaft stand bei einer älteren Dame ein kleines Apartment leer und das mietete er ihr jetzt. „Basti, ich beziehe eine eigene Wohnung", empfing sie ihn freudestrahlend. „Im Ernst?", er konnte es nicht fassen, „wie hast du das denn hinbekommen?", und in seiner Hose wurde heftigst applaudiert angesichts zukünftiger endloser Schäferstündchen mit Anna in ihrer eigenen Wohnung. Bastian

half tatkräftig und fachkundig beim Renovieren. Stolz, mit dem Anspruch auf Bewunderung, präsentierte er seiner Freundin sein handwerkliches Können: Tapezierte, malerte und verlegte Teppichböden. Annas Patenonkel spendierte Möbel und damit nahm das gemütliche Nest ganz konkrete Formen an. Sebastian hatte seit der ersten Nacht mit Anna nur noch ein Ziel, wenn sie sich trafen und bei dem ihm jetzt Annas kleine Wohnung äußerst gelegen kam. Jeden Abend besuchte er sie nun in ihren gemütlichen eignen vier Wänden und verabschiedete sich erst wieder, wenn er mit ihr geschlafen hatte. Jung und unbedarft dachte er dabei primär an seine eigene Befriedigung und merkte gar nicht, wie Anna oft unter ihm lag, es einfach über sich ergehen ließ und darauf wartete, dass er endlich wieder ging. Sie schaffte es nicht, sich ihm zu verweigern, wenn er sie Tag für Tag bedrängte, war aber in ihren Gedanken nicht bei der Sache, beziehungsweise viel zu oft bei ihrem Trainer, der immer mehr Platz in ihrem Kopf beanspruchte.

Dann gab es aber auch diese anderen Tage, an denen der Sex mit Sebastian wieder für beide fantastisch war und sich richtig anfühlte. Zufrieden rekelte sie sich hinterher in Bastians Armen, vertraut, Haut an Haut, spürte seine Wärme, genoss ihr Zusammensein und neckte ihn frech: „Weißt du was? Du bist richtig gut und wirst immer besser! Später nehme ich dich zu meinem Geliebten." Sebastian ging dann jedes Mal in die Luft. „Nein, Anna, nein! Ich will dich heiraten, Kinder mit dir haben und zusammen mit dir alt werden und nicht dein Liebhaber sein!" Und Anna lachte ihn aus. „Hey, Basti, nimm meine Sprüche nicht so ernst. Niemals werde ich mir einen Lover zulegen, wenn ich glücklich vergeben bin! Was denkst du von mir!"

Ob das von ihr aus Liebe war oder nicht, konnte sie oft nicht ausmachen. Sebastians Handicap bestand darin, dass er Anna überhaupt nicht im Griff hatte. Sie entglitt ihm mehr und mehr, war erst oft beim Sex nicht bei der Sache und dann auch emotional nicht mehr.

An einem grauen Novembertag wehte ein für diesen Monat viel zu eisiger Wind durch die Stadt. Ob es daran lag, dass Annas geliebte Großmutter gestorben war? Qualvoll gezeichnet vom Krebs hatte die alte Dame endlich einschlafen können. Als Anna sie das letzte Mal besuchte, hatte sie schlimme Schmerzen und es war schrecklich, hilflos zusehen zu müssen, ohne helfen zu können. Beim Abschied hatten beide sich in die Augen geschaut mit dem Wissen, dass es das allerletzte Mal war, dass sie sich sahen. Anna bekam jedes Mal Weinkrämpfe und eine Gänsehaut, wenn sie diesen Moment im Kopf abspulte! Die Großmutter fehlte ihr ganz fürchterlich! Tränenüberströmt saß Anna abends in Sebastians Auto und brauchte jemanden, der sie in den Arm nimmt, ihr Trost und Nähe gibt, aber Sebastian saß nur stocksteif neben ihr und wusste absolut nicht, was er machen sollte. „Basti, bist du überhaupt da?", fragte die verzweifelte Anna. „Ja sicher", antwortete er, verstand jedoch nicht. Solche Augenblicke warfen durchaus die Frage auf, die Annas Großmutter schon in ihrem Tagebuch formulierte: Ist dieser ernsthafte, steife junge Mann der richtige für unsere emotionale, vielseitige, temperamentvolle, chaotische Anna? Kann sie mit ihm jemals glücklich werden? Kann er ihr ungestümes Temperament zügeln?

Wie sehr brauchte Anna in der Situation, als ihre heißgeliebte Großmutter gestorben war, den einfühlsamen Freund, der sie liebevoll in den Arm nahm, tröstete, ihre Tränen trocknete und ihr Halt gab. Sebastian tat es nicht. Er saß nur stocksteif neben ihr und fand nicht die richtigen Worte.

Der Tennistrainer dagegen, der schlaue Fuchs, routiniert und weltgewandt, tröstete sie auf der Fahrt im Auto zum Training einfühlsam und geschickt und Anna fühlte sich verstanden und schmolz dahin.

Besagter Trainer war es dann auch, der ihr dazu riet, mit Sebastian Schluss zu machen. „Anna, ihr passt nicht zusammen! Du bist so feinfühlig, feingeistig, künstlerisch begabt und literaturinteressiert! Was kann ein Mann wie dein Freund Sebastian dir bieten außer Sex? Und deine Studienpläne kannst du auch knicken, denn der macht dich früh zu einer mehrfachen Mutter und Hausfrau mit Kopftuch und Putzfimmel, um dich mit Haut und Haaren zu besitzen. Bei so einem wirst du vergehen, wie eine Primel! Anna, mach deine Augen auf, sonst ist das Unglück als deine Lebensmaxime vorprogrammiert!" (Anna wusste nicht, dass ihre Freundin Ute unabhängig von dem Trainer fast die gleichen Worte Sebastian gegenüber einmal geäußert hatte). „Ich weiß nicht", entgegnete Anna unschlüssig, machte sich dann jedoch tagelang Gedanken und fasste einen Entschluss.

„Sebastian, wir müssen reden!" empfing sie ihren Freund dann aber eines Sonntags sehr ernst, „lass uns spazieren gehen." Das graue, triste Regenwetter passte zu Annas emotionaler Situation. Sie liefen gemeinsam durch die verregneten Straßen. Ihr war bewusst, wie weh sie ihm heute tun musste und Anna hasste sich. „Ich habe mich in meinen Tennistrainer verliebt. Wir müssen uns trennen", eröffnete sie Basti ohne große Umschweife. Basti blieb ganz ruhig und gefasst, äußerlich zumindest, aber Anna registrierte deutlich sein Entsetzen, das er diszipliniert unterdrückte. Für Sebastian brach gerade eine Welt zusammen. Damit hatte er nämlich überhaupt nicht gerechnet. Dieses einfühlsame Mädchen traute sich doch niemals, ihm jetzt derartig weh zu tun! Lag er da wirklich so falsch mit seiner Einschätzung? Stumm sah er sie an. Noch nie hatte Anna einen Menschen so schlimm verletzen müssen. Wie vom Donner gerührt stand Bastian neben ihr. Nie im Leben hatte er jetzt damit gerechnet. Sie spürte ganz intensiv seine Verzweiflung, auch wenn er sie versteckte. Aber sie durfte auf keinen Fall nachgeben, wie sie es sonst immer tat. Lange liefen sie ernst nebeneinander her, sprachen wenig und sie litt mit ihm. Sie konnte ihm aktuell überhaupt nicht helfen. Der Regen durchtränkte ihre Jacken, sie zitterten vor Kälte und unangenehmer Feuchtigkeit, aber das registrierten beide gar nicht. „Warum?", fragte Sebastian wieder und wieder und versuchte logisch zu ergründen, was da in Anna vorging, verstand das alles nicht. Aber er kämpfte nicht. Fatalistisch resignierte er nur und das machte Anna unendlich traurig. Nein, er entwickelte keinerlei Aktivitäten, sie umzustimmen. „Sebastian?" Anna hatte mehr Tränen in den Augen als er. Verdammt, warum gehst du nicht mal so richtig aus dir raus und schimpfst und tobst? Das würde dir jetzt helfen! Hast du dich sogar jetzt noch so sehr unter Kontrolle?, überlegte sie, sprach es aber nicht aus. Dabei litt Sebastian innerlich wie ein geprügelter Hund, konnte das aber nicht zeigen. Er war fassungslos, verletzt, wie noch nie in seinem ganzen Leben. Verließ ihn da wirklich gerade seine große Liebe? Verlor er jetzt die gesamte Kontrolle über sein perfekt durchorganisiertes Leben? Das konnte doch alles nur ein Alptraum sein. Wie gerne würde er jetzt aufwachen und feststellen, dass er schlecht geträumt hatte und diese unerträgliche Situation einfach löschen! Er kniff sich in den Finger, um entsetzt festzustellen, dass alles ganz real geschah.

Als sie sich endlich getrennt hatten, Sebastian geknickt in sein Auto gestiegen war und Anna ihm noch wehmütig hinterher geschaut hatte, legte sie sich daheim in ihr Bett und weinte eine ganze Nacht um Sebastian. Sie fühlte sich gemein und skrupellos, wusste genau, wie schlimm er litt, wie verwundet er war.

Und er fehlte ihr schon jetzt. Aber sie war auch schrecklich verliebt in diesen verheirateten Trainer, der doppelt so alt war wie Bastian. Sie wollte Sebastian nicht hintergehen und hatte es sowieso schon viel zu lange hinausgeschoben, auch wenn sie ebenso wusste, dass es keine Zukunft gab für sie und die neue Liebe.

Am nächsten Tag im Training merkte Herr Fischer sofort, dass mit Anna etwas nicht stimmte. Er war ein äußerst guter Beobachter. Nach der Stunde wartete er auf sie „Komm Anna, steig ein, ich fahre dich nach Hause! Erzähl, was ist passiert?" „Ich habe mich von Basti getrennt", antwortete Anna melancholisch, „ist doch in deinem Sinn, oder?" Thomas war begeistert, tröstete sie einfühlsam und bestärkte sie darin, das Richtige getan zu haben. „Anna, die Beziehung mit ihm war falsch. Sei nicht immer so selbstlos. Du musst auch an dich denken!" Er stoppte an einem Parkplatz, um Anna ganz fest in den Arm zu nehmen, die Tränen aus ihrem Gesicht zu küssen und ihr ganz zärtlich über ihre Haare zu streicheln. Genau das brauchte sie jetzt. Es fühlte sich fantastisch und richtig an.

Sebastian war stets bemüht, alles im Griff zu haben und genauestens zu kalkulieren. Und plötzlich aus heiterem Himmel servierte Anna ihn nun ab. Er hatte ganz und gar nicht damit gerechnet, dass Anna sich in einen Anderen oder sogar in ihren Trainer verliebt, in diesen uralten eitlen Blödmann. Ausgerechnet jetzt, wo ihr Sexualleben seiner Meinung nach gerade so fantastisch lief. Bastian hatte da noch viele geheime Wünsche. Annas geistige und emotionale Abwesenheit der letzten Wochen war ihm überhaupt nicht aufgefallen. Naja, Emotionen waren nie sein Spezialgebiet. Nach dem Schock und Schmerz kam nun die Wut. Oh, er war sauer auf sie. Sowas macht man nicht mit ihm! Als Dickhäuter ließ er sich natürlich wieder möglichst wenig anmerken, aber getroffen hatte es ihn schon sehr, ohne Frage. Dennoch, das Leben geht weiter, sagte Bastian sich, Anna ist weiß Gott nicht der Nabel der Welt. Andere Mütter haben auch schöne Töchter. Er wusste aber genau, dass er sich da grade etwas vormachte, denn er hatte das Mädchen wirklich geliebt. Emotional war er aber sein Leben lang ein Verdrängungsgenie. Lag das etwa daran, dass seine Mutter ihn als Säugling damals einfach zurückließ? Konnte er deshalb Gefühle so schwer zulassen und zeigen?

Ein paar Wochen später, in denen Anna vor Glück auf rosa Wolken schwebte, saß sie mit dem Trainer, der sie so ungeheuer faszinierte und der auch sehr viel für sie empfand, in seinem schicken, nagelneuen Sportwagen und er erklärte ihr: „Anna, es fällt mir schwer, das jetzt zu sagen, aber das mit uns funktioniert nicht! Du bist einfach viel zu jung! Ich habe sehr lange mit meinem besten Freund über uns gesprochen und er hat mir die Augen geöffnet. Es war schrecklich naiv von mir, mich in dich zu verlieben! Klar, bist du meine absolute Traumfrau. Ich würde lügen, wenn ich etwas anderes behaupte! Aber in spätestens zehn Jahren würdest du es unendlich bereuen, dich an mich alten Mann gekettet zu haben. Anna, ich bin mehr als doppelt so alt! Wir müssen noch rechtzeitig die Notbremse ziehen, wenn wir keine Katastrophe initiieren wollen! Anna, die jungen Männer, auch von ganz anderem Format als Sebastian, stehen Schlange bei dir! Mit denen kann ich doch schon jetzt nicht mehr mithalten! Und eines Tages wirst du vergleichen und feststellen, was für ein alter Knacker ich bin! Bitte versteh! Irgendwann wirst du einsehen, dass ich Recht habe, auch wenn das uns beiden im Moment ganz schrecklich weh tut." Vernunft war aber für Anna im Moment das Letzte, was sie brauchte. Auch wenn es vernünftig war, wollte sie nicht verstehen. Traurig verabschiedeten sie sich. Eine letzte Umarmung. Dann stieg, nein hetzte Anna aus dem Auto und blickte nicht mehr zurück. Nachdenklich saß Thomas noch eine ganze Weile zusammengekauert im Auto, den Kopf auf dem Lenkrad liegend. Ob er weinte? Beide waren emotional sehr aufgewühlt.

Sorgte das Schicksal hier grade für ausgleichende Gerechtigkeit für das, was Anna Sebastian rücksichtslos angetan hatte?

Abends saß Anna dann auf der Fensterbank ihres Wohnzimmers im vierten Stock und wollte springen, so unglücklich und verzweifelt war sie. Ohne ihre Liebe, ohne Thomas wollte sie nicht mehr leben. Wenn ich tot bin, hört der Schmerz auf. Ich muss nicht mehr weinen, keine Gefühle, nie mehr Gefühlschaos. Es muss herrlich sein ohne Gefühle! Sie hockte auf der Fensterbank, beide Fensterflügel weit geöffnet, die Beine baumelten im luftleeren Raum. Schnell, ich darf nicht weiter nachdenken, einfach springen, ermutigte sie sich. Ob es reichen würde, um sich das Genick zu brechen, um die Dunkelheit, die Geborgenheit eines gefühllosen Todes zu erreichen? Nie mehr Liebeskummer! Wie erlösend das sein wird!
Los Countdown: 5,4,3,2....

Doch dann sah sie plötzlich die Gesichter ihrer Eltern und ihres Großvaters tränenüberströmt vor sich. Sie streckten ihr alle die Arme entgegen und flehten: „Anna, bitte, tu uns das nicht an! Du kommst darüber hinweg. Ein Mann ist es nicht wert, dass du seinetwegen dein Leben beendest."
Dann tauchte die Vision eines Friedhofes vor ihren Augen auf. Der Großvater, ihre Eltern und sogar Sebastian liefen erschüttert hinter ihrem Sarg her. Nein, bitte nicht weinen! Opa, Mutter, Vati, Sebastian! Oh Gott, seid doch nicht so traurig! Plötz-

lich fühlte es sich so an, als ob alle sich vor ihr aufbauten und sie zurück in das Zimmer drängten. Sie sträubte sich gar nicht, sondern wich brav zurück. Ihr wurde bewusst, was sie diesen geliebten Menschen mit ihrem Selbstmord antun würde. Und das hielt sie davon ab, zu springen.

Aber vielleicht war sie auch einfach nur zu feige!

8

Konsequenz ist wohl nicht Annas Stärke

Der Abbruch ihrer langjährigen, bewährten Beziehung, eine unglücklich endende große Liebe, was hatte das Leben denn jetzt noch mit Anna vor?

Zu ihrem neunzehnten Geburtstag feierte Anna keine besonders rauschende Party. Dazu fehlte jede Motivation. Ihre Beziehung mit Sebastian hatte sie im Frühjahr beendet und der Grund der Trennung von ihm, die Episode mit ihrem Tennistrainer, war auch schon wieder vorbei. Trotz des emotionalen Chaos bestand Anna ihr Abitur und wartete nun ungeduldig auf ihren Studienplatz.

Sommer, Sonne, Ferienzeit - aber in Bonn lag in den Sommerferien immer der Hund begraben. Fluchtartig verließen Bonns Bewohner zu Ferienbeginn die Stadt, um an Stränden zu brutzeln und in Wellen zu surfen, in den Bergen schnaufend irgendwelche Gipfel zu erklimmen oder sogar anderen Kulturen überall auf der Welt zu begegnen. Manche schafften es sogar, mit Empathie und Feingefühl das Negativimage der Deutschen im Ausland aufzupolieren. Auch Annas Eltern waren mit den Brüdern verreist. Wanderurlaub stand auf dem Programm. Vierzehn Tage zogen sie in Südtirol von Hütte zu Hütte. Ein Horrorurlaub in Annas Augen, sie hasste Wanderungen jeglicher Art (vielleicht, weil sie als Kind zu Wanderurlauben gezwungen wurde!). Stattdessen versorgte sie die Koikarpfen der

Brüder und kümmerte sich um die Post der Familie. Erschöpft kam Anna mittags von ihrem Einkaufsbummel und machte an einer Telefonzelle, einem gelben Häuschen mit Münztelefon, das auf ihrem Heimweg lag, halt, um ihre Freundin anzurufen. Plötzlich riss ein zirka dreißigjähriger Mann unerwartet die Tür des Telefonhäuschens auf, drängte auf Anna zu, öffnete, während er ihr immer näher kam, den Reißverschluss seiner Jeans, hielt Anna sein edelstes Stück entgegen und flüsterte: „Ich will dich nur anspritzen, ich will dich nur anspritzen." Breitbeinig stand er vor ihr am Eingang der Telefonzelle. Der Fluchtweg war versperrt. Für Anna gab es kein Durchkommen und der lüsterne Mann kam immer näher. Geistesgegenwärtig brüllte Anna so laut sie nur konnte: „Aus dem Weg." Durch den Überraschungseffekt schaffte sie es, ihn wegzudrängen und an ihm vorbei zu stürzen. Sie floh in großer Panik die Straße entlang in Richtung des elterlichen Hauses. Aber der merkwürdige Mann verfolgte sie hartnäckig. Wechselte sie die Bürgersteigseite, tat er es auch, beschleunigte sie ihre Schritte, ging auch er schneller. „Baby, komm her, komm her", stöhnte er die ganze Zeit.
Wo soll ich hin? Was mache ich, wenn ich in dem einsamen Haus der Eltern ankomme und er merkt, dass keiner da ist? Fieberhaft suchte Anna nach einer Lösung. Ihr war ziemlich mulmig. Man, der Typ tickt doch nicht ganz richtig! Ob er gefährlich ist? Da fiel ihr die Familie ihrer Freundin ein, an deren Haus würde sie gleich vorbeikommen. Tut mir den großen Gefallen und seid daheim, betete Anna verängstigt. An dem Hauseingang machte sie halt. Der Fremde rückte ihr schon bedenklich auf die Pelle, entblößte erneut sein Geschlechtsteil und flüsterte erregt: „Ich will nur spritzen, nur spritzen!" Anna versuchte, ihre Angst nicht zu zeigen, sondern ihn zu ignorieren. Zitternd drückte sie den Klingelknopf. Der notgeile Mann

kam näher und näher. „Bitte, geh auf", flehte sie die Haustür an. Und tatsächlich, der Türsummer ertönte, die Tür sprang auf und der Mann hinter ihr wich erschrocken drei Schritte zurück. „Gott sei Dank! Das war echt knapp", atmete das Mädchen auf. Hektisch betrat sie den Hausflur und zog resolut die Tür hinter sich ins Schloss. Utes Mutter empfing sie erfreut: „Du warst ja schon lange nicht mehr hier! Schön, dass du mich besuchst." Aufgeregt erzählte Anna von den Belästigungen und deren Lächeln gefror. „Komm rein, trink erst mal einen Baldriantee mit mir", besänftigte sie das verstörte Mädchen. „Sollen wir die Polizei verständigen?" Gemeinsam schauten sie, hinter Gardinen verborgen, zum Fenster hinaus. „Siehst du ihn noch, Anna?" „Nein, entweder versteckt er sich oder er hat aufgegeben! Darf ich vorsichtshalber noch etwas bleiben?" „Natürlich, nimm dir die Zeit, die du brauchst!" Anna traute sich noch lange nicht auf die Straße. Wenn der mir jetzt doch noch auflauert, überlegte sie ängstlich. Viel später, als sie dann endlich allen Mut zusammennahm, um in die leere Wohnung ihrer Eltern zu gehen, schaute sie sich auf dem Weg dorthin wiederholt verunsichert um. Plötzlich hörte sie ganz dicht hinter sich das Hallen schwerer Männerschritte. War er das wieder? War er ihr auf den Fersen? Panik machte sich bei Anna breit. Sie beschleunigte ihren Gang, rannte schon, wagte jedoch nicht, sich umzuschauen und dadurch Zeit zu verlieren. Die Schritte hinter ihr wurden offensichtlich ebenfalls schneller. Doch plötzlich Stille. Was bedeutete das jetzt? Die Schritte verliefen sich in eine andere Richtung. Nun waren sie kaum noch zu hören. Anna atmete auf. Trotzdem lief sie wie eine Besessene den restlichen Weg zur Wohnung ihrer Eltern. Mehr Stress war ihren Nerven an diesem Tag ganz und gar nicht mehr zumutbar. Wetten, dafür bekomme ich jetzt den Orden als größter Angsthase der Stadt, lachte sie sich selbst aus.

Im Grunde war es ein Segen für Sebastian, dass Anna mit ihm Schluss gemacht hatte. Zumindest für sein Studium. In den vergangenen Jahren hatte er seine Lernerei nur auf das Allernötigste beschränkt, hing viel zu viel mit Anna ab und vernachlässigte alles Andere. Jetzt stürzte er sich mit Elan in sein Studium, widmete sich wieder seinen Freunden, die auch zu kurz gekommen waren, lenkte sich damit ausgezeichnet ab und vermisste Anna gar nicht mehr besonders, sondern war nur noch erbost über ihr Verhalten. Mit dieser Frau wollte er ganz sicher nichts mehr zu tun haben. Nie mehr in seinem Leben! Allerdings hatte er wiederholt ernsthaft erwogen, die Affaire zwischen Anna und ihrem Tennistrainer an die Presse weiterzuleiten, um Herrn Fischer mit einem Skandal zu schaden und sich damit für die Demütigung zu rächen. Er tat es dann aber doch nicht.

Der Sommer zeigte sich von seiner allerbesten Seite und diesmal wollten Annas Ferien überhaupt kein Ende nehmen. An einem Freitag drehte sie gelangweilt ihre Runden durch die Modeläden der Stadt, die sie mittlerweile in- und auswendig kannte. Anna traute ihren Augen nicht, als Sebastian zum ersten Mal mehrere Monate nach ihrer Trennung plötzlich direkt vor ihr stand. Nach dem schlimmen Trennungsgespräch damals hatten sie sich nie mehr gesehen. Er hatte nicht ein einziges Mal versucht, mit ihr zu reden, sie umzustimmen. Sein Stolz stand ihm viel zu sehr im Weg, vielleicht war er auch zu konsequent oder aber zu initiativlos. Die Zeit, die sie sich nicht gesehen hatten, kam Anna endlos vor. Aber irgendwie schien Sebastian sich monatelang komplett in Luft aufgelöst zu haben, als gäbe es ihn in der Stadt gar nicht mehr. Doch nun standen sie sich gegenüber. „Anna", Sebastian schluckte. „Weitergehen, ignoriere die Frau", befahl die Vernunft ihm eindringlich.

„Durchhalten, Junge! Mit ihr willst du nie mehr etwas zu tun haben! Halt dich jetzt daran! Konsequenz ist angesagt! Sie muss Luft für dich sein!" Aber Bastian, eigentlich durch und durch vernunftgesteuert, ignorierte alle Warnungen und steuerte stattdessen direkt auf Anna zu. Nun stand er vor ihr, schaute ihr durch seine Brille tief in die Augen und Anna wich seinem Blick nicht aus, sondern lächelte: „Sebastian!" Mehr brachte sie zunächst vor Überraschung nicht raus. Wurde ihr da etwa ein wenig schwindelig? „Wie geht es dir, Anna?" Alles an ihm war wieder so vertraut. Sie redeten und redeten, als müssten sie jeden einzelnen Tag, den sie sich nicht sahen, verbal nachholen, konnten sich nicht trennen, deshalb begleitete Basti Anna ein Stück und noch ein Stück und schließlich standen sie sogar vor ihrer Haustür. Da war sie plötzlich wieder: Diese unerklärliche Anziehung zwischen ihnen, die Anna manchmal unheimlich wurde. Hätte Sebastian sie in diesem Moment gefragt, ob sie ihn liebt, ob er ihr gefehlt habe, ob sie seine Frau werden wolle, hätte sie diese Fragen ohne zu zögern bejaht. Unschlüssig stand Sebastian vor der Haustür, konnte sich nicht von ihr trennen. Dies war eine dieser Szenen aus Annas Leben, die sich in ihr Herz eingebrannt haben und die sie nie vergessen wird. Kribbelnd schwirrten Anna mindestens hundert Schmetterlinge durch den Bauch und sie wollte und konnte ihn auf gar keinen Fall wegschicken. „Komm doch mit hoch", lud sie Basti ohne Umschweife ein, als er Anstalten machte zu gehen, weil das Herumstehen langsam auszuufern schien. Sie wollte nicht, dass er einfach so wieder aus ihrem Leben verschwindet, denn in ihr war diese Sehnsucht nach seiner Anwesenheit, gekoppelt mit dem sehr unmoralischen, reizvollen Gedanken, ihn zu verführen. „Sehr gerne, Anna", antwortete er erfreut, wunderte sich einen kurzen Moment über sich selber und folgte ihr dann ganz selbstverständlich in ihre Wohnung. Kaum hatte Anna die Haustür aufgeschlossen, küssten sie sich leidenschaftlich und fielen ausgehungert übereinander her. Sie genossen es, sich gegenseitig zu spüren, zu streicheln, zu küssen, zu verlieren. „Das hat mir so gefehlt, Anna", gab Sebastian zu. „Mir auch, Basti", sie legte ihm den Finger auf die Lippen. „Lass es uns einfach nur genießen!" Sie lachten und redeten und liebten sich und fanden gar kein Ende. Man, tat Bastian ihr gut. Liebte sie ihn etwa? Anna war verunsichert. Verdammt, genau so fühlt sich doch Liebe an! Ganz sicher ging es aber in diesem Moment nicht darum, den Schmerz über den Verlust ihrer Liebe zu dem Trainer zu betäuben. Nein, hier und jetzt geht es nur um Sebastian und mich, sagte Anna sich. Die Küsse schmeckten nach Sebastian und nach mehr. Anna konnte das nicht erklären, aber hätte man ihr die Augen verbunden und gefragt, wer küsst dich da, sie hätte sofort gewusst, dass es Basti war. Sebastianküsse halt, unverkennbar, einzigartig! Diesmal verwirrte Basti sie und machte sie definitiv sehr, sehr schwindlig. Und ihm ging es ganz genau so. Er war wieder einmal restlos Annasüchtig.

„Ich habe nachher leider einen wichtigen Termin, der sich nicht verschieben lässt, Anna, aber wenn du magst, komme ich heute Abend wieder", schlug Sebastian vor. „Mach schnell", antwortete Anna wie aus der Pistole geschossen, freute sich über sein Angebot und wartete voller Ungeduld auf seine Rückkehr. Als er dann endlich eintraf, sollte es die bisher heißeste Nacht ihres Lebens werden. „Da bist du ja endlich!" jubelte Anna und fiel ihm um den Hals. Sie liebten sich hemmungslos. Beide konnten gar nicht genug von einander bekommen. Die Sinnlichkeit zwischen ihnen hatte eine neue Qualität erreicht, die sie überrascht auskosteten. Sein Körper, seine Haut, seine Wärme, ununterbrochen knisterte es zwischen ihnen. Wenn sie erschöpft eingeschlafen waren und Anna wieder eine Wachphase hatte, streichelte sie ihn so lange, bis er auch wieder aufwachte,

erregt war und ein weiteres Mal leidenschaftlich mit ihr schlief. So ging das die ganze Nacht. Irgendwann vergaßen sie zu zählen, wie oft sie sich liebten. Sie versuchten zu schlafen, aber jedes Mal war der Reiz einfach zu groß, so nah nebeneinander zu liegen und sie verschmolzen ein weiteres Mal miteinander. Eine unvergessliche Nacht und der zweite Anlauf ihrer Beziehung. Noch nie hatte Anna es so sehr genossen, mit Sebastian zu schlafen. Irgendwer musste ihnen ganz sicher diesen Magneten eingepflanzt haben. Die gegenseitige Anziehung war einfach zu groß. Vom Kopf her war Basti sich diesmal gar nicht so sicher, ob er das Richtige tat. „Sebastian", hatte sein Vater ihn gewarnt: „Aufwärmen taugt nichts! Lass die Finger von Anna!" Aber sein Unterleib hatte längst entschieden, er konnte nicht umhin, Anna wieder und wieder zu begehren und zu lieben und alle Vernunft außer Acht zu lassen. Er hatte sich verzehrt nach Annas Körper und sie sich, wie es aussah, auch nach seinem. Und wenn er ganz ehrlich war, hatten die Schmetterlinge in seinem Bauch längst entschieden. In Sebastians Kopf kreiste nur ein Gedanke: „Gut so!" Diesmal würde er Anna nicht mehr loslassen, nie mehr! Jetzt wollte er ein Kind von ihr, wollte sie heiraten und mit ihr alt werden. Das schwor er sich. Anna sagte er nichts davon.
Anna und Sebastian. Sebastian und Anna. Anna liebt Sebastian. Sebastian liebt Anna. Anna kann nicht ohne Sebastian sein, Sebastian will Anna für immer. Anna und Sebastian: Nebeneinander, aufeinander, miteinander, füreinander…

Die zweite Phase ihrer Beziehung begann. Sebastian hatte durchaus akzeptiert, nicht mehr so stark zu klammern und Anna Freiheiten zuzugestehen, ohne gleich eifersüchtig zu werden. Es hatte sich nach dieser einen leidenschaftlichen Begegnung einfach so ergeben, dass sie wieder neu begannen, obwohl Anna nicht sicher war, ob sie die in ihren Augen doch

auch sehr einengende Beziehung auf Dauer aushalten konnte.
Einige Tage später überfiel Anna ihren alten neuen Freund.
„Basti, wollen wir morgen an die Nordsee fahren?"
„Wie bitte?" Sebastian verstand nicht.
„Bitte, lass uns fahren", bettelte sie. „Es besteht die Möglichkeit für dreißig Euro mit einem Reisebus um vier Uhr in der Früh loszufahren, dann ist man am frühen Vormittag am Meer und nachmittags geht es wieder zurück." „Hm, naja, ich glaube, das ist in meinem mickrigen Studentenbuget so gerade noch drin", entgegnete Basti amüsiert und war daraufhin gezwungen, vor Annas stürmischen Umarmungen die Flucht zu ergreifen, wenn er nicht erdrückt werden wollte.
Folter muss ganz ähnlich sein, überlegte Sebastian auf der langen Busfahrt, denn er musste seine endlos langen Beine unbequem zusammenfalten. Aber für Anna tat er auch das. Das Mädchen rollte sich unbekümmert auf dem Sitzplatz zusammen, schmiegte sich ganz eng an seinen Freund, genoss seine Wärme, seinen Geruch, seine Nähe und schlief tief und fest bis sie die Küste erreichten. Die schlafende, unbekümmerte Anna so im Arm zu halten, gefiel Sebastian. Sie war ihm enorm wichtig. Er konnte stundenlang seine träumende Freundin betrachten, ohne dass er sich langweilte. Jetzt gehörte sie ganz und gar ihm, mit Haut und Haaren! Erstaunlich, dass sie in einem engen Bus in dieser unbequemen Körperhaltung so fest schlafen konnte. Wenn nur sein verdammter Arm nicht dauernd einschlafen würde. Bastian machte die gesamte Fahrt kein Auge zu. Aber auch qualvolle Busfahrten nehmen irgendwann oft noch ein gutes Ende. „Anna, wach auf, wir sind in
Callantsoog." Erleichtert stupste der junge Mann seine Freundin zärtlich an, als sie endlich den Küstenort erreichten.
Manchmal wunderte Anna sich, wie zart und vorsichtig dieser Bärenmann sie mit seinen riesigen Pranken berühren und an-

fassen konnte. Jetzt hatten sie es sehr eilig, ans Meer zu gelangen. Händchenhaltend sprangen sie ausgelassen durch die schäumenden Wellen. Zum Baden war es noch zu frisch. Aber die Sonne gab sich alle nur erdenkliche Mühe, dem Pärchen den Tag zu verschönern. „Komm, wir gehen in die Dünen", schlug Sebastian vor und zog seine Anna in die entsprechende Richtung, „Da sind wir ungestört!" Und in seinem Kopf nahm das Bild einer hüllenlosen Anna, die willenlos in seinen Armen liegt und sich ihm ganz und gar ausliefert, sehr deutliche Konturen an. Doch plötzlich standen drei äußerst finstere, ominöse Typen vor ihnen und quatschten sie auf Holländisch an. „Sorry, wir verstehen kein Wort!" Weder Anna noch Sebastian wussten, was die Männer von ihnen wollten, registrierten aber, dass sie bedrohlich und alles andere als vertrauenswürdig ausschauten. „Was soll das?" Hilfesuchend blickte das Pärchen sich um, aber keine andere Menschenseele, die ihnen hätte helfen können, ließ sich weit und breit blicken. Jetzt gab es nur einen Ausweg. „Sebastian, auf drei laufen wir!", flüsterte Anna mutig ihrem Freund zu, lächelte dabei die Typen übertrieben freundlich an und hoffte, dass sie das jetzt nicht verstanden hatten. Der eine umklammerte schon ziemlich unsanft ihren Arm und redete ununterbrochen auf sie ein. Energisch riss Anna sich mit einem kraftvollen Ruck los, brüllte „Sebastian, komm", und schoss in einem Affenzahn davon. Basti folgte ihr keuchend. Er war nicht so trainiert wie seine sportliche Freundin und das ärgerte ihn. „Anna, warte doch auf mich, du läufst ja, als wäre dir der leibhaftige Teufel direkt auf den Fersen!" „Ist er doch gleich dreifach", erwiderte Anna ernst, aber die merkwürdigen Gestalten konnten konditionell ganz offensichtlich nicht mithalten, denn sie blieben wie angewurzelt stehen. Sie machten keinerlei Anstalten sie zu verfolgen, sondern sendeten ihnen nach einer anfänglichen Schockstarre nur lautstark Schimpfti-

raden hinterher. „Sebastian, was wollten die von uns?", fragte Anna, als sie endlich außer Reichweite verschnaufen konnten. „Du, es ging hundertprozentig um Drogen, hast du nicht die kleinen Beutelchen mit dem weißen Pulver bei dem Rothaarigen bemerkt? Und vielleicht hätten die uns sogar ausgeraubt und geschlagen, wenn wir weiter stur geblieben und nichts gekauft hätten", entgegnete Sebastian immer noch schnaufend.
„Ha, wie dumm, wir haben doch so gut wie kein Geld", meinte Anna daraufhin nur.
„Komm, lassen wir uns den schönen Urlaubstag doch nicht von solchen Deppen versauen", beschloss sie lächelnd und küsste ihren Basti auf den Mund.
„Anna, bestimmt wollten sie dich entführen", neckte Sebastian sie jetzt schon wieder, „ob sie mir einen guten Preis gemacht hätten, wenn ich dich freiwillig abgegeben hätte? Drei Kamele wären sicher drin gewesen. Ein guter Tausch, eigentlich…Obwohl, wie bekäme ich die Tiere in den Bus?"
„Mist, diese Chance hast du vertan, Bastilein, aber vielleicht hätte auch ich dich kiloweise an die verhökern können", spekulierte Anna daraufhin, „hätte sich lohnen können! Wie viel wiegst du nochmal genau?" Basti musste ihr energisch den Mund zuhalten, um weitere freche Anzüglichkeiten zu unterbinden.

„Basti, sind wir hier in einem riesigen Kaninchenklo gelandet?", fragte Anna nun entsetzt, als sie sich in den Dünen umschaute, denn sie wusste kaum noch, wohin sie ihre Füße vor lauter Hasenkot setzten sollte. Doch dann entdeckten sie ein sauberes, gemütliches Plätzchen. Anna kuschelte sich wie eine Schmusekatze an ihren Freund und vergaß sogar das Schnurren nicht. Sie lagen engumschlungen in den einsamen Dünen, streichelten und küssten sich und genossen das Leben, die salzige Luft auf der Haut, das Rauschen des Meeres, suchten Muscheln und ahnten in dieser Harmonie nicht einmal im Ansatz, dass das Schicksal noch so Einiges mit ihnen vor hatte. Sebastian hielt Anna nur ganz fest und das war seine Art, ihr seine Liebe zu zeigen.

Zum Wochenende hatte Basti seine Freundin zu sich nach Hause bestellt und sehr geheimnisvoll getan. Neugierig klingelte Anna an der Haustür und ihr Freund empfing sie aufgekratzt: „Anna, wir haben die Wohnung meiner Eltern heute Nacht für uns ganz allein. Komm bitte mal mit in das Schlafzimmer." Ein großes gemütliches Ehebett schrie förmlich danach, benutzt zu werden. Basti hatte farbige Glühbirnen in sämtliche Lampen geschraubt, und so für die passende schummrige Beleuchtung gesorgt. Auf dem Nachttischchen stand gekühlter Krimsekt bereit. „Annalein, den trinken wir heute aber mal auf eine ganz besondere Art, die dir sehr gefallen wird. Bedingung ist jedoch, dass du deine störende Kleidung ablegst!" „Wie unmoralisch, Basti, was machst du mit mir?", neckte Anna ihn. Genüsslich entkleidete er seine Freundin eigenhändig und füllte nun vorsichtig Annas Bauchnabel mit dem köstlichen Getränk. „Darf ich?", fragte er rhetorisch und schlürfte gierig den Sekt, ohne Annas Antwort abzuwarten. „Basti, das kitzelt ganz höllisch", protestierte Anna. „Du, das ist erst der Anfang", lachte er und begoss sie nun von oben bis unten mit dem prickelnden Sekt und Anna lachte unsicher. Dann beugte er sich über das Mädchen und schleckte ihren ganzen Körper ab. „Anna? Gefällt es dir oder muss ich aufhören?" „Mach weiter", schnurrte diese nur. Er konnte neuerdings in diesen Dingen viel Phantasie entwickeln und war dann dabei sehr leidenschaftlich und feinfühlig. Ein richtiger Traummann! „Hör bloß nicht auf, ich warne dich", flüsterte Anna glücklich: „Sonst trifft dich die Kitzelstrafe und du weißt genau, was das bedeutet."

Was Basti in dieser Nacht seiner Anna verheimlichte, war, dass er absichtlich zerstochene Kondome benutzte. Er wollte ein Kind mit ihr, sie heiraten, mit ihr zusammenleben und wenn es nicht anders ging, dann auch auf diese linke Tour! Niemals hätte Anna sich so etwas gedacht. Dazu war sie viel zu verspielt und unreif. Sie zeigte noch überhaupt keine Bereitschaft für diese Enge, die Sebastian mit aller Wucht anstrebte. Anna dachte damals im Traum nicht daran, Kinder zu bekommen. Hatte Bastis Plan funktioniert? Das würde sich nun ja in Kürze zeigen.

Am nächsten Morgen, als Sebastian sie nach Hause begleitete, liefen sie dem Tennislehrer in die Arme. Ausgerechnet! Was treibt der sich denn so früh schon auf der Straße rum? Die Situation war Anna äußerst unangenehm, aber sie grüßte höflich zurück. Der reife Mann schaute ziemlich dumm aus der Wäsche, als er Anna wieder in Sebastians Armen entdeckte und er kannte sie zu gut, um nicht die Spuren der Nacht mit Sebastian an ihr zu bemerken. Das machte ihn traurig. Anna ignorierte das einfach, denn die Fragezeichen in seinen Augen wollte sie jetzt ganz sicher nicht sehen. Er sollte sich nie mehr in ihr Leben einmischen. Jetzt war ihr nur noch ihr Basti wichtig. Und sie hatte viel gutzumachen! Oh man, Sebastian war so lieb!
Was während der Begegnung wohl in Basti vor sich ging? Sein triumphierender Blick und der besitzergreifende Griff, mit dem er seine Freundin in diesem Moment fest umklammerte, sagten mehr als tausend Worte.

In den folgenden Wochen wartete Basti gespannt darauf, ob seine Aktion mit den zerstochenen Kondomen Früchte trug. Er wünschte sich sehr, dass es geklappt hatte. „Anna hast du deine Tage schon?", wollte er Tag für Tag wissen. „Nein, Basti, was soll die Fragerei, willst du mir Angst einjagen? Wir haben doch immer sorgfältig verhütet!" „Nein, nein, nur so!", hatte er Anna darauf geantwortet und sie merkte zum Glück nichts. „Mist, alles umsonst!", fluchte er innerlich, als Anna ihn dann einige Tage später, als er Sex haben wollte mit den Worten abwimmelte: „Du, heute habe ich keine Lust, denn ich habe meine Periode bekommen!"

Dann hatte die Faulenzerei ein Ende. Annas erstes Semester an der Tanzakademie begann. Endlich durfte sie sich fast den ganzen Tag mit Dingen beschäftigen, die sie interessierten. Ausgelassen flirtete Anna wie wild unverbindlich mit attraktiven Sportstudenten, die dauernd ihren Weg kreuzten. Sie war plötzlich gar nicht mehr so schüchtern wie früher. Endlich hatte Anna das Gefühl zu leben, fühlte sich frei, konnte sich nichts Schöneres als Studieren vorstellen. Überall traf man interessante, aufgeschlossene Menschen, führte angeregte Gespräche, lachte, feierte, lernte und trainierte allerdings auch oft bis zum Umfallen.

9

Anna, das ist nicht fair

Und schon war das erste Semester verflogen. Manche Prüfungen hatte man gnadenlos versemmelt, andere wurden mit Bravour bestanden. Eine Semesterabschlussparty jagte die nächste. „Anna, soll ich dich heute Abend abholen?", fragte der zwei Meter lange blonde Stefan, der sie seit Wochen hartnäckig anschmachtete. Aber Thomas, dem klar war, dass sie jetzt Hilfe benötigte, zwinkerte ihr zu und meinte lässig: „Zu spät, sorry, Stefan, dafür bin ich heute schon zuständig!" Anna genoss zwar die vielen neuen Verehrer, keiner war jedoch eine ernstzunehmende Konkurrenz für ihren Basti. Und Anna war froh darüber. Der zweite Anlauf mit Sebastian schien die richtige Option zu sein, sie war glücklich mit ihm. Reifer, selbstbewusster und souveräner geworden konnte er loslassen, beanspruchte eigene Freiräume und schien keine Probleme mehr zu haben, wenn Anna sich manchmal alleine auf Partys herumtrieb. Sie braucht das Gefühl, frei zu sein, sonst ist sie weg, hatte er sich realistisch eingestanden. Wie sehr er insgeheim immer noch klammerte, zeigte er ihr lieber nicht.

Dann aber, auf einer Party mit Liveband, geschah es aus heiterem Himmel! Anna traute ihren Augen nicht. Oh mein Gott, führe mich doch nicht so sehr in Versuchung und bitte mach, dass sich dieser Mensch dort sofort wieder in Luft auflöst, betete sie. Denn als ihr Julian zum ersten Mal über den Weg lief,

wusste sie sofort: So, genau so, schaut mein Traummann aus! Sie konnte gar nicht aufhören, ihn anzustarren und als er sie ansprach, verhaspelte sie sich ununterbrochen, da laberte sie nur Müll und fand sich selbst unglaublich peinlich. Zu allem Überfluss stellte sich dann noch heraus, dass der junge Mann der Sologitarrist der Band war, die sie sich anschauen wollten. Anna sah diesen Julian später im Rampenlicht stehen und konnte zum ersten Mal verstehen, dass man einen Star anhimmelt. Als er das Mikrofon in die Hand nahm und mit seiner atemberaubenden Stimme einen wunderschönen melancholischen Song anstimmte, raubte es Anna fast den Verstand. Das ging allerdings ganz offensichtlich nicht nur Anna so. Wunderkerzen wurden angezündet, der ganze Saal sang begeistert mit! Viele kannten seine Texte schon in- und auswendig.
Was ist denn auf einmal mit mir los, fragte sie sich irritiert und war emotional komplett verwirrt. Hat er mich jetzt verhext? Für derartige Schwärmereien bin ich doch viel zu realistisch. Wie der Zufall es wollte, kannte Julian eine Kommilitonin Annas aus Sandkastenzeiten. „Ich verspreche euch hoch und heilig, nach dem Auftritt wieder zu euch zu stoßen, lauft ja nicht weg", hatte Julian Anna und der Sandkastenfreundin befohlen, bevor er auf die Bühne musste und die Vorfreude darauf trieb Anna schon jetzt Schweißperlen auf die Stirn. Aber ob er sich nach der Aufregung des Konzertes überhaupt noch an diese Verabredung erinnern würde?

Julian besaß eine Traumfigur, schlank und durchtrainiert, kein Gramm Fett zu viel, Muskeln, genau an den richtigen Stellen, braune, lockige schulterlange Haare und freche braune Augen. Tatsächlich hielt er sein Versprechen. Nach dem Konzert kam er lachend, verschwitzt und noch enorm aufgekratzt von dem erfolgreichen Auftritt zu Anna und ihren Bekannten. Gar nicht unauffällig kümmerte er sich ausschließlich um Anna und sie flirteten, was das Zeug hielt. „Du hast ja total laut mitgesungen", neckte er sie, „man konnte meinen Gesang kaum noch ausmachen!". „Oh, du hast das bemerkt? War ja auch ein unglaublich schöner Song!" „Danke Mausi, ich sammle schwärmerische Komplimente von schönen Mädchen", neckte er, zwinkerte ihr dabei frech zu und Anna wurde schon wieder rot. Angesäuert standen ihre beiden Freundinnen neben ihnen, weil Julian nur noch Augen für Anna hatte und sie überhaupt nicht beachtete. „Nein, nur von der Musik leben, kann ich nicht", erklärte Julian Anna. Er genoss es, dass sie da so unsicher stand, wobei ihr verklärter Gesichtsausdruck ganz eindeutig verriet, wie sehr er ihr gefiel. Jetzt war Beruferaten angesagt, schließlich wollte Anna dringend herausfinden, welchem profanen Job ihr Rockidol nachging. „Ich schätze, du bist Journalist!" „Nein". „Dann Tierpfleger im Schlangenhaus?", forschte sie weiter und bekam angesichts ihrer Schlangenphobie schon eine Gänsehaut. „Wieder falsch", grinste Julian, „Ich bin im richtigen Leben Zahnmediziner." Ein rockender Zahnarzt! Oh Gott, Zahnarzt! Wie schrecklich! Anna befiel immer schon vor dem Betreten einer zahnärztlichen Praxis panische Angst und sie musste literweise Baldrian trinken, um nicht vor Eintritt in die Praxis entweder tot umzufallen oder in rekordverdächtigem Sprint das Weite zu suchen. Aber von diesem Julian hätte sie sich sofort alle Zähne auf einmal ziehen und zusätzlich zu einem pinkfarbenen Gebiss überreden lassen! „Hast du denn gar keine Probleme damit, anderen Menschen die Zähne herauszureißen?", wollte Anna nun von ihm wissen. „Anna, viele Patienten sind mir dankbar dafür. Zusätzlich ist es ein gutes Krafttraining und stärkt meine Armmuskulatur", entgegnete er lachend und machte ernsthafte Anstalten, seine Muskeln spielen zu lassen. „Eingebildeter Gockel", entfuhr es Anna, aber das schien Julian nicht zu kränken, sondern imponierte ihm. Sie unterhielten sich angeregt, die Zeit verflog nur so. „Du hast übrigens wunderschöne Zähne, Anna. Ein ernstzunehmender Grund für jeden Zahnarzt, sich auf der Stelle in dich zu verlieben!" Sollte das jetzt ein Kompliment sein? Immerhin war es nicht abgedroschen, aber auch nicht das, was sie sich grade ganz doll wünschte. Hätte er sie mit schiefen Zähnen von vorneherein ignoriert? Wie oberflächlich wäre das! Den ganzen Rest des Abends konnte Anna gar nicht anders als Julian und seinen originellen Vorträgen schwärmerisch zuzuhören. An diesen Abend geschah allerdings außer intensiver Flirtereien weiter nichts Erwähnenswertes zwischen den beiden, außer, dass Anna sich bis über beide Ohren in Julian verguckt hatte und auf dem Nachhauseweg und später im Bett dauernd an ihn denken musste. Mit so einem Mann zusammen zu sein, muss doch einfach perfekt sein! Du wachst morgens auf und bist einfach nur glücklich, wenn du in sein wunderschönes Gesicht und diese warmen Augen blickst. Verflixt, im Vergleich zu Julian war Sebastian langweilig und dumpf. Diese Erkenntnis bereitete Anna erhebliche Bauchschmerzen. Aber sie wusste ja noch nicht einmal, ob Julian nicht bereits längst vergeben war! Davon musste man bei so einem Mann selbstverständlich ausgehen! Schließlich hatten sie sich an dem Abend des Konzerts nicht einmal geküsst! Zwar hatte es geknistert, geblitzt und gefunkt zwischen ihr und Julian und deshalb konnte sie sich das nächste Konzert auf gar keinen Fall entgehen lassen, soviel Vernunft durfte man nicht von ihr erwarten! Als das Wochenende nahte, erklärte die ihrem Freund: „Ich fahre am Samstag mit meinen Kommilitonen nach Köln", und der machte gar keinen Stress mehr, denn er hatte sich längst daran gewöhnt, dass Anna nicht immer für ihn verfügbar war. „Amüsier dich gut und wenn es nicht zu spät wird, ruf an, dann komme ich heute Nacht noch", erwiderte er betont lässig. Schon wieder hat sie keine Zeit, schoss es ihm durch den Kopf und machte ihn ziemlich sauer. Ob Anna ihm treu bleibt, überlegte er dann schon, aber darüber wollte er nicht weiter philosophieren, zumal er sich sicher war, dass er Anna sexuell dermaßen perfekt beglückte, dass sie überhaupt keinen Anlass dazu haben konnte. Sebastian war von sich und seiner unwiderstehlichen Wirkung restlos überzeugt. Diese gestörte Selbstwahrnehmung konnte man wirklich nur zynisch belächeln und musste sogar befürchten, dass sie Katastrophen heraufbeschwor!

Annas Lampenfieber vor der nächsten Begegnung mit Julian nahm Tag für Tag zu. Wollte sie es tatsächlich riskieren, ein zweites Mal ihrem absoluten Traummann zu begegnen? Sollte sie wirklich mitfahren? Wäre es nicht vernünftiger, zurück in ihr Bett zu kriechen, sich einfach die Decke über den Kopf zu ziehen und dem Risiko aus dem Weg zu gehen?

Diesmal spielte Julians Band als Vorgruppe einer sehr bekannten Rockband. Zuhörermassen drängelten sich schon am Eingang. „Schaut nur, wie viele Leute dort hoffen, ein Ticket auf dem Schwarzmarkt zu bekommen!", staunte Anna, „das Konzert ist völlig ausverkauft. Da werden wir Julian wohl nur aus riesiger Entfernung zuwinken können." Dieser Sachverhalt gefiel ihr jetzt gar nicht. Unerwartet eroberten sie doch noch einen der heißbegehrten Platz ganz vorne vor der Bühne. Anna musterte argwöhnisch immer wieder die kleine Blondine neben sich, die vorhin plötzlich an Julians Hals hing, als er Anna begrüßen kam, sich fast an ihm festgebissen hatte und ihn gar nicht mehr loslassen wollte. „Blöde Kuh! Ob die beiden was miteinander haben?", fragte Anna sich beunruhigt und versuchte sich das Mädchen hässlich zu reden. An diesem Abend fand Anna nicht eine einzige Minute, um Julian für sich alleine zu haben. Er war immer überall und nirgends und dauernd hingen andere Frauen an seinem Hals. Ein ganzer Schwarm von Schönheiten wich nicht von seiner Seite. So viel Erfolg beim anderen Geschlecht konnte leicht den Charakter verderben und zu Hochmut, Rücksichtslosigkeit und Egoismus führen. In solchen Situationen zog Anna sich lieber zurück, wurde dann immer besonders abweisend. Sie wollte nicht eine unter vielen sein! Da half der liebliche Wein, den sie zur Entfesselung und Überwindung ihrer Schüchternheit reichlich genossen hatte, überhaupt nicht.

Anna durfte sehr deutlich feststellen, dass sie nicht die Einzige war, der dieser süße Sologitarrist gefiel. Ob sie überhaupt Chancen hatte? Wohl kaum! Und es gab ja auch noch ihren Freund Sebastian. Oh nein, das darf ich Sebastian nicht antun. Wie charakterlos bin ich eigentlich? Ich kann ihn doch nicht schon wieder enttäuschen, überlegte sie mit sehr schlechtem Gewissen. Sie war sogar erleichtert, dass bei diesem Konzert so gar nichts zwischen ihr und Julian passiert war. „Anna, du gehst schon?" Völlig unerwartet kam Julian zum Abschied aber doch noch angesaust. Er wirkte enttäuscht, dass sie schon aufbrach und seine strahlend frechen braunen Augen durchbohrten ihre blauen und er flüsterte ihr ins Ohr: „Sorry, so ein Konzert ist immer megastressig. Anna, du hast ja meine Telefonnummer! Melde dich und besuche mich bitte, sobald du kannst." Dabei zwinkerte er ihr aufmunternd zu. „Versprich es, Anna, schwöre es. Sonst lasse ich dich nicht gehen!" Da konnte sie nicht anders als ihr Ehrenwort zu geben.

In den folgenden Tagen lief Anna in einem Zustand bedenklichster Verwirrung durch die Welt. Sie schaffte es überhaupt nicht, ihre Gefühle zu sortieren. „Elke, Julian hat mich aufgefordert, ihn ganz bald zu besuchen! Meinst du, ich soll und kann das machen?", löcherte Anna ihre Freundin auf dem Weg zum Training zum hundertsten Mal. Sie hatte sich geschworen, niemals in ihrem Leben einem Mann hinterher zu laufen und bei diesem Julian musste sie sich ja direkt in ein ganzes Rudel von Verehrerinnen einreihen. No way! „Sieh hin, Schatz, er steht auf dich!", neckte Elke sie lachend: „Das wusste ich direkt!" Dann hörte sie sich noch eine Weile die weiteren, heftigen Schwärmereien Annas an, um an der nächsten Telefonzelle anzuhalten und Anna energisch zu erklären: „Du gehst da jetzt rein, rufst sofort den Sebastian an und sagst, dass es vorbei ist! Vorher lasse ich dich nicht mehr aus der Telefonzelle raus!" Bastian war gar nicht daheim, aber seine Mutter gab Anna, völlig ahnungslos darüber, was jetzt auf ihren Sohn zukam, die Nummer von seiner Schwester, die er grade besuchte. Anna wählte erneut. Es klingelte zwei Mal, drei Mal, endlich meldete sich Bastians Schwester. „Hallo Anna, schön, dass du anrufst! Wie geht es dir?" Anna trat unangenehm berührt von einem Fuß auf den anderen und bat: „Du, es ist wichtig! Kannst du mir bitte mal deinen Bruder geben?" Dann meldete sich auch schon Bastis vertraute Stimme: „Anna, du? Was gibt es denn so Wichtiges?" Anna fühlte sich sehr mies, als sie ihm nur feige am Telefon mitteilte: „Sebastian, es ist vorbei!" Diesmal war es eine ziemlich kurze Aktion und Anna musste ihm nicht in die Augen schauen, seine Reaktion visuell miterleben. Am Telefon wirkte Sebastian sehr gefasst, sagte nur „Okay!", und legte auf, als hätte er längst damit gerechnet. Es war sicher nicht nett, sich so zu verabschieden, aber für Anna und Sebastian gab es zu diesem Zeitpunkt einfach keine Zukunft. Anna war noch viel zu unerfahren, suchte Freiheit, Ausgelassenheit, wollte leben und genießen! Wäre sie von diesem Zeitpunkt an lebenslänglich bei Sebastian geblieben, hätte sie immer das Gefühl gehabt, etwas versäumt zu haben. Erleichtert ließ Anna dieses Kapitel ihres Lebens hinter sich, auch wenn sie ihr Verhalten nicht fair fand. Es musste einfach sein! Sie waren nicht füreinander bestimmt! Er wird eine Frau finden, die sein Klammern und sein sich ausschließlich durch die Freundin zu definieren liebt, tröstete sie sich.

Eine Woche später, als sie die Post aus dem Briefkasten holte, lag ein Brief dabei. Sie erkannte die akkurate Schrift direkt und ihr Herz krampfte sich zusammen. Sollte sie den Brief überhaupt öffnen? Aber Sebastian würde doch niemals mit Schuldzuweisungen arbeiten oder in Jammertiraden verfallen. So gut kannte sie ihn. Resolut riss sie das Couvert auf. Feige wollte sie dann doch nicht sein.

Hallo Anna,
ich habe unseren Sommerurlaub an der Ostsee storniert und deinen Anteil auf dein Konto überwiesen.

Sebastian

P. S. VERGISS MICH NICHT

Anna musste weinen. Dieser Brief war so typisch für ihn: Wortkarg, beschränkt auf Maßgebliches. Man musste schon zwischen den Zeilen lesen und Basti sehr genau kennen, aber das P.S. drückte ganz deutlich aus, was der arme Sebastian momentan fühlte, wie sehr er litt. In diesen drei Worten hatte er ihr seinen tiefen Schmerz offenbart, hatte zugegeben, dass er sie vermisst. Gar nicht typisch für den starrköpfigen Basti!

Tatsache, Sebastian ging es richtig dreckig. Er hatte großzügig Annas Eskapade mit dem Trainer verziehen, alle Warnungen seines Egos und des Vaters stur ignoriert, seinen kühl kalkulierenden Verstand abgeschaltet und sich haltlos erneut in eine leidenschaftliche Beziehung mit Anna gestürzt, vor der ihm dringend von vielen Seiten abgeraten worden war. Er hatte an sich gearbeitet und sich verändert und nun das! Was sollte das ganze hin- und her? Nein, er fand keinen Zugang mehr zu Anna, verstand diese Frau nicht. Aber hatte er sie je verstanden?

Männer dürfen nicht weinen, oh nein, aber wenn die große Liebe zum zweiten Mal davon flattert und einen zutiefst verletzt einsam im strömenden Regen zurücklässt…

10

Irgendwann erwischt es jeden mal so richtig

Besagter flippiger Musiker und Zahnmediziner namens Julian geisterte nun Tag und Nacht durch Annas Gedanken und Träume. Die Schmetterlinge in ihrem Bauch drehten restlos durch. Zu starke Emotionen machten sie schon immer schwindelig. Eins wusste Anna nämlich ganz genau: Julian war ihr absoluter Traumtyp und sie wünschte sich sehr, dass es ihm mit ihr ebenso erging. Aber Prognosen wollte sie da lieber nicht abgeben. Und im Moment fand sie auch ihre Singlerolle durchaus spannend. Sie wollte nicht nahtlos von einer Beziehung in die nächste stürzen. Auf jeden Fall beschloss sie, die Tanzakademie zu wechseln und schrieb sich in Köln ein, ganz unabhängig davon, ob das mit Julian etwas Festes werden würde oder nicht. Doch Fortuna vorsichtig in den Hintern zu treten, konnte auf keinen Fall schaden.
Anna blickte erwartungsvoll, aber auch verunsichert in die Zukunft und auf ein neues Kapitel ihres Lebens. Ob ihr Traummann wirklich eine Beziehung mit ihr wollte? Schließlich standen die Frauen Schlange bei ihm.

Zum Ausgleich nach dem täglichen Zähne ziehen, Wurzel ausgraben, Bohren, Polieren und Schleifen in der Klinik brauchte Annas Schwarm das Austoben am Schlagzeug und der Gitarre ganz dringend. Er war immer sehr eingespannt mit Proben und Auftritten. Seine unermüdliche Energie hätte locker für drei

Personen gereicht. Anna wurde selbstverständlich sofort der leidenschaftlichste Fan, trug T-Shirts mit Fotos von der Band, summte ständig ihre Songs und fehlte bei keinem Konzert mehr. Julian führte sie in das Kölner Nachtleben und die Musikszene ein und schleppte sie auf unzählige Rockkonzerte, ließ sich von ihr unterhalten, anhimmeln und bekochen.

Wie kann ein Mann so einzigartig singen, dass du alle Vernunft vergisst und er alles von dir haben könnte, überlegte sie manchmal, wenn er privat einen Song nur für Anna anstimmte. Die Schmetterlinge in ihrem Bauch wollten gar nicht mehr zur Ruhe kommen bei diesem Mann. Eine völlig neue, etwas beängstigende Erfahrung. „Lieber Gott, mach bitte, dass wir zusammenkommen", betete Anna jeden Abend vor dem Einschlafen und fieberte ungeduldig dem nächsten Treffen mit Julian entgegen.

„Bist du sicher, dass ich da heute willkommen bin?", fragte Anna Julian zum mindestens zehnten Mal. „Mensch, Anna, wo ist das Problem? Ich nehme dich einfach mit", erklärte dieser leicht entnervt. „Ich muss mich da leider blicken lassen, um als Musiker im Gespräch zu bleiben und mit einer so schnucklichen Begleitung wie dir bekomme ich direkt noch Bonuspunkte!" „Alter Schleimer", entgegnete Anna unbeeindruckt. Sie fuhren auf eine dieser wichtigen Promipartys. Dort sollten sogar sehr bekannte Rockstars anwesend sein. Anfangs war Anna vor solchen Veranstaltungen immer völlig aus dem Häuschen, gewöhnte sich jedoch schnell daran. Durch Julian lernte sie die Musikszene immer besser kennen und wunderte sich oft über die Normalität vieler Stars. Julian besaß als Gitarrist und Sänger ein sehr gutes Image, sogar prominente Bands arbeiteten ausgesprochen gerne mit ihm. Dabei blieb er immer bodenständig, verzichtete auf nervige Starallüren und hob selbst in

Erfolgssituationen nie ab. Anna genoss die Party, schüttelte geduldig den Idolen, die sie bislang nur aus dem TV und Zeitungen kannte, die Hände. Einer zwinkerte ihr kumpelhaft zu und neckte sie frech: „Anna, kann es sein, dass unser Julian der Mann deiner Träume ist? Jaja, Anna, Julian und die Frauen, man könnte einen Roman darüber schreiben!" „Wieso?", entgegnete Anna betont lässig, aber sie fühlte sich ganz schön ertappt. Stand ihr das jetzt schon auf die Stirn geschrieben? Wenn es so offensichtlich war, dann konnte sie es sich ja direkt in Leuchtfarbe über beide Wangen tätowieren lassen. Julian hatte auf der Party kaum Zeit für sie und nur ein einziges Thema: Seine Band! Da waren Frauen, die nichts mit der Musikszene am Hut hatten, nur hinderlich. Aber Anna war ihm nicht böse, sie liebte engagierte Männer, konnte sich durchaus auf so einer Party selbst beschäftigen und aufregende Gesprächspartner finden. „Bist du jetzt mit Julian fest zusammen?", löcherte sie eine stark geschminkte und offenherzig bekleidete Silikonblondine mit extremem Kölner Akzent. Sie hatte ihr nicht unübersehbares Hinterteil in eine viel zu knappe Designerjeans gezwängt, die halbe Ladung quoll heraus. „Geht dich das was an?", entgegnete Anna patzig, denn die Frau war ihr auf Anhieb unsympathisch. „Aber wenn es dich interessiert, nur mal so zur Info, wir heiraten nächste Woche in Las Vegas. Hat dir das noch niemand erzählt?", flunkerte sie geistesgegenwärtig. Amüsiert beobachtete sie nun, wie der Blondine angesichts dieser dreisten Lüge die Kinnlade herunter fiel. Später klärte Julian sie darüber auf, dass besagtes Mädel damit prahlte, schon jeden angesagten Rockstar ins Bett bekommen zu haben. Unverfroren hatte sie auch Julian mit Telefonanrufen und Briefen belästigt. Sie besaß sogar die Dreistigkeit, sich überall als seine Freundin auszugeben und hatte ihm damit manche peinliche Frage von Freunden beschert. „Glaub davon bitte keine einziges Wort!", bat er Anna, „die Bitch hat von mir noch nie

ein einziges harmloses Bussi bekommen!" Anna lachte nur. Ihr war auf Anhieb klar, dass Julians Erklärungen der Wahrheit entsprachen, denn dieser Typ Frau passte so ganz und gar nicht in sein Beuteschema.
Ob Julian auch mich vielleicht gar nicht als feste Freundin in Betracht zieht, überlegte sie manchmal unsicher. Und dieser Gedanke beschäftigte sie mehr und mehr. Aber sie konnte ihn doch nicht einfach ganz direkt fragen, denn damit würde sie ja von vornherein den männlichen Jagdinstinkt lahmlegen.

Es gab in Köln jede Menge attraktive Mädchen, die Julian viel zu offensichtlich anhimmelten. Heißumworben von der Frauenwelt, erhielt er öfter mal ganz unverhohlen eindeutige Angebote. Eines Abends auf einer der vielen Partys kam er mit hochrotem Kopf und sichtlich verärgert aus dem Bad gestürzt: „Anna, du wirst es nicht glauben, grade ist mir ein Mädchen bis auf die Toilette gefolgt und stand, bevor ich sie stoppen konnte, schon barbusig und im Stringtanga vor mir und versuchte über mich herzufallen. Wenn es nicht so traurig wäre, könnte man sich totlachen! Billiger geht es ja wohl kaum noch. Ich musste vor der Frau tatsächlich flüchten!" „Hat die eigentlich gar kein Selbstwertgefühl?" Anna schüttelte verständnislos den Kopf. Beschämend, dass Mädchen sich so für einen Mann erniedrigen konnten, dass sie liebeskrank ihren Selbstwert vergaßen und sich wie eine Ware anboten. „Armer Julian! Willst du mich als Leibwächterin engagieren? Ich vertreibe die gerne", bot Anna ihm an.
Dennoch hatte dieses Erlebnis auch bei Anna Spuren hinterlassen. Daheim überlegte sie: Ist es ratsam, einen Mann, über den Frauen sogar herfallen, als Partner zu wählen? Kann ich damit umgehen?
Schwieriger Fall!

„Komm Anna, du brauchst dringend eine Auszeit, verreise mit deinen alten, langweiligen Eltern einfach ein paar Tage", schlug ihr Vater vor. Es wurde Zeit, dass sie mal herauskam aus dem ganzen Schlamassel, denn ihre Schwärmerei für Julian und die Unsicherheit, ob er auch etwas empfindet und eine richtige Beziehung mit ihr wollte, setzten ihr ganz schön zu. War das schon so offensichtlich, dass es sogar ihr Dad, der in solchen Dingen normal Scheuklappen trug, begriff? Ohje!

Zusammen mit ihren Eltern genoss Anna das verlängerte Wochenende im Tessin, fand zurück zu ihrem angeborenen Optimismus, machte ausgedehnte Spaziergänge mit ihrem Vater, aß jedoch fast gar nichts vor Liebeskummer und Annas Mutter sagte zu ihrem Mann: „Die Anna hat es diesmal aber heftig erwischt!"

Nein, Anna schaute nicht zurück. Das Leben als Tanzstudentin der Sporthochschule, viele neue Kontakte, massenhaft Jungen zum Flirten, Partys in der Kölner Musikszene: Ein atemberaubendes Studentenleben wie es im Buche steht, nahm Anna restlos in Beschlag. In dieser Zeit dachte sie gar nicht mehr an Sebastian, holte glücklich nach, was sie in den langweiligen Fesseln der ersten, viel zu engen Beziehung versäumt hatte.

Und Julian zeigte auch immer deutlicher, dass Anna ihm etwas bedeutete. Oh ja, so ließ es sich leben! Julian und Anna passten gut zusammen. Jeder widmete sich seinen Hobbies: Anna ihrer Tanzerei und Schauspielerei, Julian seiner Musik. Und beide trainierten und probten intensivst. Keiner funkte dem anderen herein, oder machte gar Szenen, wenn das Hobby zu viel Zeit verschlang. Es passte einfach. Weder Anna noch Julian klammerten. Selbstbewusst kannten beide ihren Marktwert. Sie vertrauten sich einfach, ohne wenn und aber. Annas Unsicherheit verschwand mehr und mehr. Eines Tages wurde sie ungewollt Zeugin, als er einem Freund erklärte: „Anna ist perfekt für mich. Jeden Tag staune ich aufs Neue, wie sie ohne riesige Meckerorgien meine überhand nehmenden Aktivitäten akzeptiert und unterstützt. So eine Beziehung habe ich die ganze Zeit gesucht. Schon lustig, dass ein derartig attraktives und perfektes Wesen mir über den Weg läuft und wir uns auch noch ineinander verlieben!" Auch wenn die Unterhaltung nicht für Annas Ohren bestimmt war, hatte sie nun endlich Klarheit! Julian wollte definitiv eine Beziehung mit ihr. Anna machte Luftsprünge vor Freude! Sämtliche Freundinnen beneideten sie um den attraktiven Freund, auch wenn er ziemlich eigensinnig war und einige Marotten besaß.

An einem ganz unspektakulär startenden Freitag meinte Julian plötzlich ernst und mit grotesker Leidensmiene; „Anna, es lässt sich nicht verhindern, du wirst heute meine Familie kennenlernen." Anna lachte: „Ich dachte schon, du willst sie mir vorenthalten und habe mir Gedanken gemacht, warum." Sie hatte nämlich schon lange gespannt auf den Tag gewartet, seinen Eltern vorgestellt zu werden. Julian erzählte selten von seiner Familie.
Er wuchs als Einzelkind in einer sehr angesehenen, einflussreichen Kölner Familie auf. Lange hatte man ihn innerhalb der Familie als schwarzes Schaf betrachtet. Julian studierte nicht der familiären Tradition gemäß Betriebswirtschaft, um die Firma seines Vaters und Großvaters später einmal zu übernehmen. Er wählte auch nicht die Christlichen Demokraten, wie Vater, Mutter, Großvater und Großmutter, Onkel und Tante, sondern er war überzeugter Sozialdemokrat, manchmal sogar mit grünem Touch. Er setzte sich äußerst aktiv für sozial Schwache ein

und rebellierte sowohl politisch als auch musikalisch. Wie in angesehenen Kreisen üblich, gab es natürlich in Julians Familie das ungeschriebene Gesetz, ein klassisches Instrument zu erlernen, um im Kreise der Familie stimmungsvoll zu musizieren. Julian nahm dieser Konvention folgend unter der Fuchtel seiner ehrgeizigen Mutter sündhaft teure Klavierstunden bei einem bekannten Pianisten, spielte als kleiner Junge schon bald recht gut am Flügel sein klassisches Repertoire auf Familienfeiern rauf und runter, um sich dann aber in der Pubertät aufzulehnen und sich unter dem Protestgezeter seiner Mutter eine E-Gitarre und ein Schlagzeug anzuschaffen. Unbeachtet flehte der wertvolle Flügel von nun an vergeblich um Julians Gunst. Nicht nur politisch und musikalisch demonstrierte Julian seine Antihaltung zu den biederen, verstaubten Konventionen seiner Familie, sondern zum Wehklagen seiner Mutter unterstrich er seine Haltung auch mit seinem äußerlichen Erscheinungsbild. Rebellierend gegen die konservative Familie, kannte man ihn nur in ausgefransten Jeans, Shirts mit provokanten Aufdrucken und mit immer aus der Sicht seiner Eltern viel zu langen Haaren. Aber grade diese langen, braunen, lockigen Haare liebte Anna an ihm, egal, ob Julian sie offen oder zum Pferdeschwanz gebunden trug. Der einzige Luxus, den er sich gönnte, war ein sündhaft teurer, betörender Herrenduft aus Paris, der vermutlich nicht nur Anna süchtig machte. Oh lala…

Julians Eltern beteten inbrünstig, dass sich seine Rebellion gegen jede Art von „Spießbürgertum" mit zunehmendem Alter regulieren würde. Bis dahin überlegte sich Frau Kaiser kreativ immer neue Horrorszenarien, die Zukunft ihres Sohnes betreffend. „Julian, du endest mit Sicherheit in einer eigenen, aber sich nicht rentierenden Zahnarztpraxis, in der du nur Ausgeflippte behandelst, die die Behandlungen nicht einmal bezahlen können und denen du noch Geld zum Leben zustecken musst", prophezeite Julians Mutter ihm besorgt. Diese Schreckensvision schilderte sie jedem ausführlichst in den schillerndsten Farben, ob derjenige sie hören wollte oder nicht. „Richtig, Mutter, auch denen muss nämlich geholfen werden"; antwortete Julian dann. „Mutter, sag mal, wann hast du denn das letzte Mal Hilfsbedürftige sinnvoll unterstützt?"

„So, Anna, wir sind am Ziel!" Julian hielt mit seiner klapprigen, froschgrünen Ente vor einem hocheingezäunten, herrschaftlichen Grundstück.
„Hey, träume ich? Du verarscht mich doch! Fahr weiter!"
„Nein, Anna, hier wohnen meine Eltern tatsächlich", entschuldigte Julian sich kleinlaut. Fassungslos starrte Anna auf das luxuriöse Anwesen in einem der nobelsten Viertel Kölns. Julian lachte: „Ach, weißt du, hier leben meine Erzeuger und deren Vorfahren schon seit Generationen! Damals wurden einem die Grundstücke hier ja noch nachgeschmissen." Aber er hatte seine Freundin überhaupt nicht auf so etwas vorbereitet. „Mein Gott, wohnt ihr feudal", staunte sie beeindruckt, als sie die großzügige Villa betraten. Doch Anna ließ sich nicht einschüchtern. Den Umgang mit vornehmen Menschen war sie aus der eigenen Familie durchaus gewöhnt, auch wenn das hier jetzt noch ein paar Kategorien höher anzusiedeln war. Fröhlich begrüßte sie ohne Hemmungen Julians etwas steife Eltern und sammelte bei ihnen mit ihrer unkomplizierten Art direkt Sympathiepunkte.
Gemeinsam begaben sie sich in das geschmackvoll eingerichtete Esszimmer. „Es ist serviert!", verkündete ein Hausmädchen in schwarzem Kleid mit weißer Schürze leise und Anna fühlte sich ins vorige Jahrhundert zurückversetzt. Eine derartige Szenerie kannte sie nur aus Filmen, dem Theater oder aus

Fontaneromanen, die sie begeistert verschlungen hatte. Angeekelt inspizierte Anna die unvermeidlichen Austern, die dann als Vorspeise aufgetischt wurden. Sie musste vor Ekel fast würgen. Wie entsorge ich die nur, ohne dass ich mich ganz schrecklich blamiere, überlegte sie fieberhaft. „Anna, es besteht keinerlei Zwang, die armen Viecher zu essen, wenn dir nicht danach ist", kam Julian ihr zu Hilfe und rette die Situation sichtlich amüsiert. Das Schauspiel, das er selbst während des Essens bot, war bühnenreif. Er schlürfte die Suppe, aß mit den Händen und lachte dabei aus vollem Hals. So kannte Anna ihn gar nicht. Dass er nicht auch noch seiner Mutter auf den Po klapste, wunderte sie. Gespannt verfolgte sie die Reaktionen seiner Eltern. Zum ersten Mal erlebte das junge Mädchen live mit, wie ihr Freund es darauf anlegte, ständig zu provozieren. Sein Elternhaus schien ihn tatsächlich zurück in pubertäre Zeiten zu versetzen „Du, wann gehen wir endlich mal zusammen einen saufen?", fragte Julian seine Mutter und schlug ihr dabei auch noch kumpelhaft auf die Schulter. Die alte Dame zuckte zwar zusammen, blieb aber nett und freundlich. Souverän und taktvoll wechselte sie das Thema. Nach Beendigung des endlosen 5-Gänge-Menüs sprang Anna plötzlich hilfsbereit auf, als das Dienstmädchen begann, abzuräumen. „Warten Sie doch, ich fasse mit an. Das müssen Sie nicht alleine machen", bot sie der fleißigen Frau an, die völlig irritiert zu Julians Mutter blickte und unsicher auf Anweisungen wartete. Julians Eltern lachten erzwungen höflich. Tausend Waschmaschinen für ihre Gedanken, dachte Anna. Julian dagegen war begeistert von seiner natürlichen Anna und machte daraus kein Geheimnis. „Ich halte gar nichts davon, sich bedienen zu lassen", meinte er provokant grinsend mit anzüglichem Seitenblick auf seine Mutter, „aber meine Mutter ist nun mal eine faule Frau mit zwei linken Patschehändchen!" Frau Kaiser ignorierte diese Bemerkung nur peinlich berührt. Später nahm Julians Vater ihn zur Seite. Er wollte unter vier Augen ein paar Worte mit seinem erwachsenen Sohn wechseln, obwohl ihm bewusst war, dass sein Einmischen in Julians Angelegenheiten immer riskant sein und genau das Gegenteil bewirken konnte. „Julian, diese Anna, die wäre doch die richtige Frau für dich. Sie gefällt deiner Mutter und mir ganz außerordentlich. Sie scheint eine gute Kinderstube mitzubringen." Sein Sohn lächelte nur und antwortete nicht. Das war ja nun wirklich ganz alleine seine Angelegenheit! Was fiel seinem Vater ein, sich da einzumischen? Bemerkenswert war allerdings, dass seine Eltern zum ersten Mal seinen Geschmack, was Mädchen betraf, billigten und sogar lobten. Das hatte es bisher noch nie gegeben. Annas Vorgängerin hatten seine Eltern nach ihrem ersten Besuch sogar strenges Hausverbot erteilt.

Julian empfand den Wohlstand seiner Familie als peinlich und belastend. „Ich finde, ein Mensch muss sich seinen Lebensunterhalt mit eigenen Händen verdienen und nicht einfach nur ererben. Materielle Altlasten in Form von Vermögen will ich nicht", erklärte er leidenschaftlich. Zwar hätte es im Hause für Julian eine luxuriöse Penthousewohnung mit schlappen 130 Quadratmetern und riesiger Terrasse inklusive Putz- und Spülfrau mietfrei gegeben und Julians Mutter war ganz versessen darauf, ihr einziges Kind noch ein wenig unter ihrer Kontrolle zu haben, aber der zog es vor, in einer winzigen Wohnung in Köln-Ehrenfeld zu hausen und seine Miete von seinem selbstverdienten Geld zu bezahlen. Julian wollte sich freischwimmen vom Reichtum seiner Erzeuger. „So ihr Lieben, wir packen es mal wieder", erklärte Julian seinen Eltern, die ihren Sohn und seine Freundin noch höflich nach diesem abwechslungsreichen Nachmittag bis zum Tor ihres Anwesens begleiteten. Wer genau hinsah, konnte die Melancholie der alten Leutchen spüren, die sie einholte, weil die fröhlichen Kinder nun wieder ihre eigenen Wege einschlugen, langweilige Stille im Haus einkehrte und der nette und auch aufregende Besuch schon wieder verstrichen war. „Besucht uns bald wieder", bat Frau Kaiser leise und Anna merkte deutlich, wie sehr sie sich das tatsächlich wünschte.

„Man, du hättest mich warnen können", zeterte Anna, als sie das Anwesen seiner Eltern verließen. „Warum denn?", fragte das Schlitzohr Julian betont arglos. „Ich wäre fast in meinem Hippioutfit erschienen, bauchfrei mit Jeansshorts, wie peinlich wäre das denn gewesen?" Julian grinste noch breiter und meinte: „Anna, das wäre super gewesen. Ich finde nämlich, das steht dir besonders gut! Dann hätten meine netten Eltern gleich mal gesehen, was für eine Wahnsinnsfigur du hast. Die musst du nicht verstecken!" „Das ist jetzt nicht dein, Ernst, du, du…" Manchmal konnte Julian Anna mit seiner Lässigkeit ganz schön auf die Palme bringen, konnte echt frech sein und Anna mochte das sehr.

Auch Annas Familie reagierte positiv auf ihren neuen Freund. „Endlich ein Mann, mit dem ich etwas anfangen kann, der Allgemeinbildung und eine eigene Meinung hat", stellte ihr Vater begeistert fest und ihre Mutter meinte hinter vorgehaltener Hand: „Ein Schnuckelchen ist der ja wirklich, Anna."

„Julian, hast du kurz Zeit?", überfielen beide Brüder Annas Freund jedes Mal, kaum hatte er das Haus betreten und verschwanden mit ihm stundenlang in ihrem Zimmer, um Musik zu machen und CDs zu hören. Man vertrat einstimmig die Meinung, dass dieses männliche Exemplar auf jeden Fall besser zu Anna und auch ihrer Familie passe als Basti. Und Anna schien sehr verliebt zu sein. So glücklich hatte sie bei Sebastian nie gestrahlt.

In dieser Zeit dachte Anna gar nicht mehr an ihren Ex. Im Grunde war sie erleichtert über die Trennung und hatte ihn komplett aus ihren Gedanken gestrichen. Als sie dann wieder einmal ihre Eltern in Bonn besuchte, lief ihr seine Mutter über den Weg. „Hallo, Anna, schön dich zu sehen! Geht es dir gut? Sebastian ist mit seiner Freundin zusammengezogen und sie liebt ihn sehr. Nur vor dir hat sie Angst und befürchtet, dass du ihn ihr wegnehmen könntest!" Hallo! So etwas sagt man doch nicht der Ex, die den Sohn skrupellos abserviert hat! Wie peinlich war das denn? Aber Anna war auch erleichtert zu hören, dass Sebastian sein Glück gefunden hatte. Da braucht die Freundin sich überhaupt keine Sorgen zu machen. Ich will ihn ganz sicher nicht zurück, dachte Anna, sprach es aber nicht aus und lächelte Frau König höflich an und meinte: „Das freut mich sehr für ihn! Ich habe ihm auch die Daumen gedrückt, dass er sein Glück findet!"
Da wussten beide allerdings noch nichts von den Hürden, die Sebastian und seiner Freundin in den Weg gestellt werden würden.

11

Sebastian geht's noch?

Ja, auch Sebastian lebte sehr zufrieden in seiner neuen Beziehung. Die Freundin Nummer zwei himmelte ihn an, wollte ihn heiraten und viele Kinder von ihm und kochte dazu auch noch ganz vorzüglich. Sie hatten sich auf einer Party seiner Cousine kennengelernt und waren nun unzertrennlich. Eine neue Klammernummer halt. Er fand sie recht hübsch, ein bisschen pummelig zwar und kleiner als Anna, aber sehr sexy. „Zu mir oder zu dir?" Ellena hatte ihn noch am ersten Abend abgeschleppt. Sebastian mochte es, wenn die Frauen die Initiative ergriffen und sie waren gleich in ihrem Bett gelandet. Bastian gefiel diese Frau außerordentlich, die ganz genau wusste, was sie wollte und sexuell äußerst aktiv und experimentierfreudig war. „Zieh doch zu mir", hatte Ellena, die schon eine eigene Wohnung besaß, ihm vorgeschlagen und so dauerte es gar nicht lange und Basti zog bei ihr ein. „Ich liebe dich!", umgarnte Ellena ihn morgens, mittags und abends, schwebte glücklich auf einer rosa Wolke und verwöhnte ihren Schatz nach Strich und Faden.

Anna war weit weg, unerreichbar und aus Sebastians Gedanken verbannt. Er wollte nie mehr an sie denken und von ihr auch nichts mehr hören.

Sein Studium lag in den letzten Zügen. Er büffelte intensiv und schaffte einen sehr guten Abschluss. Nun hieß es, Bewerbungen zu schreiben. Sebastian hasste das. Aber trotz schwieriger Situation auf dem Arbeitsmarkt rissen sich die Arbeitgeber um ihn. „Ellena, ich muss mich zwischen einer bekannten Firma in Hannover und einer kleinen Firma direkt in Bonn, bei der aber nicht absehbar war, wie lange sie noch bestehen wird, entscheiden. In Hannover wollen sie mich unbedingt haben und bieten sie mir ein Traumgehalt, das sogar mich schwindelig macht", erklärte er seiner Freundin und hoffte, dass sie gemeinsam die richtige Entscheidung fällen würden. Doch Ellena flehte: „Bitte, Sebastian, bleib in Bonn! Hier haben wir unsere ganzen Freunde, die schöne Wohnung und ich meine Arbeit, die mich glücklich macht", denn für sie ergab sich keine Chance, in Hannover einen adäquaten Job zu bekommen. „Sebastian, unsere Beziehung ist doch so perfekt!" „Nein, Ellena, ich ziehe nach Hannover! Das ist definitiv die richtige Wahl! Du kannst mitkommen, nachkommen oder wir führen eine Wochenendbeziehung", entgegnete er hart. Wenn Geld ins Spiel kam, waren für ihn Gefühle zweitrangig. Außerdem diskutierte er mit Frauen prinzipiell nicht! Er wollte das Sagen haben! Da konnte Ellena betteln, soviel sie wollte. Starrsinnig mietete er sich eine bescheidene, preiswerte Wohnung in einem hässlichen Hochhaus mitten in der Stadt und führte mit Ellena ab sofort nur noch eine Wochenendbeziehung. Oh, ihr dauerndes Gemotze nervte ihn gewaltig. „Sie muss sich anpassen und einsehen, dass ich recht habe! Frauen muss man erziehen! Gute Erziehung ist das halbe Leben", sagte er sich und um diese Maßnahmen nachhaltig zu machen, blieb er einfach öfter mal ein Wochenende in Hannover und ließ seine Freundin in Bonn im Ungewissen auf sich warten. Das macht mich für sie nur noch interessanter und erhöht ihre Sehnsucht nach mir, dachte er selbstgefällig. Ellena hatte sich ihm mit ihrer Verliebtheit zu sehr ausgeliefert. Das nutzte Basti skrupellos aus. Endlich konnte er mal den Macho spielen! Er genoss es!

Und wenn Ellena endlich kapiert hatte, dass er wieder einmal seine Erziehungsmaßnahmen an ihr erprobte, feierte sie als Retourkutsche besonders ausgelassen bis zum Morgengrauen in ihrer Lieblingsdisko, Flirts inbegriffen. Aber dann blieb plötzlich ihre Periode aus. Ellena wusste, dass sie mit Sebastian immer verhütet hatte. Darauf achtete er übertrieben sorgfältig. Also konnte er nicht der Vater sein. Aber es gab da noch diesen einen One-Night-Stand. Frustriert, dass Basti schon wieder in Hannover blieb, hatte sie sich von einem Typen im Laufe des Abends mit Sex on the Beach zuschütten lassen. Er war enorm spendabel gewesen. Leichtsinnig waren sie dann irgendwann zügellos übereinander hergefallen. Nur schemenhaft konnte sie sich danach noch erinnern. Ach du Schande, wir haben in dieser Nacht keine Kondome benutzt, dazu waren wir viel zu betrunken, fiel ihr schlagartig ein und die Pille hatte sie in dem besagten Monat auch zwei Mal vergessen. Ellena fühlte sich entsetzlich, dachte an Abtreibung, aber auch an die Möglichkeit, Sebastian das Kind einfach unterzuschieben. Sie entschied sich Bastian gegenüber zunächst für die Variante der teilweisen Ehrlichkeit. Aufgeregt überfiel sie ihn bei seinem nächsten Besuch: „Basti, bitte fall jetzt nicht in Ohnmacht, aber ich bekomme ein Kind." Sie hatte sich insgeheim schon oft ausgemalt, dass er vor Freude Purzelbäume schlagen würde, Vater zu werden. „Dann fahr mal schnell nach Holland! Verdammt, das wird jetzt teuer", erwiderte Sebastian gehässig und machte ein riesigen Stress. „Ellena, wir können zu diesem Zeitpunkt ein Kind überhaupt nicht brauchen. Ahnst du eigentlich, was so ein Baby monatlich an Unterhalt kostet? Ich will erst ein Polster ansparen und nicht mein hartverdientes Geld direkt wieder für Windeln aus dem Fenster schmeißen!" „Nein, Bastian, ich möchte das Kind, ich werde dieses Lebewesen nicht aus purer Geldgier töten", insistierte Ellena energisch. „Die werde ich schon noch weichkochen", sagte Sebastian sich siegessicher,

„sie wird abtreiben, daran führt kein Weg vorbei, wenn sie bei mir bleiben will." Tagelang ließ er daraufhin die verzweifelte junge Frau in der Ungewissheit schmoren, ob er unter diesen Umständen die Beziehung mit ihr weiterführen wolle oder nicht. „Sie wird schon von selbst darauf kommen, dass eine Abtreibung die einzige für uns richtige Option ist", sagte er sich. „Sebastian, warum meldest du dich nicht? Ist das jetzt das Ende? Wir lieben uns doch. Dieses Kind wird unsere Liebe nur noch schöner machen", sprach Ellena ihm verzweifelt auf den Anrufbeantworter, erhielt aber nie eine Antwort. Es ging ihr sowieso enorm schlecht, weil sie ein Kind von einem Anderen in sich trug, was sie ihm auf gar keinen Fall beichten durfte, wenn sie ihn nicht verlieren wollte. Sie liebte doch ihren Sebastian abgöttisch. Der machte es sich leicht, war einfach für die Verzweifelte nicht erreichbar und ließ sie schmoren. Die liebt mich ja sowieso. Er war sich bei Ellena einfach viel zu sicher. Aber als die Schwangere endlos lange keine Antwort erhielt, beschloss sie in ihrer aufgestauten Wut, die Bombe platzen zu lassen, ohne sich bewusst zu machen, welchen irreparablen Schaden sie damit anrichtete: „Sebastian, du bist nicht der Vater, das Kind ist von einem One-Night-Stand, den ich überhaupt nicht kenne", erklärte sie ihm am Telefon. Jetzt war Sebastian völlig aus dem Häuschen. Er schwankte zwischen Wut und Verletzung hin und her. „Dieses Miststück! Diese Hure! Steigt einfach mit einem Unbekannten in die Kiste und lässt mich dann auch noch in dem Glauben, ich sei der Vater! So nicht, liebe Ellena!" Sebastian konnte seine gekränkte Eitelkeit nicht kompensieren. Nüchtern betrachtet hätte sie sich doch gleich, als ihr klar wurde schwanger zu sein, mit einer sofortigen Abtreibung wunderbar aus der Affäre ziehen und ihre Beziehung retten können. Sie hätte es ihm nie sagen müssen. Das wäre ihm gar nicht aufgefallen. Aber sie wollte es ja wohl nicht anders. Sebastian war sich sicher, jetzt das Richtige zu tun, eine andere Wahl hatte er doch gar nicht mehr. „Hör zu Ellena, es ist aus und vorbei! Ich will nichts mehr von dir hören", verkündete er hart und kalt am Telefon, legte auf, ohne sie noch zu Wort kommen zu lassen und war für sie nie mehr zu erreichen. Er hatte bewusst den Schlussstrich am Telefon gewählt, das Gejammer und Geheule wollte er nun wahrlich nicht live erleben! Ellena litt, versuchte stundenlang, ihn anzurufen, schrieb ihm lange Briefe und weinte sich die Augen aus dem Kopf. Sie probierte sogar, Basti über seine Mutter zu kontaktieren, aber erfolglos! Verzweifelt kam sie gar nicht mehr zu sich. Wahre Liebe verzeiht doch alles, dachte sie immer wieder, und das zwischen uns war doch die ganz echte große Liebe. Sie hasste sich selbst, denn schließlich war sie es, die betrogen und belogen hatte.

Rein zufällig begegnete Ellena dann einige Wochen später beim Einkaufsbummel dem Erzeuger ihres Kindes. Mittlerweile fühlte sie sich schrecklich unförmig. Sie erkannte ihn auf Anhieb. Erst wollte sie wegschauen und einfach weitergehen, aber schon hatte auch er sie entdeckt und rief: „Ellena?" Wahnsinn, er hatte sich sogar ihren Namen gemerkt. Nach so vielen Monaten erstaunlich für einen Mann. Er kam grinsend auf sie zu und meinte: „Holla, du hast dich aber verändert", und blickte provozierend auf ihr deutlich sich abzeichnendes Bäuchlein. „Manchmal", antwortete Ellena ehrlich, „geschehen auch ungeplante Dinge!" „Ach so, ein Malheur? Wann hast du denn geheiratet", wollte er wissen. Ellena musste zu ihrer Schande gestehen, dass sie nicht einmal seinen Namen kannte. „Ich bin Single oder sagt man alleinstehende Schwangere?", bekannte sie verlegen errötend. „Oh, das tut mir leid", antwortete Martin mitfühlend, „hast du vielleicht Zeit auf ne Latte, ich hab eh heute keine Lust auf Informatik. Dann können wir in Ruhe quatschen!" Ellena nahm die Einladung gerne an, denn dadurch konnte sie ihrem Kind später mehr über seinen Vater erzählen. Und dann verstanden sie sich so gut, dass Ellena allen Mut zusammennahm. „Du, ich muss dir etwas beichten, was dich schockieren wird!" „Quatsch! Du bist mir doch nichts schuldig, Süße!" „Doch!" Zerknirscht gestand sie Martin seine Vaterschaft. „Das haut mich jetzt um! Ich werde Vater? Whow!" Nicht eine einzige Sekunde zweifelte er daran, dass er der Vater sei. Natürlich war er im ersten Augenblick sehr verblüfft. Aber dann sah man richtig, wie es hinter seiner Stirn arbeitete. „Ellena, dann müssen wir uns besser kennenlernen! Ich will mich auf keinen Fall vor der Verantwortung drücken. Außerdem finde ich dich schon lange sehr attraktiv, aber du hast mich abgesehen von dem einen Abend nie beachtet." „Du freust dich?" Jetzt war Ellena an der Reihe, die Welt nicht mehr zu verstehen. Nie im Leben hätte die werdende Mutter damit gerechnet, dass das zufällige Treffen vor der Universität letztendlich initiierte, dass sie und der Erzeuger ihres Kindes ein Paar wurden, heirateten, an der Ostsee erst ein, dann zwei, dann drei und vier Restaurants eröffneten und damit viel Geld verdienten. Sie waren das perfekte Team, beruflich wie privat. Manchmal ist die Zeit dafür einfach reif. Nachdem das niedliche Töchterchen auf die Welt kam, das von den stolzen Eltern umhegt, gepflegt und maßlos verwöhnt wurde, schafften sie sich drei Huskies und zwei dicke Siamkater an, damit das Familienleben lebendig wurde, denn sie hatten beschlossen, dass es bei dem einen Kind bleiben sollte. Martin war übrigens ein sehr attraktiver Mann: Mittelgroß, blond, sportlich, durchtrainiert und sehr aufgeschlossen, also schon optisch das genaue Gegenteil von Sebastian. Auch ansonsten war er weder egoistisch, noch schleppte er Altlasten mit sich herum wie ihr Ex, der immer wieder von seiner großen Liebe, dieser bescheuerten Anna angefangen hatte und Ellena damit fürchterlich verunsichert und geärgert hatte.

Auch Sebastian fand eine willkommene Ablenkung nach dem Desaster mit Ellena. „Herr König, ich habe ein lukratives Angebot für sie", verkündete sein Chef: „Zwei Jahre Japan, bei doppeltem Gehalt. Sind sie dabei?" Ohne große Bedenkzeit sagte Bastian zu. Asien erschien ihm verlockend und noch überzeugender war für Mr. Dollarzeichen-im-Auge der versprochene doppelte Verdienst. Zusätzlich war das jetzt die optimale Chance, Ellena endgültig loszuwerden. Bis nach Japan würde sie ihm wohl kaum hinterherlaufen.
Zu diesem Zeitpunkt nahm Sebastian noch an, dass Ellena ihn nach wie vor intensiv begehrte. Ein angenehmes Gefühl, irgendwie, trotz seiner Wut auf diese Frau und einem ziemlich angeknacksten Ego. Sollte sie sich doch nach ihm die Finger abschlecken und ihn nie mehr bekommen! Geschah ihr nur recht! Einlenken würde er jedenfalls nie mehr!
Er wusste nicht, dass sie längst eine neue Liebe gefunden hatte.

12

Liebling, bitte heirate mich

Die Jahre verflogen. Als Julian seine Assistenzzeit beendet hatte, beschloss er, auf der Stelle zu heiraten und schleifte die verblüffte Anna zum Standesamt, um das Aufgebot zu bestellen. „Ich wusste gar nicht, dass du so spießige Dinge wie eine Ehe in dein Leben lässt", neckte Anna ihn. „Doch, eine kleine, harmonische Familie gehörte immer in mein Lebenskonzept. Dich zu heiraten finde ich überhaupt nicht spießig", entgegnete Julian ernst, „und mit dir kann ich sogar brüllende Säuglinge und pubertierende Teenager ertragen!" „Das kommt jetzt aber auf jeden Fall auf die Liste typische, sehr merkwürdige Juliankomplimente", meinte Anna nun gut gelaunt. „Müsstest du nicht erst mal herausbekommen, ob ich dich überhaupt will, Julian?", forschte sie nun nach. „Nö, weiß ich doch", erwiderte Julian lässig. Angesichts solcher Überheblichkeit machte Anna Anstalten wegzulaufen, aber Julian hielt sie lachend fest und überzeugte sie mit einem leidenschaftlichen Endloskuss restlos, seine Frau zu werden. „Du schlimmer Verführer!", neckte Anna ihn. Glücklich betraten sie gemeinsam das Standesamt.

„So habe ich es mir aber nicht vorgestellt, meine Tochter unter die Haube zu bringen", protestierte Annas Vater beleidigt, als sie ihn mit der Hochzeit vor vollendete Tatsachen stellten. „Ein Schwiegersohn bekommt meinen Segen nur, Anna, wenn er ganz offiziell bei mir um deine Hand anhält!" Aber Julian hasste Konventionen jeglicher Natur. „Es macht doch keinen Sinn, deinen Vater um deine Hand zu bitten, Anna! Das ist doch wohl eindeutig einzig und allein deine Entscheidung." „Beruhige dich, Julian, ich hab doch längst zugestimmt und mein Dad wird sich schon damit abfinden. Schließlich gibt es schlimmere Schwiegersöhne als dich!"

Auch Julians Mutter quälte das Brautpaar im Vorfeld mit ihren äußerst speziellen Vorstellungen der Hochzeit ihres einzigen Sohnes. „Ohne mich darf Anna ihr Brautkleid auf gar keinen Fall kaufen", forderte sie. Als Kleid für die zukünftige Frau ihres Julians kam nur ein sündhaft teurer Designertraum aus Seide und Perlen in Frage. „Anna, wir fliegen nach Mailand!", ordnete sie an und führte dort die erstaunte Anna in das erste Brautmodenatelier am Platz. Eifrige Hände kleideten Anna geschickt ein. Sie fühlte sich in eine Szene aus einem Märchen versetzt, so unwirklich kam ihr die ganze Situation vor. „Phänomenal, Anna, du siehst aus wie eine echte Prinzessin aus Tausendundeiner Nacht", schwärmte Frau Kaiser, von der Schönheit des Kleides geblendet, als Anna aus der Anprobe trat: „Das nehmen wir!" Nein, so wirklich mitbestimmen durfte Anna nicht. Aber das war okay für sie, denn das Kleid war definitiv ein Traum. „Bin ich das tatsächlich?", fragte sie irritiert ihr Spiegelbild und überlegte, ob Julian sie überhaupt noch erkennen würde. Er würde sie gewiss tausend Mal lieber in ihrem buntesten Hippioutfit vor den Altar zerren. Aber das

Kleid war einfach genau das, was jede Frau sich für den schönsten Tag ihres Lebens wünscht!

„Kirchlich müsst ihr unbedingt in der Toskana heiraten, wenn ihr mich mit dem Standesamt schon so überfahrt", verlangte Frau Kaiser energisch. Für ihren Julian war in ihren Augen nur eine Märchenhochzeit die richtige Option. Und irgendwie befolgte Julian diesmal ihre Anweisungen widerspruchslos. Sehr untypisch für ihn. Anna staunte. „Ich kenne dort ein wunderschönes Anwesen, das für die Gäste angemietet werden kann", ergänzte Julians Mutter schwärmerisch. Mit dieser Hochzeit erfüllte sie auch sich selbst einen langgehegten Traum aus Romantik, Luxus und Märchenvision, in dem ihr heißgeliebter Julian und seine Anna die Hauptrollen besetzten. Besagte Villa befand sich auf einem prächtigen Anwesen mit einer beeindruckenden Gartenarchitektur, in die unauffällig mehrere einladend vor sich hin plätschernde und nachts bunt beleuchtete Pools integriert worden waren, die bei Bedarf beheizt werden konnten. Einladende Nischen für Verliebte und solche, die es noch zu werden gedachten, gaben dem Anwesen auf einem Hügel oberhalb von Pisa ein geheimnisvolles, aber auch sehr romantisches Ambiente. Annas Bruder lernte auf dieser Hochzeit übrigens eine rassige Mailänderin, die Liebe seines Lebens und spätere Mutter von fünf temperamentvollen Söhnen, kennen. In einer romantischen Kapelle ebenfalls auf einer Anhöhe am Rand der Stadt mit direktem Blick auf den schiefen Turm von Pisa gaben sich Anna und Julian vor dem festlich gekleideten italienischen Geistlichen ihr Jawort und schworen sich Treue in guten und schlechten Tagen. „Der schiefe Turm soll ein Symbol dafür sein, dass wir selbst Schieflagen in unserer Ehe immer mit Bravour meistern werden", meinte Julian euphorisch. Eine korpulente italienische Sängerin stimmte herzzerreißend das „Halleluja" an, bevor Julian vor dem Altar sei-

ner wunderschönen Braut erklärte: „Anna, mit dir möchte ich die Welt entdecken, eine Familie gründen und alt werden", worauf Anna erwiderte: „Und ich will dich auch für immer bei mir haben und meinetwegen gemeinsam mit dir neun Kinder und zehn Katzen versorgen!"
Den Gästen standen tatsächlich vor Rührung Tränen in den Augen angesichts des Glücks und der bezaubernden Verliebtheit des Brautpaares.
Nach der Trauung fuhr eine weiße Stretchlimosine geschmückt mit einem fantastischen Blumenbouquet vor dem Kirchlein vor. Julians Mutter hatte es sich nicht nehmen lassen, diese zu bestellen, ebenso wie die Hochzeitssuite für das Paar im mondänsten Hotel von Pisa.

Immer wieder betrachtete die Braut mit liebevollem Blick stolz ihren Ehemann. Er sah atemberaubend aus in dem dunklen, gut sitzenden Hochzeitsanzug, der grauen Seidenweste und dem wertvollen grausilbernen Seidenschal. Und dabei strahlten die ganze Zeit seine wunderschönen warmen braunen Augen glücklich und zufrieden. Dauernd hatte Anna das Bedürfnis, ihn zu küssen, aber sie musste sich beherrschen. Schließlich hatte sie ja nun bis an ihr Lebensende Zeit dazu. Anna war hundertprozentig der Meinung, den schönsten Mann auf Erden geheiratet zu haben. In der angemieteten Villa wurde eine rauschende Hochzeitsparty gefeiert. Julian konnte fantastisch Wiener Walzer tanzen. Anna schwebte in seinen Armen und hatte die ganze Zeit das Gefühl, mit ihm in den Himmel zu tanzen. Gleich mussten sie doch abheben, oder? Später wurde die Party ausgelassener. Julians Band spielte und Jung und Alt tanzte ausgelassen auf dem Parkett. Es war lustig anzusehen, wie sogar die Senioren auf der Tanzfläche ausgelassen rockten.

Als die Frischvermählten sich in ihr Hotel zurückziehen wollten, versperrte eine recht unheimlich wirkende Italienerin ihren Weg: „Ihr kommt hier erst durch, wenn ich aus euren Händen gelesen habe! Muss sein, ihr Turteltäubchen, muss sein!" „Da bleibt uns dann ja wohl nichts Anderes übrig", meinte Julian, „los Anna, zeig ihr deine schönen Händchen!" „Oh", die Wahrsagerin zuckte zusammen, nachdem sie Annas Hände genauer begutachtet hatte, „ich sehe Steine, ich sehe Veränderung, ich sehe Schwierigkeiten, ich sehe Unglück!" Ängstlich blickte Anna in Julians Augen, aber der lachte lauthals: „Süße, du wirst dir doch von diesem Unfug unseren schönen Tag nicht verderben lassen! Das ist reiner Aberglaube." Er steckte der Unglücksbotin schnell noch ein Scheinchen zu und zerrte Anna zum Auto. „Wie, du bezahlst die auch noch für ihre Hiobsbotschaften?", fragte Anna entsetzt.

Als sie weit nach Mitternacht die Hochzeitssuite des Nobelhotels betraten, war das gesamte Schlafzimmer von herrlich duftenden Rosen übersät. Der Whirlpool auf der Dachterrasse, gefüllt mit verführerisch duftenden ätherischen Essenzen, lud zur Entspannung und Revitalisierung vor der Hochzeitsnacht ein. Die mediterrane, laue Sommernacht zeigte sich ebenfalls von ihrer allerbesten Seite. Doch Anna und Julian schleppten sich nach einem sehr kurzen Bad nur noch todmüde in das bequeme Bett. Die Hochzeitsnacht verschlief das frischvermählte Paar einfach, denn beide hatte der anstrengende Tag enorm geschlaucht und fast wären sie schon im Whirlpool Arm in Arm eingenickt.

Nur wenige Tage nach der Hochzeit machte Anna einen ausgedehnten Spaziergang. Sie hatte an diesem Tag enormes Bedürfnis nach frischer würziger Waldluft und Ruhe verspürt. Mitten im einsamen Wald traute dann Anna ihren Augen nicht: „Basti du? Was machst du denn hier?" Hatte seine Gegenwart sie so zwanghaft in den Wald getrieben? Sie bekam eine Gänsehaut. „Anna!", Basti strahlte, „ein merkwürdiger Zufall." Sie sahen sich zum ersten Mal nach Annas unfairer Trennung vor vielen Jahren wieder. Sebastian war mittlerweile schon länger wieder Single und hatte die schwierige Beziehung mit Ellena hinter sich. „Meinst du, ihr schafft das nicht doch noch?", fragte Anna ihn mitfühlend, denn die harmonische Beziehung mit einer Frau, die ihn heiß und innig liebt, hatte sie ihm wirklich gewünscht. Sebastian winkte ab, „Ne, ne, lass mal das Thema. Es ist für mich gegessen. Da bleibe ich lieber Single!" Er trat selbstsicherer auf. „Weißt du Anna, die Verantwortung in der Firma hat mir viel gebracht, so etwas prägt!" Mittlerweile arbeiteten fünfzehn Leute unter ihm und die Chefrolle schien ihm zu gefallen. Hatte sie ihn immer falsch eingeschätzt? Beeindruckt schaute sie ihn von der Seite an, beobachtete verstohlen sein liebes, ihr so vertrautes Gesicht. „Und, Anna, wie fühlt es sich bei dir an, frisch verheiratet zu sein? Ist das überhaupt das Richtige für dich?" „Ist es und es fühlt sich fantastisch an", strahlte diese glücklich. Äußerlich locker und lässig bemühte Basti sich mühsam, den stechenden Schmerz, der ganz plötzlich durch sein Herz zuckte, auf gar keinen Fall zu zeigen. Verflixt, er hätte sie heiraten, ihr Ehemann sein sollen! Da war doch etwas völlig falsch gelaufen!

Es war vertraut wie früher. Die Vögel zwitscherten wie wild. Wonnemonat Mai. Sie verbrachten den Rest des Nachmittags an einem lauschigen Plätzchen im Wald. „Er hat sich geändert", dachte Anna und musste lachen, wenn sie an die Gesprächsthemen dachte, die Sebastian zu Beginn ihrer Beziehung ungeschickt wählte und die sie damals unendlich langweilten. Abends steckten zwei Zecken in ihrem Bauch. Zum

Glück wollte niemand wissen, wo die herkamen. Nein, sexuell lief an diesem Tag überhaupt nichts zwischen Bastian und ihr, denn Anna freute sich auf ein Leben mit dem Traummann, den sie gerade erst geheiratet hatte, in den sie sehr verliebt war und sie steckte voller Erwartungen, was die Zukunft Aufregendes bringen würde. Trotzdem beschlich sie auch ein enorm merkwürdiges Gefühl, wenn sich Basti in ihrer Nähe aufhielt. Denn wichtig war er ihr schon, das hatte diese Begegnung deutlich gezeigt. Die Version, dass Sebastian ihr nicht viel bedeutet hatte, war ganz und gar nicht haltbar. Er war immerhin der erste Mann in ihrem Leben und noch dazu ein unglaublich rücksichtsvoller, lieber. Dass er wieder für Jahre unsichtbar wird und aus ihrem Leben verschwindet, wollte Anna auf gar keinen Fall mehr.

Ob Sebastian als bester Freund taugen würde?
Ob es ihnen gelingen würde, eine Freundschaft beizubehalten?
Ob Julian Annas Erwartungen vom ganz großen Glück wirklich erfüllen würde?
Und ob Sebastian tatsächlich keine Gefühle mehr für Anna hatte?

13

Ab in den Norden

Aber schon bald zeigten sich erste Wolken am Horizont des Glücks. „Warum können wir nicht hier bleiben?", fragte Anna missmutig, die sich ein Leben mit Julian in Köln ausgemalt hatte. „Diese Band ist meine große Chance, richtig gute Musik zu machen", erklärte Julian und seine Augen glänzten dabei so glücklich, dass Anna ihn küssen und in den Umzug nach Hamburg einwilligen musste. Außerdem bedeutete dieser Umzug auch beruflich eine enorme Verbesserung für Julian. Er konnte dort als Partner in eine renommierte Zahnarztpraxis einsteigen. Anna fand als Tanzpädagogin in einer bekannten Ballettschule ein interessantes Arbeitsfeld. Trotzdem fiel beiden der Abschied aus Köln schwer. Eigentlich wollten weder Julian noch Anna die Stadt verlassen. Sie liebten ihre etwas oberflächlichen, aber sehr kontaktfreudigen, lebendigen und humorvollen Menschen, die Musikszene, sogar den Karneval. „Anna, wir haben doch uns und wie ich dich kenne, findest du ganz schnell viele neue Freunde", tröstete Julian seine Frau. Ein Job mit Zukunftsperspektive war natürlich wichtig und gerade Julian wollte seine Unabhängigkeit von den Eltern. Und ohne Mobilität und Flexibilität ging es im Berufsleben einfach gar nicht mehr.

Schnell fanden sie eine gemütliche Wohnung direkt an der Alster. Aber in Hamburg bekam Anna Julian fortan kaum noch zu Gesicht. Er war pausenlos im Einsatz. Tag und Nacht riefen Praxis und Band nach ihm. Selbstbewusst beschloss sie, Einsamkeitsgefühle gar nicht erst aufkommen zu lassen, sondern sich endlich einen langgehegten Traum zu erfüllen. Anna vergötterte Katzen. Schnell hatte sie die Adresse des örtlichen Tierheims ausfindig gemacht, kaufte ein Körbchen und fuhr dort hin. „Ich suche eine Hauskatze als Familienmitglied, Freundin und Kind", erklärte sie dem Tierheimmitarbeiter. „Sie wird es sehr gut bei mir haben! Darauf können sie wetten!" „Darf es auch ein Kater sein? Wir haben hier zur Zeit akuten Männerüberschuss und einige äußerst eigensinnige Exemplare zu vergeben! So ein schöner großer Kater hat doch auch etwas, oder?" „Na, dann zeigen sie mir mal alle verfügbaren männlichen Exemplare, damit ich mir einen süßen Traummann aussuchen kann. Freie Auswahl bei den Männern sozusagen! Frauenpower! Auch wenn so etwas leider nur bei Katern möglich ist, die ja keine Mitsprache haben", antwortete Anna übermütig. Als Anna dann diesen selbstbewussten dicken schwarzen Kater mit weißen Pfötchen erblickte, der schnurrend um ihre Beine strich und sie dabei mit seinen blauen Augen hingebungsvoll hypnotisierte, war die Entscheidung einfach. Unklar blieb nur, wer hier eigentlich wen ausgesucht hatte. „Ich nehme ihn und werde ihn Macho nennen", erklärte Anna lachend, zwängte das Tierchen in den Katzenkorb, der für das stattliche Katerchen fast schon zu eng war und nahm ihn mit in ihr Leben. „Julian, du hast Konkurrenz bekommen", empfing sie am Abend ihren nichtsahnenden Ehemann glücklich, „schau mal in die Küche. Auf ein aufregendes Leben mit zwei wunderschönen eigensinnigen Männern!" Neugierig folgte Julian ihren

Anweisungen. „Anna, hat das seine Richtigkeit, dass in unserer Küche ein riesiges, schwarzes, pelziges Ungetüm unser Abendessen zerlegt und über die ganze Anrichte verteilt hat und sich von mir überhaupt nicht vertreiben lässt?" „Macho, sag mal spinnst du?", schimpfte Anna das Katerchen aus, das schuldbewusst den Schwanz einzog, sein Frauchen dabei aber so herzerweichend mit den blauen Augen anstrahlte, dass sie ihm nicht böse sein konnte. „Bekommst ja auch was ab, Macho!", versprach sie, statt ihn weiter auszuschimpfen. „Anna, Konsequenz sieht aber anders aus", meinte Julian mürrisch, „scheint so, als macht hier nicht der Kater, was du willst, sondern du, war dein Macho will! Na, das kann ja heiter werden!" Und Julian sollte recht behalten, denn von da an übernahm Macho eindeutig das Regiment im Haus. Sogar im Ehebett wurde es eng, denn das Katerchen brauchte allein das halbe Bett, um alle Viere entspannt von sich zu strecken, während Anna und Julian sich an den Rand quetschen und jede Nacht darum kämpften, nicht aus dem Bett zu fallen. Und Macho reagierte extrem eifersüchtig, wenn Julian sich Anna zu sehr näherte. „Anna, hör nur, er faucht schon wieder", meinte Julian zwischen zwei leidenschaftlichen Küssen, „aber Katerchen muss sich daran gewöhnen, dass ich beim Kuscheln der Boss und dein erster Mann bin. Soweit kommt es noch, dass ein kleiner Kater dich mir ausspannt", meinte Julian lachend. „Macho, du bist hier nur Mann Nummer zwei!" Begeistert stellte Anna fest, dass Julian genauso katzenverrückt war wie sie.

„Julian, kannst du in den Pfingstferien Urlaub nehmen? Wir müssen doch noch unsere Hochzeitsreise machen", bettelte Anna hoffnungsvoll, „wir brauchen so dringend auch mal Zeit für uns!" „Ach, dieser Termin passt so gar nicht", hatte er kleinlaut entgegnet und Anna traute sich nicht, weiter nachzuhaken.

Traurig erzählte sie Basti am Telefon davon.
„Soll ich Urlaub einreichen?", bot er an, als er hörte, dass Anna Ferien hatte, Julian aber mal wieder überhaupt keine Zeit für seine Frau erübrigen konnte. Basti nahm sich postwendend frei, buchte sich ein schönes Hotelzimmer in der Nähe von Anna und besuchte sie. Begeistert fuhren die beiden jeden Tag an den Strand. „Komm, mieten wir uns ein Boot", schlug Basti vor, denn er wollte Anna mit seinen Segelkünsten imponieren. Gleich am nächsten Tag segelten sie bei optimalen Windverhältnissen über das Meer, und Sebastian spielte mit der Begeisterung eines kleinen Jungen den Steuermann. Anna sonnte sich zwanglos und genoss es, dass Bastians begehrende Blicke auf ihr ruhten. Es prickelte sogar ein wenig. Basti wurde schrecklich heiß beim Anblick von Annas entblößten Brüsten und er hatte keine Möglichkeit zur Abkühlung das Boot zu verlassen. Seine Hormone tobten wild durcheinander wie früher mit Achtzehn… Das kleine Biest wusste genau, seine Reize auszuspielen und ihn in den Wahnsinn zu treiben. Wie gerne würde er jetzt…halt, Anna war doch verheiratet!
Ansonsten mauerte Basti erfolgreich, was seine Gefühle für diese frisch verheiratete junge Frau anging. „Nur keinen Stress, schon gar nicht emotional", lautete seine Devise und das war auch gut so. Insgeheim schloss er allerdings schon Wetten mit sich selber ab, wie lange er der Ehe von Anna und Julian gibt, wenn der sich nie Zeit für seine süße Frau nahm. Auf die Dauer würde Anna so nicht glücklich sein. Basti kannte sie sehr gut. Sein Jagdinstinkt rumorte permanent. Den Kontakt zu Anna suchte er nun sehr regelmäßig, denn er sagte sich: „Irgendwann bekomme ich sie rum und dann landet sie wieder mit mir im Bett!" Er war sich da sehr sicher und genoss die Vorfreude darauf. Diese Zielstrebigkeit hatte fast schon etwas Beängsti-

gendes.

Ein paar Monate nach der Hochzeit, als Anna berufliche Termine in Bonn wahrnehmen musste, schlug Sebastian vor: „Unterbrich doch deine Reise und besuche mich. Du kennst meine Wohnung noch gar nicht, liegt doch genau auf deinem Weg." Neugierig ließ Anna sich darauf ein und übernachtete, so dachte sie damals, ganz ungezwungen bei Basti, den sie nur noch als guten Freund ansah. Sie besuchte während des Studiums viele Bekannte, auch männliche Exemplare, völlig ohne Hintergedanken und hatte dieses Studentenverhalten beibehalten. Sebastian dagegen, aber das erfuhr sie erst sehr viel später, interpretierte ihren Besuch fast schon als einen Ehebruch und auf jeden Fall als eine Liebeserklärung an ihn. Als er sie vom Bahnhof abholte, musste sie sich eingestehen, dass er den äußerlichen Vergleich mit ihrem gutaussehenden Julian noch deutlicher verlor als damals. Er hatte zugenommen und trug unglaublich altmodische Klamotten. Ob er sich immer noch von seiner Mutter einkleiden lässt?, überlegte Anna. Da fehlte doch definitiv die modische Beratung einer jungen Frau. „Sebastian, geht es dir gut?", fragte sie vorsichtig. „Klar, Anna, viel Arbeit, aber alles im Lot und selbst?" „Ach, in Hamburg habe ich noch keine Freunde gefunden und an die norddeutsche Mentalität muss ich mich erst gewöhnen. Aber der Job ist ganz okay. Die Kölner Freunde vermisse ich immer noch sehr". Sebastian spürte deutlich, dass hinter Annas vordergründigem „Es-geht-mir-gut-Gerede" ein dickes Fragezeichen stand. „Bastian, wo ist eigentlich dein Gästezimmer?", fragte Anna abends irritiert. „Du hast jetzt die Qual der Wahl: das Sofa, die Badewanne oder mein Bett! Ich halte mich da raus", antwortete er, „aber ich nehme an, du entscheidest dich für die Wanne? Kann dir allerdings nicht garantieren, dass mein Wasserhahn dicht ist." Und dann verbrachten sie die Nacht zwar zusammen in dem einem Bett, aber ausschließlich nebeneinander, nicht miteinander. Und das war irgendwie auch sehr, sehr merkwürdig.

Anna fand es einfach nur schön, nun auch zu wissen, wie Sebastian so lebt und war erleichtert und glücklich, dass er ihr verziehen hatte, obwohl sie ihn damals so ungeheuerlich verletzte. Sie wollte ihn als guten Freund nie wieder verlieren. Und Basti zeigte weiter sehr großes Interesse an Annas Leben. Sie führten regelmäßig ausgedehnte Telefongespräche. „Weißt du, Anna, ich glaube, ich bekomme nie mehr eine Partnerin", meinte er wiederholt frustriert. „Unsinn, Sebastian, du bist doch der perfekte Ehemann!", tröstete Anna ihn dann einfühlsam, obwohl sie auch zugeben musste, dass sein suboptimales Äußeres viele Frauen abschrecken könnte. Als Partner für eine ihrer Singlefreundinnen, die krampfhaft auf Suche waren, kam er leider ganz und gar nicht in Frage!
Manchmal überlegte sie sich schon, ob Basti immer noch etwas für sie empfindet, denn seine Ausdauer und sein ständiges Interesse an ihrem Leben hatten auch etwas Unheimliches, Verdächtiges. Aber er war doch realistisch, sie eine glücklich verheiratete Frau und ihm war es längst gelungen, seine Liebe zu ihr erfolgreich abzuschalten, beruhigte sie sich selbst.
Zu recht?

„Anna, kannst du kommen und unser krankes Hündchen betreuen, wenn wir auf Kreuzfahrt sind?", bat die Schwiegermutter am Telefon. Das Tier, das es sich schon als winziges Fellknäuel immer bevorzugt auf Annas Schoß gemütlich gemacht hatte, liebte sie heiß und innig. „Ich komme gerne", antwortete diese ohne Bedenkzeit und reiste nach Köln.
„Mir ist so langweilig. Ich kann überhaupt nicht aus dem Haus und das verwöhnte kranke Tier alleine lassen, weil es dann zum

Steinerweichen jault und jammert und dadurch nur noch kranker wird", erklärte sie dann Basti am Telefon. Geistesgegenwärtig nutzte dieser die Gunst der Stunde: „Ich mache gerne einen Abstecher und besuche dich!" „Das wäre toll!", antwortete Anna hocherfreut. Er staunte nicht schlecht, als er das Anwesen von Annas Schwiegereltern kennenlernte. Die sind aber enorm reich, sagte er zu sich selber. Das ist also der wahre Grund, weshalb sie mit mir Schluss gemacht und diesen Julian geheiratet hat! Ich wusste es!

Sie verbrachten unterhaltsame und sehr angenehme Stunden am und im Swimmingpool der Schwiegereltern. Das Hündchen mochte Basti auf Anhieb und wich gar nicht mehr von seinem Schoß. Ganz untypisch für das sonst eher misstrauische Tier. War das eigentlich okay, wenn sie sich schon wieder trafen? Anna überfielen Bedenken, dass ihr Kontakt langsam zu intensiv wurde, aber dann wischte sie diese vom Tisch. Basti kam als Kumpel! Mehr war da nicht, beruhigte sie sich und ihr Gewissen. Julian hatte sich schon wieder mehrere Tage lang nicht gemeldet. Nicht einmal die Zeit, mit ihr ein paar Minütchen zu telefonieren, erübrigte ihr vielbeschäftigter Mann. Immerhin kümmerte er sich aber erstaunlich hingebungsvoll um Macho, der figürlich schnell die Grenze des Ästhetischen erreicht hatte und es als seine Hauptaufgabe betrachtete, zum Allesfresser zu mutieren. Selbst Erbsen, Chips und Karamellbonbons waren vor Macho nicht mehr sicher.

Wieder spekulierte Sebastian nach dem Besuch, wie lange er wohl noch brauche, um seine Exfreundin rumzukriegen, um Spaß der besonderen Art mit ihr zu haben. Er war sich sehr sicher, dass er Chancen hatte und dass er es hinbekommen würde. Selbstbewusst glaubte er, genau zu spüren, dass da immer noch viel mehr als nur Freundschaft zwischen ihnen war. Wenn er sich da mal nicht irrte!

14

Noch nie was von Verhütung gehört?

Ein Morgen, wie jeder andere? Nicht ganz! Sag mal, wo sind denn Fischstäbchen?", fragte Anna schon zum Frühstück verzweifelt die Gefriertruhe. Aber die antwortete wie üblich nicht. „Sag mal Anna, habe ich richtig gehört? Hast du dich gerade mit der Tiefkühltruhe unterhalten?", fragte Julian amüsiert. „Und zum Thema Fischstäbchen, die hast du sicher alle längst im Bauch, bei den Mengen, die du die letzten Tage vertilgt hast! Und überhaupt, wer isst bitte um diese Zeit Fischstäbchen? Willst du, dass mir übel wird? Oder bist du etwa schwanger?", fragte Julian. Halt, Moment mal! Das konnte doch gar nicht sein! Sie hatten die letzen drei Monate maximal drei Mal miteinander geschlafen. Hm, naja, verhütet hatten sie mal wieder nicht. Deshalb beeilte Anna sich dann doch, einen Frauenarzt aufzusuchen. „Wollen sie denn ein Baby?", fragte dieser neugierig. „Nein, auf gar keinen Fall! Ich habe gerade erst das Studium abgeschlossen und meinen Job als Tanzpädagogin begonnen", entgegnete Anna entsetzt. „Na, ich gratuliere ihnen trotzdem mal ganz herzlich!" Moment, bin ich jetzt nicht in Ohnmacht gefallen? Ich schwanger? Kann nicht sein! Bitte nicht! Annas Euphorie hielt sich sehr in Grenzen. Sie informierte Julian: „Um Himmels willen, stell dir vor, ich bin schwanger, wir bekommen ein Kind!" „Ist ja fantastisch, Anna! Juhu, ich werde Vater", jubelte der und erzählte es jedem Kollegen und jedem Patienten, ob diese es hören wollten oder nicht.

Und eine weitere Überraschung ließ nicht lange auf sich warten. „Es werden Zwillinge", klärte der Arzt bei einer Ultraschalluntersuchung die Eltern auf und Anna war schlecht geworden vor Entsetzen. „Julian, du hast gar keine Vorstellung davon, wie fett ich dadurch werde! Und bei der Geburt gleich ein doppelter Horror! Man denkt der Mist ist überstanden, das Baby ist endlich da, dann geht es von vorne los. Wer hat mich mit diesem Fluch belegt?" „Maus, du bist stark, du schaffst das! Weil wir uns so lieben, bekommen wir gleich mal den doppelten Liebesbeweis!", meinte Julian lächelnd und nahm die aufgelöste Anna liebevoll in den Arm, „wir schaffen das locker!" Das sah Anna ganz anders! Da Zwillingsschwangerschaften nicht unproblematisch sind, dauerte es nur noch wenige Wochen, bis Anna ihre Arbeit als Tanzpädagogin beenden musste. „Ich will aber nicht langweilige Hausfrau und Mami werden", bockte Anna unzufrieden, „das war so gar nicht mein Plan!"

Überall kursierten Schauermärchen über endlos lange, schmerzhafte Geburten. Musste man sich die wirklich alle anhören?

Vielleicht war es sogar gut so, dass Anna nicht selbst entscheiden musste, wann und ob der richtige Zeitpunkt für ein Baby gekommen war. Vielleicht hätte Lady Angsthase sich nie dazu durchgerungen.

„Anna, du bist schwanger? Das möchte ich unbedingt sehen!" Sebastian platzte vor Neugierde. „Aber warum liegst du im Krankenhaus? Ich komme!" Er ließ alles stehen und liegen und eilte aufgeregt in die Klinik, als sie wegen der nicht unkomplizierten Zwillingsschwangerschaft dort festgehalten wurde.

„Was für eine gigantische Babybauchkugel ist dir denn da in kürzester Zeit gewachsen?", neckte er Anna. „Danke Basti! Das baut mich jetzt auf." Sein Besuch tat Anna gut. Er saß an ihrem Bett, machte Späße und flirtete mit ihr.
Julian dagegen ließ sich selten in der Klinik blicken. „Ach, da ist ja auch endlich einmal der Vater", äußerte der Arzt, der das Zimmer betrat und steuerte auf Basti zu, „haben sie sich von dem Schock erholt, dass die Zwillinge es so eilig haben?" Anna merkte, wie Sebastian schluckte und sich sein Blick verschleierte. „Nein, nein, ich bin nur ein Freund der Familie", entgegnete er schnell und der junge Mediziner musste grinsen: „Oh sorry, da sehen Sie mal, wie schnell man zum Vater gemacht werden kann!"

Seit Sebastian Anna kurz nach ihrer Hochzeit wiedergetroffen hatte, konnte er es einfach nicht lassen, sie zu kontaktieren. Ja, es war fast schon zwanghaft! Sebastian meldete sich immer wieder. Das konnte und wollte er sich nicht nehmen lassen. Jetzt bekam Anna also das Baby, das er immer mit ihr haben wollte. Es macht mir nicht viel aus, bemühte er sich einzureden, sie ist glücklich verheiratet mit einem anderen Mann, der ihr viel bietet. Aber ganz tief in ihm drin war eben doch diese enorme Kränkung, nicht selbst der Vater zu sein, diese Krönung einer Liebe, ein gemeinsames Kind, nie mit Anna erleben zu dürfen.
Anna…
Basti wollte lieber gar nicht darüber reflektieren, was diese Frau ihm bedeutete.

„Wer hat sich eigentlich so einen hirnrissigen Mist ausgedacht?", fluchte Anna während und nach der Geburt und schwor, nie wieder schwanger zu werden. Doch hergeben wollte sie die ihrer Meinung nach schönsten Zwillinge der Welt nicht mehr. Friedlich schlummernd, als könnten sie kein Wässerchen trüben, lagen sie in ihren Bettchen. Anna und Julian betrachteten die beiden Weltwunder verliebt. „Schau mal, Julian, die Kleine sieht genau aus wie du!" „Anna, der Junge ist dir wie aus dem Gesicht geschnitten! Ist ja lustig", grinste Julian. Der frischgebackene Vater stellte sich beim Wickeln, Füttern und Beruhigen seiner Winzlinge äußerst geschickt an. Und sehr schnell hatte er herausgefunden, welche Songs seiner Band die Kleinen am nachhaltigsten entspannten und in die Traumwelt entführten. Oft stand er eigene Songs singend vor den Babybettchen. Manchmal komponierte er Kinderlieber: Wunderschöne, liebevolle Balladen. Anna musste schmunzeln bei dem Anblick, den ihre drei Lieben ihr dann boten. Es schien tatsächlich so, als lauschten die Säuglinge hingebungsvoll der schönen Stimme ihres Vaters. Die Zwillinge wurden die jüngsten Fans von Julians Rockband. Anna ließ ihnen schon als sie wenige Wochen alt waren Fan T-Shirts drucken. Dann endete Julians Babyurlaub leider. Praxis und Band nahmen seine Zeit wieder nahezu komplett in Anspruch und Anna hatte das Vergnügen, die Säuglinge alleine zu bespaßen. „Es wird wieder spät. Tut mir leid!" Bald hasste Anna diese tägliche Standartnachricht ihres Mannes. Wieder einer dieser öden Abende, die sich gleichmäßig seit Wochen aneinanderreihten, an denen sich außer Babygeschrei, Unmengen an Wäsche und Haushalt keine Abwechslung bot. Oft war Bastis Anruf das einzige Highlight ihrer Woche. Begeistert nahm er sich viel Zeit für sie, hörte sich ihre Sorgen an, baute sie auf, wenn sie deprimiert war und brachte sie wieder zum Lachen. Wer weiß, wozu er das noch brauchen konnte!

Dass Anna sich gar keine Zeit mehr für sich selber nehmen konnte, dass all ihre Bedürfnisse erstickt wurden, fiel ihr im ganzen Baby- und Haushaltschaos gar nicht auf.

„Anna, wie machst du dich so als routinierte Windelwechslerin?", fragte Sebastian neckend am Telefon. Verlässlich meldete er sich als guter Freund, hörte sich geduldig Annas Babygeschichten an und bat eines Tages: „Wenn ihr in Bonn seid, darf ich euch dann abholen? Meine Mutter möchte die Kleinen unbedingt sehen oder sage ich besser besichtigen?" „Hallo, die sind doch keine Äffchen aus dem Zoo", empörte Anna sich, bevor sie einen Besuch versprach. Als es dann soweit war, stand Basti pünktlich als Chauffeur zur Verfügung und verfrachtete den Kinderwagen fachmännisch in seinen Kofferraum. „Schau mal, ich habe zwei Babysitze besorgt, um die Sicherheit deiner Goldstücke zu garantieren", erklärte er stolz. „Du bist ja verrückt", lachte Anna, „was machst du mit den Sitzen, wenn du in Hannover bist? Aber lieb von dir!" „Na, vielleicht steige ich auch in die Babyproduktion ein, der Spaßfaktor dabei soll ja groß sein", antwortete Basti grinsend, „ne, im Ernst, die Sicherheit der Zwillinge ist mir wichtiger als alles Geld!" Ganz liebevoll hielt er die kleine Juliane im Arm und betrachtete sie mit einer Zärtlichkeit, die er selten preisgab. Wieder tauchte bei Sebastians Mutter der Teller mit lauter verführerischen Süßigkeiten auf. Anna und Sebastians Mutter unterhielten sich bestens, konnten kein Ende finden und die sonst so wilden Zwillinge ließen es sogar zu. „Ich höre noch viel von Sebastians Exfreundin. Sie kontaktiert mich regelmäßig", verriet sie Anna. „Aber sie hatte einfach die falsche Art, mit Basti umzugehen!" Sogar Herr König besichtigte die Zwillinge und meinte zwinkernd: „Na, da hast du dich auf was eingelassen, Anna! Das schaut nach Stress aus!" „Stimmt, Langeweile kenne ich nicht mehr!", entgegnete diese.

Merkwürdig war es schon, als Sebastian die Kinder in sein Auto verfrachtete und sie dann einträchtig, wie eine kleine Familie, durch die Stadt fuhren. Anna fragte sich lieber nicht, was wohl in Sebastian vor sich ging, wenn sie selber schon schlucken musste. Aber die Anregung zu diesem Treffen war, wie vorher alle anderen auch, von ihm ausgegangen. Er hatte sie regelrecht dazu gedrängt. Da musste Anna sich nichts vorwerfen. Zum Abschied schaute Basti die Jugendfreundin durch seine Brillengläser mit seinen grauen, vertrauten Augen liebevoll und etwas melancholisch an, so dass Anna fast rot wurde und sagte: „Wir sehen uns!" Ein bisschen schwindlig machte er sie damit schon.

Ihren dreißigsten Geburtstag wollte Anna auf gar keinen Fall feiern. „Jetzt bin ich eine alte Frau", jammerte sie. Das kleine Töchterchen und das niedliche Söhnchen, beide entzückende Wirbelwinde, bestimmten neunundneunzig Prozent des Tagesablaufs der leidenschaftlichen Vollblutmami. Spielgruppen, Mütterrunden, Bastelnachmittage und Kinderturnen erfüllten Annas Leben. An ihre eigenen Bedürfnisse dachte sie kaum noch. Leider bekam die kleine Familie Julian nur selten zu Gesicht. Er arbeitete viel zu viel, musste neuerdings sogar auch noch oft nach Afrika, weil er an einem Hilfsprojekt mitwirkte und dort kostenlos Zähne zog und Gebisse reparierte. War er daheim, riefen Proben und Auftritte seiner Band, die immer erfolgreicher wurde, nach ihm. Fast jedes Wochenende gingen sie auf Tour. „Anna, nächsten Sonntag spielen wir außerplanmäßig in Wien", erklärte Julian, als sie sich schon auf ein gemeinsames Wochenende gefreut hatte, das es seit über zwei Monaten nicht mehr gegeben hatte. „Schade!" Anna schluckte und versuchte krampfhaft, ihre Enttäuschung zu verbergen. Die Musik war sein Leben. Das wusste sie ja. Deshalb beschwerte sie sich nie. „Dieter fährt heute mit uns ins Legoland! Kommt doch einfach mit!", schlug ihre Freundin vor, die mittlerweile drei Kinder hatte. „Sorry, es passt heute leider gar nicht!", antwortete Anna dann regelmäßig auf solche Einladungen, denn niemand sollte wisssen, dass sie schon wieder allein mit Kindern und Kater das Wochenende bewältigen musste.

Auch Sexualität zwischen ihr und Julian fand so gut wie gar nicht mehr statt. Oft stand sie ratlos in reizvollster Unterwäsche vor dem Spiegel und suchte nach Gründen, warum ihr Ehemann sie überhaupt nicht mehr beachtete. Doch was sie sah, selbst wenn sie sehr kritisch hinschaute, war durchaus vorzeigbar! Anna konnte sich Julians Desinteresse nicht erklären. Manchmal hatte sie die leise Angst, dass er sie betrügt. Aber darüber wollte sie lieber nicht nachdenken. Sicher war sie nur, dass sie, selbst wenn er sie hintergehen würde, bei ihm bleiben würde. Dazu liebte sie ihn viel zu sehr.

Immer, wenn Sebastians Mutter ihre Lieblingscousine in Hamburg besuchte, traf sie sich auch mit Anna, zunächst allein, später waren die Zwillinge dabei. Sie nannten Frau König manchmal sogar schon Omi. Wenn ein Treffen einmal aus zeitlichen Gründen nicht zu realisieren war, telefonierten sie stundenlang. „Anna, du warst immer Bastians Traumfrau", pflegte Sebastians Mutter regelmäßig zu betonen. Manchmal wirkte es fast so, als wolle sie es Anna einreden. Die junge Mutter fand es anfangs sehr taktlos, dass Frau König derartig offen Sebastians Gefühle ausgerechnet ihr verriet, denn sie war sich sicher, dass ihm das nicht recht war. Außerdem fühlte sie sich dann jedes Mal schuldig und der Sachverhalt machte sie traurig, später sogar schwindelig. Unbewusst nisteten sich dadurch heimlich und leise neue Gefühle für Sebastian in ihrer Seele ein, die Anna selbst über Jahre hinweg nicht wahrhaben wollte.

Ließen sich Emotionen so einfach ignorieren?
Die wahren Beweggründe für Frau Königs merkwürdiges Handeln sollte Anna erst viele Jahre später erfahren.

„Wenn die Zwillinge aus den Windeln sind, kommt ihr mit uns mit auf Kreuzfahrt, Anna", versprach der Schwiegervater und konnte es kaum erwarten mit seinen Enkelkindern Urlaub zu machen. Julians Eltern besuchten die Familie selten, obwohl besonders Julians Vater restlos vernarrt war in seine Enkelchen. Aber seit der Schwiegervater sich zur Ruhe gesetzt hatte, jagte eine Kreuzfahrt die nächste und zwischendurch musste er ein straffes Kulturprogramm absolvieren. Dafür sorgte seine hyperaktive bessere Hälfte schon. Bei den Kindern in Hamburg trafen dauernd Riesenpakete mit Designerkindermode aus allen Teilen der Welt ein. Die Schwiegermutter ging für ihr Leben gerne im Ausland shoppen, ließ sich da nicht lumpen und investierte Unsummen in ausgefallene Kindermode. „Wieder ein riesiges, schweres Paket von der Oma! Diesmal aus Japan", rief der Paketbote schon lachend, wenn er an der Haustür klingelte. Anna stöhnte, „wohin denn damit noch? Die Kinderkleidung stapelt sich schon überall. Ich muss unbedingt noch fünf weitere Kinder produzieren." „Die Zwillinge sind unbezweifelbar die bestangezogenen Kinder Hamburgs", bemerkte Julian wenig begeistert, denn die Verschwendungssucht seiner Mutter nervte ihn. „Wie kann man so kaufsüchtig sein", fragte er sich entsetzt. Aber Anna hatte auch Spaß daran, die beiden Minis zu stylen, dann von allen Seiten abzufotografieren, um die Fotos anschließend den Großeltern zu schicken, worauf Julians Mutter gleich erneut losschoss und weitere Kinderläden leerkaufte.

Manchmal fragte Anna sich allerdings verzweifelt: Sieht so ein glückliches Leben aus?

Denn, nur noch als Muttertier zu leben, war nie das Non plus Ultra ihres Lebenskonzepts gewesen!

15

Das Leben schreibt manchmal skurrile Geschichten

„Anna, treffen wir uns heute Abend? Ich bin in Hamburg und würde dich gerne zum Essen einladen, magst du?" Sebastian war am Telefon. Damit hatte Anna endlich wieder einmal ein Date. Seit die Kinder auf der Welt waren, nahm sie sich gar keine Zeit mehr für solche Dinge. Eine Verabredung mit Basti. Anna sagte glücklich zu. Julian hatte versprochen, die Kinder zu hüten, was wirklich nur einmal im Jahr vorkam.

„Anna, die paar Pfunde mehr stehen dir gut", frotzelte Bastian bei der Begrüßung und Anna konterte übermütig: „Dreh dich mal, Sebastian! Doch, deine dir auch! Aber sag mal, willst du den Schwimmring zum Essen umlassen?" Beide brachen in schallendes Gelächter aus. Ja, sie flirteten und neckten sich ganz schön heftig an diesem Abend und es fühlte sich fantastisch an. Anna wurde endlich wieder einmal bewusst, dass sie nicht nur ein Muttertier, sondern auch immer noch eine Frau war, die bei Männern Begehrlichkeiten wecken konnte. Julian schien das ja gar nicht mehr wahrzunehmen.
Sebastian hatte sich verändert. Es gefiel Anna ihm zuzuhören. „Japan war schon beeindruckend, auch wenn man zunächst einen Kulturschock bekommt", erklärte er und erzählte von witzigen und skurrilen Erlebnissen in diesem Land und zeigte dabei auch sehr deutlich seine große Bewunderung für die asiatische Kultur und Mentalität. „Übrigens, Anna, stell dir vor, ich

war eine wandelnde Sehenswürdigkeit in diesem Land. Zweimetermänner gibt es dort so gut wie gar nicht." „Bist du hier auch", erwiderte Anna provokativ, „ich sollte Besichtigungstickets verkaufen und könnte reich werden."

„Aber jetzt zu dir, Anna! Wie geht es dir denn?" Sebastian bestand darauf, dass Anna von sich erzählte, denn ihr Leben, alles von ihr, interessierte ihn natürlich immer noch sehr. „Ach Sebastian, du willst doch nicht wirklich die unspektakulären Mutter-Kind-Geschichten von mir hören", neckte Anna ihn. Langweilig wurde beiden an diesem Abend ganz und gar nicht. Im Gegenteil, sie vergaßen sogar die Zeit, so vertieft waren sie in ihre Gespräche. „Anna, bevor wir noch die ganze Nacht zusammen verbringen, sollte ich bezahlen", meinte Sebastian schließlich und ließ die Vernunft wieder ins Spiel kommen. Es war sehr spät geworden. „Du bist selbstverständlich mein Gast, keine Widerrede." „Oh, dann lasse ich mich ja von dir aushalten", lächelte Anna, „aber ohne Verpflichtungen mein Lieber." „Nie im Leben würde ich eine verheiratete Frau anbaggern", konterte Sebastian schlagfertig und Anna musste darüber lächeln, wie sehr er sich zum Positiven verändert hatte. Das neue selbstbewusste Auftreten stand ihm ausgezeichnet. Sie nahm erst den letzten Bus nach Hause. Wie früher konnten beide sich gar nicht voneinander trennen. „Anna, bis zum nächsten Mal", verabschiedete Basti sich und winkte ihr hinterher, nachdem er sie in den Bus gesetzt hatte.

Anna hatte seit der Geburt gar keine Ausflüge mehr ohne die Kinder gemacht und damit ihr Freiheitsbedürfnis freiwillig massiv eingeschränkt. Auch deshalb gefiel ihr dieser Abend ungeheuer gut. Als sie daheim ankam, stürzte ihr schon im Flur Julian entgegen: „Wo kommst du jetzt erst her? Das hat ja endlos gedauert! Ich befürchtete schon, dir sei etwas zugestoßen. Die Zwillinge haben den ganzen Abend riesiges Theater ge-

macht! Es war fürchterlich, Anna!" Stundenlanges Kindergeschrei hatte Julians schwache Nerven zermürbt, und Anna war partout nicht erreichbar gewesen. „Sorry Julian, ich hatte schlicht und ergreifend vergessen, dich darüber zu informieren, dass es später wird", entgegnete Anna kleinlaut, „ich bin gar nicht auf die Idee gekommen!" Aus drei geplanten Stunden waren sechs geworden. „Na immerhin konnte ich dir so den Abend nicht verderben, der dir wirklich mal zustand und ich hoffe, du hast es genossen. Schon krass, wie anstrengend unsere kleinen Monster sein können", meinte Julian nur noch, „Respekt, Anna, wie du das immer ohne zu jammern im Griff hast!"
Dass sie mit Sebastian den Abend verbracht hatte, erzählte sie Julian nicht...

Basti schluckte, als sie ihm alles am Telefon berichtete, aber innerlich musste er auch lachen. Typisch Anna, für Chaos war die immer gut.

„Wenn Julian keine Zeit für euch hat, nehmen wir euch mit nach Norderney!", hatte der Schwiegervater beschlossen. Am Telefon erzählte Anna Sebastian davon. Basti lachte und bot an: „Du, so ein Zufall! Da habe ich auch Urlaub, soll ich Euch besuchen kommen?" „Unbedingt! Julian wird sich eh nicht sehen lassen. Der hat immer so viel zu tun und muss, glaube ich, sowieso wieder nach Afrika", entgegnete Anna. Basti reiste begeistert auf die Insel. Er freute sich, seine Exfreundin wiederzusehen. Diese stellte die beiden Wildfänge einen Nachmittag bei Oma und Opa ab und traf sich mit Sebastian am Strand. „Oh, was machst du denn hier auf dieser langweiligen Insel? Hast du dich verlaufen", empfing Anna ihn lachend und tat überrascht. „Weißt du, mein Motorrad überfällt manchmal riesiges Fernweh und außerdem hat es noch nie das Meer gesehen. Das musste ich ändern", antwortete Basti, „komm, lass uns baden!" Das ließ Anna sich nicht zweimal sagen, schlüpfte aus ihrem Kleid und sauste ins Meer. „Wie, springst du heute ohne dein heißgeliebtes Motorrad ins Wasser?", neckte Anna ihn nun. „Ich muss doch auf dich aufpassen und dich retten, wenn du untergehst!", konterte Basti schlagfertig. „Achso, du gibst heut meinen Beschützer und Lebensretter!", lachte sie ihn aus, „erwarte bitte nicht, dass ich vor Dankbarkeit auf die Knie gehe, Bastilein!" Herrlich, das Baden in den brandenden Wellen. Beide konnten nicht genug bekommen davon. „Basti, in deinem nächsten Leben wirst du ein Fisch", neckte Anna ihren Begleiter, der fabelhaft schwimmen konnte. „Richtig, Anna und du Meerjungfrau!", erwiderte er. Die heiße Sommerluft zwischen ihnen knisterte verdächtig, ein Wunder, dass keine Funken sprühten. Vertraut lagen sie zusammen im wärmenden, weißen Sand. Anna legte ihren Kopf auf Bastis Brust und lauschte seinen Erzählungen. Diesmal berichtete er ausführlicher von der Frau, die ihre Nachfolgerin wurde. „Weißt du, ich liebte Ellena. Sie gefiel mir sehr und ich hatte mir mit ihr schon eine lebenslange Verbindung ausgemalt. Aber wir mussten doch erst einmal ein Startkapital ansparen. Immer nur von der Hand in den Mund zu leben, macht doch auf die Dauer unzufrieden. Dafür hatte Ellena wenig Verständnis. Als sie mich dann mit einem fremden Kind im Bauch zur Ehe zwingen wollte, da hatte ich keinen Bock mehr!" Sein Blick verdüsterte sich einen Moment lang. „Der Streit zwischen uns eskalierte dann richtig übel!" „Manchmal hält das Leben Überraschungen bereit, die man echt nicht braucht", antwortete Anna. Sie merkte deutlich, wie sehr Basti darunter litt, seit Jahren keine Freundin mehr zu finden. Sie wusste, dass ihm eine feste Partnerschaft immer ein sehr wichtiges Lebensziel gewesen war. Aber backen konnte sie ihm jetzt leider auch keine Frau.

Der Nachmittag verflog viel zu schnell. Es war herrlich mit Bastian entspannt am sonnigen Strand zu sitzen, das Meer im Hintergrund rauschen zu hören und einfach die Seele baumeln zu lassen. Das waren solche Momente, die Anna ihr Leben lang nur mit Basti erleben konnte. Typische Sebastianmomente eben. Aber der Alltag forderte wieder sein Recht: „Kannst du bitte mal die Zeit anhalten?", fragte Anna wehmütig. Sie musste zurück zu den Kindern und bedauerte das ein wenig. Auch dass Sebastian schon am nächsten Tag weiterreiste, stimmte sie melancholisch. Aber das sagte sie ihm natürlich nicht. Sie verlebten einen dieser ganz leichten, zauberhaften Nachmittage. Rein platonisch, versteht sich! Anna liebte ihren Julian! Oder?

Seit dem Desaster mit der letzten Freundin war Sebastian ein gebranntes Kind. Sex kam bei ihm definitiv viel zu kurz. Natürlich suchte er eine neue Beziehung, aber da tat sich so gar nichts. Neben dem aufreibenden Beruf war er abends meist zu müde, um noch auf die Pirsch zu gehen. Und irgendwie schienen alle interessanten Frauen mittlerweile vergeben zu sein. An dem Tag auf Norderney hätte er gegen wilden Sex mit Anna ganz und gar nichts einzuwenden gehabt. Er hatte sogar ein bisschen darauf gehofft. Oh, die Frau machte ihn immer noch heiß. Er begehrte sie nach wie vor unglaublich. Das zu leugnen wäre Selbstbetrug. Aber sie hatte leider in dieser Beziehung überhaupt keine Anstalten gemacht. Anna konnte auch sehr prüde sein! Das wusste er. Deshalb bedrängte er sie lieber nicht. Stattdessen fuhr er am nächsten Tag mit seinem Motorrad weiter nach Dänemark. Vielleicht fand sich da ja eine hübsche, blonde Dänin, die ihn verführen wollte. Lust dazu verspürte er definitiv! Die Nähe von Anna hatte seine Hormone wieder einmal ganz schön in Wallung gebracht.

Alltags hielten die kleine wilde Juliane und der temperamentvolle Michael Anna ganz schön auf Trapp. Die Hyperaktivität von Julian und seiner Mutter lag auch in ihren Genen. Anna liebte ihre Zwillinge abgöttisch. Sie waren ihr ganzer Stolz, aber auch ein Fulltimejob. In Spielgruppen schloss Anna haufenweise Freundschaften mit anderen Muttertieren. Man traf sich, redete ununterbrochen über Probleme mit Kleinkindern, kaufte ökologisch hergestelltes, enorm teures Holzspielzeug und kochte nur noch Lebensmittel vom Biobauern oder aus dem Reformhaus. Anna kannte das aktuelle Angebot an Plüschtieren und pädagogisch angesagtem Spielzeug in- und auswendig. In der Wohnung stolperte man überall über Spielsachen.
Julian war weiter beruflich und musikalisch extrem angespannt und erübrigte kaum Zeit für seine Familie. Juliane, Michael und Anna lebten in ihrer eigenen kleinen Welt, mit eigenen Freunden, Interessen und Unternehmungen, meist bzw. fast immer ohne Julian.

Nachts lag Anna neben Julian im Ehebett und betrachtete ihren schlafenden Mann. Immer noch sah er fantastisch aus. Seine edlen Gesichtszüge und auch sein Körper erschienen ihr einfach nur perfekt. Sie merkte, dass sie ihn immer noch unglaublich begehrte. Er lag da direkt neben ihr, aber er war so unendlich weit, weit weg. Plötzlich wurde Julian wach, richtete sich auf, verließ das Bett und ging ins Badezimmer, um den Tag zu beginnen. Dass Anna auch schon wach war, registrierte er überhaupt nicht. Hätte sie leblos neben ihm gelegen, er hätte es gar nicht bemerkt. Schnell sprang sie auf und flitzte in die Küche. Sie wollte ihn heute mit einem Frühstück überraschen. Er registrierte es kaum, verkroch sich hinter seiner Zeitung und ging ohne Tschüss zu sagen zur Arbeit. Dabei war nicht er, sondern Anna der Morgenmuffel in der Familie. Sie lebten aneinander vorbei, von einem Miteinander konnte man sicher nicht mehr sprechen. Gemeinsam einsam, schoss es ihr an diesem Morgen durch den Kopf. Das deprimierte. Und immer mehr bestätigte sich Annas Verdacht: Julian nahm sie nicht mehr wahr, begehrte sie überhaupt nicht mehr. Es war naheliegend, dass er auf den Konzerttouren und Dienstreisen fremd ging. Er war in dem besten Alter! Aber das wollte sie lieber gar nicht wissen. Anna beschloss, kreativ zu werden, um Julian zu verführen und ihrem Eheleben wieder Esprit zu geben. Sie kaufte sich teuere erotische Dessous, schwarze Strümpfe mit echter Spitze, die an ihren langen, schlanken Beinen äußerst reizvoll zur Geltung kamen, ausgefallene Büstenhalter und reizvollste Strings und versuchte ihn damit zu locken. Wiederholt legte sie sich aber auch völlig nackt in reizvoller Pose in das Bett, kurz bevor Julian das Schlafzimmer betrat. Sie war eine echte Eva, aber bei Julian zog auch die Variante mit dem Apfel leider nicht mehr. Anna resignierte.

„Julian ist fantastisch im Bett", trällerte eine unbekannte Stimme boshaft ins Telefon und legte direkt wieder auf. „So, mein lieber Göttergatte, sorry, jetzt muss ich indiskret werden", fauchte Anna aufgebracht, schnappte sich Julians Handy, das er auf dem Esstisch liegen gelassen hatte und entdeckte in seinem Postfach in der Tat sehr eindeutige Nachrichten. Wie unvorsichtig von ihm, sie nicht zu löschen! Den ganzen Tag tobte sie nun übelst gelaunt durch die Wohnung. Die armen Zwillinge und der dicke schwarze Kater bekamen alles ab. „Julian", überfiel Anna ihren Mann, als er spät am Abend endlich aus der Praxis kam, „betrügst du mich?" Julian stutzte zunächst. Ihre Direktheit machte ihn einen Augenblick sprachlos. Schuldbewusst, aber auch flehend blickte er sie an: „Schatz, das ist völlig ohne Bedeutung. Mach dir da keine Gedanken!" Tapfer schluckte Anna die Wut herunter, die immer noch wie wild in ihr brodelte und verließ schnell das Zimmer. Sie wusste, mit Eifersuchtsszenen machte sie alles nur noch schlimmer. Wahnsinn! Er betrügt mich tatsächlich! Jetzt ist es heraus! In Annas Kopf tickte es immer lauter, es fühlte sich an, wie eine Bombe ganz kurz vor der Explosion. Im Badezimmer hielt sie ihren Kopf unter die eiskalte Dusche und erlaubte erst jetzt den Tränen herauszukullern. Sie weinte bitterlich, fühlte sich so wertlos, unattraktiv, abgelehnt, zurückgewiesen und weggeworfen.

16

Noch ein ganz und gar nicht jugendfreies Kapitel

Unaufhaltsam verstrichen Monate, Tage und Jahre. Anna und Julian lebten weiter, als sei überhaupt nichts geschehen. Seine Seitensprünge wurden nach dem Auffliegen einfach komplett ignoriert. Die mittlerweile schon sechs Jahre alten Zwillinge besuchten begeistert die erste Klasse. Der Umzug in ein gemütliches eigenes Haus am Hamburger Stadtrand sorgte dafür, dass jedes Kind ein wunderschönes, großes Kinderzimmer bekam und Julian neben seinem Arbeitszimmer sogar noch einen Probenraum samt Aufnahmestudio. Auf Annas nachdrücklichen Wunsch stellten sie im Garten einen Swimmingpool auf, in dem sie im Sommer stundenlang entspannen konnte. Eigentlich stand der perfekten Idylle nun gar nichts mehr im Weg. Anna liebte ihr wunderschönes Zuhause, hatte es mit größter Sorgfalt geschmackvoll eingerichtet. Aber irgendwie fühlte sie sich auch wie ein Ausstellungsstück in einem Porzellanladen.
Julian tingelte nach wie vor häufig mit seiner Band durch die Lande. Also verbrachte Anna die Wochenenden meist mit den Kindern alleine. Aber diese Einsamkeit nervte! Denn das schöne Haus war ganz und gar kein guter Gesprächspartner. Zweifel kamen in Anna auf. Sieht so eine glückliche Ehe aus? Dieses dauernde Alleinsein frustrierte. Sie wusste, dass Julian sich auf den Tourneen manchmal hübsche Gespielinnen mit auf sein Zimmer nahm. Sehr unglücklich darüber, versuchte sie jedoch,

alles mit sich selber auszumachen. Als Frau in den besten Jahren hatte auch sie noch erotische Bedürfnisse, die aber von ihrem Mann komplett ignoriert wurden.

Einsam saß Anna auf dem Sofa. Das Wochenende versprach endlose Langeweile. Das Haus war geputzt und aufgeräumt, beide Kinder übernachteten bei Freunden und Julian gab in Frankfurt ein Konzert, bei dem er Anna nicht brauchen konnte. Langeweile und Einsamkeit kroch aus allen Ecken hervor. Nur Macho schien zu sehen, wie es in ihr ausschaute, denn er versuchte mit zärtlichen Schmuseanfällen Annas Laune zu verbessern. Aber das funktionierte heute nur sehr partiell. Plötzlich bekam Anna eine unbändige Lust, etwas Unvernünftiges zu tun. Sie wusste nur noch nicht, was! Da schrillte das Telefon. Als hätte Sebastian es gerochen, rief er an. Impulsiv schlug Anna ihm vor: „Du, soll ich dich besuchen kommen?"
Bastian willigte begeistert ein, denn damit versprach ein unspektakuläres Wochenende eine interessante Wendung zu nehmen. Eilig schmiss sie ein paar Kleidungsstücke und ihre Zahnbürste in ihren Rucksack und saß eine Stunde später schon im Bus. In Hannover stand Basti überpünktlich erwartungsvoll an der Haltstelle, um Anna in Empfang zu nehmen. „Whow, Anna, der Minirock steht dir", begrüßte er sie fröhlich. „Komm, ich habe schon Kaffee für dich gekocht", lockte Basti sie jetzt, denn er kannte ihre Kaffeesucht. Dann saßen sie vertraut in seinem Wohnzimmer, tranken Cappuccino, unterhielten sich und flirteten wie wild. Man konnte es förmlich knistern hören. „Schicke Bluse hast du da an! Extra für mich gekauft? Willst du mich heute etwa verführen?" „Nie im Leben, ich bin doch anständig, Monsieur Grauauge", entgegnete Anna mit strengem Blick, musste dann aber lachen. „Basti, hast du einen schöne-Komplimente-machen-Frauen-gefügig-Kurs besucht?"

Darüber musste auch er lachen, ließ sich jedoch nicht ausbremsen, sondern schlug verführerisch vor: „Komm, lass uns schön ausgehen. Ich lade dich ein!" Das versprach ein köstliches Schlemmen, denn Sebastian aß für sein Leben gerne gut. Auf dem Weg zum Restaurant legte er den Arm um Anna, der das gefiel. Es erinnerte an Zeiten, als sie noch ein Paar waren vor langer, langer Zeit. Vor einem französischen Restaurant machte er halt und meinte: „Ich weiß doch, wie sehr du Frankreich liebst. Denkst du noch manchmal an unseren Urlaub damals? Und heute ist nun endlich der Tag gekommen, an dem du Froschschenkel probieren wirst! Ich weiß aus sicherer Quelle, dass dieses französische Restaurant seit Jahren auf deinen Besuch wartet!" Kopfkino, Szenen aus diesem Urlaub kamen Anna in den Sinn und sie musste lächeln. Damals hatte sich Basti auf den Kopf gestellt und mit den Ohren gewackelt, damit Anna Froschschenkel, die er extrem köstlich fand, probierte, aber sie war konsequent geblieben. „Keine Chance, Basti, das Zeugs kommt mir nicht in meinen Magen! Und ich verrate dir jetzt nicht, an was ich gerade denken muss", erklärte sie frech und weckte damit auch bei ihm nostalgische Erinnerungen an Glücksmomente damals in Südfrankreich, die nur partiell jugendfrei waren. Sie genossen wie die Franzosen, insgesamt sieben Gänge und nahmen sich zum Genießen alle Zeit der Welt. Ausführlich und zum Teil recht ermüdend erzählte Sebastian von seiner langweiligen Arbeit. Anna ertappte sich dabei, ihr Gähnen höflich zu unterdrücken und wieder einmal so zu tun, als interessiere es sie. Komisch, überlegte sie, gleich falle ich in alte Verhaltensmuster zurück und konnte sich das nicht erklären. Schließlich war sie ganz und gar nicht mehr das fünfzehnjährige Mädchen, schüchtern und unerfahren, das sich nicht traute, zu protestieren, wenn etwas langweilt. Im Anschluss an das Essen schleppte Basti sie in eine Cocktailbar und verführte sie zu köstlichen Drinks, für die diese Bar stadtbekannt war. „Anna, komm, ein Cocktail geht sicher noch!", überredete er sie wieder und wieder. „Hast du mal auf den Preis geschaut? Aber wenn du dich heute Abend finanziell ruinieren möchtest, gerne, Bastilein!" Sie konnte gar nicht genug bekommen von den prickelnden Champagnercocktails, die Sebastian ihr bestellte. Dabei hatte sie ja auch schon im Restaurant einige Gläser französischen Rotwein konsumiert. „Willst du mich betrunken und gefügig machen?", fragte sie lachend und ahnte nicht, dass sie damit dem Nagel auf den Kopf traf. Sie vertrug nämlich nicht viel Alkohol und Basti wusste das noch sehr genau. Anna wurde schnell immer zwangloser und lustiger, kuschelte sich an ihren Begleiter und hatte überhaupt keine Berührungsängste mehr. Durch den Champus wurde alles so leicht und unkompliziert. Vielleicht lag es daran, dass es im Bauch so anregend prickelte. Bis hierher läuft es so, wie ich es mir vorgestellt habe, dachte Sebastian sich. Das gefiel ihm ausgezeichnet und er spekulierte schon, dass diese Nacht spannend werden könnte. Aber Anna war manchmal unberechenbar. Wieder in der Wohnung angekommen, entfaltete der Alkohol erst so richtig seine Wirkung. „Anna, du bist ja betrunken", lachte Sebastian sie aus, aber es gefiel ihm sehr. „Bastian? Magst du es, wenn ich vor dir tanze?", fragte die angesäuselte Anna verführerisch. „Erotisch?", konterte er frech und auffordernd, „traust du dich nie im Leben!" Er wusste, wenn man sie provozierte, konnte man sie manipulieren, auch unanständige Dinge zu tun. „Hast du Musik?" Und dann legte Anna los, tanzte unglaublich verführerisch. Sebastians Mund wurde ganz trocken vor Aufregung, als sie sich von ihm helfen ließ, die schwarzen Strapsstrümpfe auszuziehen. Aufreizend konnte sie sein, die Anna und die Investition in Champagnercocktails hatte sich tatsächlich bezahlt gemacht! Lasziv entkleidete sie sich beim Tanzen. Ein Kleidungsstück nach dem andern flog durch die Luft. Basti lief das Wasser im Mund zusammen. Nachdem Anna auch noch ihre edlen schwarzen Seidendessous sehr aufreizend abgelegt hatte, begann sie tatsächlich, auch noch Sebastian auszuziehen: „Findest du mich schlimm", fragte sie dabei kokett mit einem Schuss Schüchternheit, womit sie Basti extrem faszinierte. Sie sprang hier grade sehr leichtsinnig und unbedacht über ihren Schatten und missachtete konsequent das Gezeter ihres Gewissens. So etwas hatte sie sich noch nie bei einem Mann getraut! „Anna, du Schlimme!", flüsterte Basti und seine Stimme zitterte vor Aufregung. Und dann zerrte sie ihn nackt in das Schlafzimmer. „Anna, das darfst du gerne öfter machen", schnurrte Sebastian begeistert. Sie liebten sich ganz wild. Anna war ausgesprochen stürmisch und Sebastian sexuell ausgehungert. Seit Jahren hatte er keine Partnerin und keinen Sex mehr gehabt. Er liebte ihre Hemmungslosigkeit. Im Laufe einer äußerst schlaflosen, sehr wilden und leidenschaftlichen Nacht mit unzähligen gemeinsamen Höhepunkten beteuerte Basti immer wieder: „Anna, ich bin ja gar nicht mehr in Form", bewies aber das genaue Gegenteil. Zärtlich und wild gab er Anna genau das, was sie vermisst hatte. „Komisch, Basti, alles ist so vertraut! Spürst du das auch?" Liebevoll streichelte sie seinen Körper immer wieder und Sebastian konnte nicht anders, als noch ein weiteres Mal mit dieser Frau zu schlafen. Anna fühlte sich seit Jahren zum ersten Mal wieder wie eine richtige Frau! Eine Frau, die begehrt und umworben wurde, eine Frau die reizte und Beachtung fand. „Findest du mich sehr unanständig?", fragte sie ihn und kitzelte dabei seinen Bauchnabel. „Ja", entgegnete Basti grinsend, „aber mach ruhig weiter!" Am nächsten Morgen saßen sie glücklich bei einem köstlichen Frühstück, das mehrmalige Unterbrechungen fand, weil sie wieder und wieder im Bett landeten und heißesten Sex hatten, die Hände nicht voneinander lassen konnten, sich maßlos aneinander berauschten. Wäre das Pflichtgefühl nicht ins Spiel gekommen, wären die beiden vermutlich auf dem Gipfel der Lust verkeilt ineinander irgendwann tot umgefallen. Doch dann musste Anna nach Hause, die Zwillinge standen bald vor ihrer Haustür. Sebastian bot sich an: Weißt du was, Anna, ich bringe dich persönlich nach Hamburg zurück. Unser einzigartiges Date soll nicht so abrupt enden." „Das ist lieb von dir!", freute Anna sich. Basti hatte manchmal ein wahnsinniges Gespür, im richtigen Augenblick die richtigen Dinge zu tun. Es war sehr eigenartig, nach diesen sinnlichen Stunden neben ihm zu sitzen und nach Hause gebracht zu werden, zurück in eine völlig andere Welt, in der für ihn kein Platz sein durfte!

Diese Nacht war wieder einmal eine der unglaublichsten in Annas und Sebastians Leben gewesen: Feuer, glühende Leidenschaft, Vertrautheit, Zärtlichkeit, Seelenverwandtschaft. Solche Nächte konnten nur Basti und Anna gemeinsam erleben. Und dass er sie nach Hause brachte, tat gut, war einfach perfekt. Sebastian verabschiedete Anna: „Alles okay bei dir? Wir sehen uns wieder, Anna!" Zum Schluss dann dieser Blick von ihm, der sie merkwürdig schwindelig machte. Aber Anna dachte darüber nicht nach. Sie genoss einfach nur den Augenblick. Sebastian fuhr zufrieden zurück nach Hannover. Seine Rechnung, Anna wieder in sein Bett zu bekommen, hatte Einiges gekostet, war aber endlich aufgegangen. Er fühlte sich rundherum befriedigt. Hatte er schon jemals so eine heiße Nacht erlebt? Ihm war gar nicht mehr klar gewesen, dass er zu solchen Höchstleistungen fähig war. Aber wie schön es mit Anna sein konnte, hatte er noch ganz genau gewusst…

„Anna, du wirkst so glücklich", stellte ihre beste Freundin und ausgezeichnete Menschenkennerin einen Tag später fest und Anna lachte und meinte: „Du, das Leben kann so herrlich sein!" Mehr verriet sie allerdings nicht.

Anna spürte noch die ganze Woche die ausschweifende Nacht und fand es sehr reizvoll, durch Muskelkater an den intimsten Stellen daran erinnert zu werden. Bin ich jetzt eine skrupellose Ehebrecherin oder sogar eine Hure, fragte sie sich wieder und wieder unsicher. Doch dann entschloss sie sich dazu, das schlechte Gewissen einfach zu ignorieren. Sie war Anfang Dreißig und Sinnlichkeit gehörte im Leben einfach dazu. Eine Frau, die in diesem Alter ohne Geschlechtsverkehr auskam, verfehlte ihrer Meinung nach den Sinn des Lebens. Es war ganz und gar nicht so, dass es keine anderen Möglichkeiten gab, sich Sexpartner zu nehmen. Anna war attraktiv und bekam immer wieder mal eindeutige Angebote von Freunden und Bekannten. Aber sie war nicht der Typ Frau, der just for fun durch fremde Betten turnte. Sebastian war die ganz große Ausnahme. Und eben ganz und gar nicht fremd!
Und Julian hatte seinen nicht unerheblichen Anteil an diesen Ereignissen, denn er trieb sie mit seinem sexuellen Desinteresse und seinem Fremdgehen in diese extrem schwierige Situation.
Für Anna stellten sich nun deutlich die Fragen: Sollte sie sich von ihrem Mann trennen, den sie liebte, der immer noch in vieler Hinsicht ihr Traummann war, der ihr aber Dinge vorenthielt, die sie auch dringend brauchte?
Oder musste sie zur Hure werden, wenn sie weiter mit Julian glücklich sein wollte, indem sie sich ausschließlich sexuell einem anderen Mann hingab? Konnte sie das überhaupt?
Sollte sie ihre Treue beweisen und die restliche Hälfte ihres Lebens komplett ohne Sex leben, während Julian sich woan-

ders das holte, was er brauchte? Anna wusste, dass Julian genau das von ihr erwartete.
Sollte sie etwa das gefährliche Spiel mit Sebastian weiterführen? Dass es enorm riskant war, das wusste Anna sofort.

Anna recherchierte im Internet. Sie fand dort eindringliche Warnungen vor dem Sex mit dem Exfreund. Es könnte für einen der Partner zu einem gewaltigen Problem werden, wenn er sich neue Hoffnungen machen würde und ein riesiges Drama wäre vorprogrammiert. Anna hatte Sebastian daraufhin gefragt, denn er war ja derjenige gewesen, dem sie sehr wehgetan hatte, damals, als sie sich von ihm trennte. „Basti, hasst du mich dafür, dass ich mich gegen uns entschied?" „Nein", hatte er geantwortet, „das ist viel zu lange her!" Anna glaubte ihm, wollte es glauben. „Basti, ich bewundere dich dafür", hatte sie ihm daraufhin erklärt und meinte das auch aus tiefster Überzeugung so. Anna selber war sich sicher, dass für sie der Sex mit dem Ex niemals zum Problem werden könne. Sie liebte doch ihren Julian. Oder?
Und, so stand weiter auf den einschlägigen Internetseiten, wenn geklärt ist, dass niemand verletzt werden kann, dann hat der Sex mit dem Ex durchaus auch sehr positive Aspekte: Man weiß, auf was man sich einlässt. Man weiß, dass es gut wird. Und der Sex mit Sebastian war einfach genial, vertraut, genau das, wonach Anna sich schon lange wieder sehnte.

Aber musste man Annas argloses Vertrauen zu Sebastian nicht doch als unvorsichtige Naivität bezeichnen? Lieferte sie sich ihm damit nicht völlig aus? Was, wenn Basti doch auf die Idee kam, ihr nun zu schaden, um sich für Vergangenes zu rächen? Er hatte sie jetzt, wenn er wollte, völlig in der Hand!

17

Habt ihr eigentlich gar kein Gewissen?

Un, deux, trois, quatre….Rundliche Miniballerinas in rosa Tüllröckchen beim eifrigen Versuch Schwerelosigkeit zu erlangen hüpften durch den Ballettsaal und entlockten Anna immer wieder ein belustigtes Lachen. Sie hatte wieder angefangen zu arbeiten und unterrichtete die Anfängerklasse der Ballettakademie. Eine hochwillkommene Abwechslung! Glücklich genoss Anna die Auszeit vom eintönigen Hausfrauenjob.

Seit der Geburt der Zwillinge jammerte Anna über Figurprobleme, obwohl ihre neuen, üppigen Rundungen gut bei den Männern ankamen. Aber Verehrer brauchte sie gar nicht, denn sie war immer noch glücklich mit ihrem Julian. Eigentlich! Oder war das alles nur noch eine Fassade, die sie krampfhaft aufrechterhielt und deren Brüchigkeit sie nicht wahrhaben wollte?
Eine Ausnahme beim Einlassen auf andere männliche Exemplare gab es nämlich schon seit mehreren Jahren. Doch Anna redete sich ständig ein, dass es hierbei ausschließlich um guten Sex gehe, den sie von Julian nicht mehr bekam. Mit dieser Theorie rechtfertigte sie ihre langjährige unmoralische Affäre und erstickte aufkeimende Schuldgefühle schon im Ansatz.
Mit vierunddreißig Jahren kämpfte Anna darum, ihre Ehe zu retten, indem sie sich die körperliche Befriedigung woanders beschaffte. Woanders, das hieß bei Sebastian, der hartnäckig

viele Jahre darauf hingearbeitet hatte mit Anna im Bett zu landen und der begeistert und sehr diskret mitmachte. Dabei agierte er mit größter Vorsicht und Umsicht, damit ihr Verhältnis nicht auffliegt. Dennoch war es auch ein sehr gefährliches Spiel. Sobald Annas Mann sich auf Konzertreisen befand, nahm Sebastian sich Zeit und kam für ein paar schöne Stunden mit Anna angereist. Weite Anfahrten nahm er hierfür gern in Kauf! Eine kurzfristige Geschichte war diese Affaire ganz sicher nicht mehr. Sie erstreckte sich über viele Jahre, viel zu viele Jahre. Ob nicht doch Gefühle bei Anna oder Bastian im Spiel waren?

Trotz größter Bemühungen fand Sebastian keine Partnerin. Er war ganz und gar nicht der Typ, auf den die Frauen scharenweise fliegen. Und käufliche Liebe mochte er schon aus Prinzip nicht, insofern kam ihm die Affäre mit Anna sehr gelegen. Er bekam eine Frau ins Bett, die viele gerne vernascht hätten, gratis, ohne weitere Verpflichtungen und noch dazu die Frau, die er früher heiraten wollte. Sie hatte ihm damals sehr weh getan und das durfte sie jetzt wieder gut machen. Sein Ego konnte anschwellen. Ja, sie setzte sogar ihre Ehe für ihn aufs Spiel! Also war ja wohl doch immer er der richtige Mann für sie gewesen. Sie hatte sich ganz eindeutig erneut für ihn entschieden! In Bezug auf eine feste offizielle Partnerin musste er sich wohl damit abfinden, ein Leben lang Single zu bleiben. Schließlich war er nicht so skrupellos und wollte Schuld sein, wenn eine Familie auseinanderbricht! Aber er hatte endlich seine Anna wieder! Wenn auch nur inoffiziell. Anna, die sein Ego zärtlich streichelte und aufwertete. Und auch sie war vielleicht sogar froh darüber, dass Basti solo blieb. Da wurde er nicht schlau aus ihr.

„Anna, wann sehen wir uns wieder? Soll ich kommen, kommst du oder nehmen wir uns irgendwo ein Zimmer?" Zwei ständig wiederkehrende Fragen, die Hormone aufwirbelten, Begehren weckten, Sehnsüchte und Glücksgefühle produzierten.
Wie lange würden sie es noch schaffen, nicht aufzufliegen?

Wollte der Hexenschuss, den Anna zwei Tage vor dem bevorstehenden Date in Bonn bekam, Anna etwa warnen? Gibt es das, dass der Körper eingreift, wenn die Seele zu sehr verrückt spielt? Anna und Sebastian hatten sich wieder sehr auf die Verabredung gefreut. „Du, heute stehe ich dir ausschließlich geistig zur Verfügung, mein Körper macht schlapp", begrüßte sie ihn und fühlte sich wie eine steife Holzpuppe. „Kein Problem, trotzdem schön, dich zu sehen! Kommst du allein ins Auto, oder muss ich dich reinsetzen?", fragte Sebastian neckend und machte tatsächlich Anstalten sie hochzuheben. „Basti, veräppel mich alte gebrechliche Frau nicht auch noch!" So ein Mist, er hatte es gar nicht erwarten können, sich endlich wieder mit ihr gehen zu lassen. Aber da ist das letzte Wort noch nicht gesprochen, dachte er sich insgeheim. Er lud Anna ein und fuhr mit ihr auf den einsamen Parkplatz, den sie vor zwanzig Jahren regelmäßig besuchten. Nostalgie pur. Während sie sich zunächst wirklich nur angeregt unterhielten, wuchs doch plötzlich wieder unkontrollierbar diese sexuelle Anziehung, die stärker und stärker wurde und darin gipfelte, dass sie im Auto leidenschaftlichsten Sex hatten, trotz Annas Handicap. Ihre Körper verschmolzen ineinander, jeder verlor sich im anderen, sie hielten einander fest, genossen die wilden gemeinsamen Höhepunkte. Sebastians Nähe ließ Anna alle Schmerzen vergessen. Diese unkontrollierbare Lust auf Basti, die schwindelerregend und unberechenbar war - da war sie wieder. Die Hormone besiegten alle Vernunft, sogar höllische Rückenschmerzen. Ihre vertraute Intimität reichte bis in ihre Unterhaltungen. Anna führte nur mit Sebastian diese extrem offenen Gespräche. Ob ihre Vertrautheit damit zusammenhing, dass sie sich schon so endlos lange kannten?

Über Jahre hinweg hörten die heimlichen Treffen nicht auf und liefen immer nach dem gleichen Prinzip ab: Sebastian meldete sich, sie reden eine Weile über dies und das und das Gespräch endete damit, dass Sebastian fragte: „Welcher Tag passt dir nächste Woche?" Beide konnten einfach nicht voneinander lassen.
Basti hörte nicht auf anzurufen und Anna schaffte es nie, ein Date abzulehnen.
Sebastian war Annasüchtig, Anna war Sebastiansüchtig. Wo sollte das noch hinführen?

Wenn Sebastians Mutter nach Hamburg kam, traf sie sich auch immer mit Anna. Anna ahnte jedoch nicht im Ansatz, dass Frau König sich aus eigenen sehr ähnlichen Erfahrungen mit ihr identifizierte. Auch sie hatte sich damals als sehr junge Frau von ihrer Jugendliebe getrennt und ihren eigenbrötlerischen attraktiven Traummann geheiratet und mit ihm die Kinder bekommen. Zu dieser Zeit verdrängte sie ihre immer noch vorhandenen Gefühle für ihre Jugendliebe, ließ sie einfach nicht zu.

Frau König versäumte es in keiner Unterhaltung, Anna immer wieder einzuimpfen, wie sehr Sebastian sie geliebt habe. Sie war sich sicher, dass sie damit bei Anna auf fruchtbaren Nährboden stieß.
Anna verriet ihr jedoch nichts von ihrem aktuellen Verhältnis mit Basti. Manchmal hatte sie allerdings den Eindruck, als ob Sebastians Mutter es längst ahnte.

Neuerdings trafen Anna und ihr Geliebter sich meistens in Bremen, denn dort besaß er noch eine Wohnung, die momentan leer stand. „Basti, wie gehst du denn damit um, dass ich damals unsere Beziehung zerstört habe", fragte Anna ihn immer wieder schuldbewusst. „Ach, Anna, das ist doch so lange her!", antwortete er dann ausweichend. „Es fühlt sich selbst heute noch nicht gut an, dir damals so weh getan zu haben!" „Anna, denk nicht mehr daran! Über manche Dinge ist im Laufe der Zeit so viel Gras gewachsen, dass sie unwichtig werden konnten!" Bewunderung, Zuneigung und Dankbarkeit überschwemmten sie, dass er ihr so großzügig verzeihen wollte und konnte.
Anna wusste, dass Sebastian der korrekte Typ ist und dass diese verbotene geheime Beziehung, die sie jetzt führten, überhaupt nicht seinem Naturell entsprach. War das etwa doch die wahre, echte, ganz tiefe Liebe? Nein, nein, es sollte doch nur guter Sex mit dem Ex sein und bleiben, bemühte Anna sich einzureden. Die Tage nach ihren Treffen ging es ihr allerdings neuerdings meist nicht mehr besonders gut. Sie verspürte diese unvernünftige Sehnsucht, von ihm noch etwas zu hören, die auf gar keinen Fall sein durfte! Bei jedem Anruf schreckte sie auf: Das ist jetzt Basti, um feststellen zu müssen, dass sie sich irrte, denn Sebastian meldete sich direkt nach den Schäferstündchen nie.
Vermutlich war das wieder dieses „Männer- und- Frauenticken- anders- Ding".

18

Das musste ja so kommen

Hilfe, ich bin mit meiner Periode ja schon drei Wochen überfällig, stellte Anna eines Tages entgeistert fest. Von Tag zu Tag steigerte sich ihre Unruhe, sie wurde immer nervöser. Deshalb entschloss sie sich dann ziemlich schnell, ihren Gynäkologen aufzusuchen, um das Schreckgespenst zu vertreiben. „Sie sind schwanger!", diagnostizierte der Mediziner, nachdem er sie gründlich untersucht und einen Test gemacht hatte. „Kann gar nicht sein!", widersprach Anna, obwohl sie genau wusste, wie sinnlos das jetzt war. Aber gute Mediziner irren in solchen Fällen selten und Annas Frauenarzt war eine Koryphäe auf dem Gebiet der Frühdiagnostik. „Das ist doch in meinem Alter viel zu gefährlich", gab Anna aufgeregt zu bedenken. „Unsinn, Sie bekommen einen gesunden, wunderschönen Schreihals. Sie werden schon sehen", entgegnete der Arzt optimistisch, „es ist ja keine Erstgeburt!"

Anna verließ die Praxis mit glühenden Wangen, als habe sie vor Aufregung hohes Fieber bekommen! Julian konnte nicht der Vater sein, denn sie hatten seit vielen Jahren nicht mehr miteinander geschlafen. Ein Kind von Sebastian? Ein kleiner Bastian oder eine Bastiliene wuchs da in ihr heran? Jetzt saß sie in der Falle! Anna griff zum Handy. Sie musste Sebastian die Nachricht schonend beibringen. Aber er sollte es auf jeden Fall erfahren. Deshalb rief sie ihn sofort auf der Arbeit an. „Basti, was würdest du dazu sagen, wenn ich von dir schwanger wäre?" Als Frage formuliert würde sie ihn nicht völlig überfahren, dachte sie. „Um Gottes willen, Anna, ich habe doch jetzt eine Freundin!" Bastis Stimme überschlug sich vor Aufregung. Was war denn in Anna gefahren? Aber in Anbetracht der Gefahr, mit ihr ein Baby gezeugt zu haben, verlor sogar er nun seine Selbstbeherrschung. Er hatte sich bisher gescheut, ihr von seiner Partnerin zu erzählen. Besonders mutig war er nie. Und er konnte nicht einschätzen, ob er Anna dann für immer verlieren würde. „Du hast eine Freundin?" Anna war perplex. „Das ist schön für dich, ich gratuliere und wünsche euch alles Gute", antwortete sie dann jedoch geistesgegenwärtig, um ihre Fassungslosigkeit und ihr Entsetzen zu überspielen. Sie fragte nicht, wie lange er sie ihr schon verheimlicht hatte. Ganz schön verstört wurde ihr nun klar, dass sie von Sebastian keinerlei Hilfe zu erwarten hatte. Sie sah plötzlich ganz deutlich, dass sich ihre Bedeutung für ihn nur noch darin erschöpfte, sein Spaßobjekt zu sein. Ohne jegliche Verpflichtungen selbstverständlich! Das tat weh, aber sie durfte auf gar keinen Fall jammern. Sie musste jetzt ganz dringend einen kühlen Kopf bewahren. Um Sebastians Glück nicht zu schaden, gab sie ihm einige Tage später Entwarnung, obwohl ihr Arzt die Schwangerschaft definitiv festgestellt hatte. Aber diesmal log sie mit Absicht. „Basti, mach dir keinen Kopf, es war blinder Alarm", und sie spürte seine Erleichterung sogar durch das Telefon, als er antwortete: „Anna, du schaffst es immer wieder, mir einen Schreck einzujagen!"

Sie sah sich nun als alleinstehende Frau mit drei Kindern von zwei unterschiedlichen Vätern. Aber, so sagte sie sich, dann soll es so sein. Sie würde den kleinen Wurm schon groß bekommen! Sebastian konnte ruhig mit seiner Freundin glücklich sein, aber abtreiben würde sie niemals. Sie liebte das winzige Wesen jetzt schon. Julian würde sie rausschmeißen und nie mehr mit ihr reden, aber egal! Sie hatte die Situation zu verantworten und war jetzt auch bereit, alle Konsequenzen auszubaden. Ein paar Wochen merkte man ja noch nichts. Sie musste jetzt ruhig bleiben und ganz genau nachdenken. Anna wunderte sich selbst über ihre Gelassenheit, mit der sie auf diese riesigen Probleme reagierte. Sie hatte niemanden, dem sich anvertrauen konnte. Ob die Schwangerschaft ihr so viel Stärke gab?
Das Leben konnte sehr paradox sein! Früher, als Sebastian und sie den zweiten Anlauf einer Beziehung machten, hatte er es einmal darauf angelegt, ihr ein Kind anzudrehen. Da wollte er sie mit einer Schwangerschaft für immer an sich binden. Heute wollte er ganz sicher kein Kind mit ihr. Später erst würde sie entscheiden, ob sie ihm jemals sagen würde, dass er der Vater ist. Anna hielt diese fatale Situation für ihr vorherbestimmtes Schicksal.

„Anna schwanger?" Sebastian war entsetzt über diese Hiobsbotschaft. Zum Glück entpuppte sie sich ja als Blindgänger. Er wäre allerdings im Leben nicht darauf gekommen, dass Anna ihm die Wahrheit vorenthielt, um seine Partnerschaft nicht zu gefährden. Nach endlosem Suchen hatte er endlich eine Frau gefunden, die ihn sogar mietfrei bei sich wohnen ließ. Eine schwangere Anna konnte er jetzt gar nicht gebrauchen. Allein der Gedanke, Alimente zahlen zu müssen, verursachte bei ihm Schaum vor dem Mund. Er kokettierte mit einem neuen, teuren Auto, plante kostspielige Reisen zu machen, nobel zu leben und deshalb brauchte er sein Geld ausschließlich für sich selbst. In seinem Alter bekam man doch keinen Nachwuchs mehr! Und so ein Kind ausgerechnet mit Anna hätte auch bedeuten können, dass er bei dieser Frau doch wieder schwach wird, mehr als nur sexuell und das wollte er nie mehr! Das hatte er sich geschworen und da musste er jetzt konsequent bleiben. Ja, früher wünschte er sich ein Kind mit ihr, aber auch eine lebenslange Beziehung, ohne wenn und aber. Im Grunde hatte er die Enttäuschung, als Anna ihn damals gnadenlos in die Wüste schickte, nie richtig verkraftet, auch wenn er es genoss, sie wieder ins Bett bekommen zu haben. Sein Vertrauen ihr gegenüber war seitdem angekratzt, ziemlich massiv sogar. Ob Anna das Kind von ihm überhaupt gewollt hätte? Ob er wirklich der Vater war? Böse Erfahrungen mit Ellena tobten durch seine Gedanken. Nein, Anna hätte niemals versucht ihm Julians Kind unterzujubeln. So war seine Anna nicht! Wie ein Kind von ihm und Anna wohl aussehen würde? Egal, Spekulationen waren jetzt müßig, denn es war ja zum Glück nur ein Fehlalarm, glaubte Sebastian nach Annas Entwarnung tatsächlich. Sein Leben konnte in geregelten Bahnen weitergehen.

Einige Wochen danach musste Anna schnell noch kurz vor Ladenschluss zum Supermarkt. „Bekomme ich es eigentlich nie hin, Beruf und Haushalt zeitlich unter einen Hut zu bringen?", stöhnte sie. Einkäufe erledigte Anna immer gerne mit ihrem Rad. Aber heute sah sie den Graben nicht. Sie war überarbeitet und durch die ungewollte Schwangerschaft nervlich sehr beansprucht. Die Zeit rückte immer näher, zu der sie Julian ihr Fremdgehen beichten musste. Tag für Tag schob sie es vor sich her, denn sie hatte entsetzliche Angst, es ihm zu gestehen. Obwohl Julian kaum für sie verfügbar war, wusste sie, dass er von ihr Treue erwartet. So in Gedanken vertieft achtete sie nicht mehr auf den Radweg. Plötzlich strauchelte das Rad und Anna flog im hohen Bogen über die Lenkstange und landete auf ihrem Allerwertesten. Im Fußgelenk pochte es wie verrückt. Verdammt, tut das weh, schoss es durch Annas Kopf. Leute eilten herbei, die ihr behilflich sein wollten, aber sie kam von selbst wieder auf die Beine. „Junge Frau, sollen wir einen Krankenwagen rufen?", rief ein älterer Mann hilfsbereit. „Bleiben Sie lieber liegen! Nicht auszudenken, wenn Sie eine Gehirnerschütterung haben!", äußerte nun eine Frau mit zwei Dackeln im Schlepptau mütterlich besorgt. „Soll ich Sie stützen und nach Hause begleiten?", bot sich auch noch ein junger Punk mit rotgrünen Haaren an. Das Stimmengewirr veranlasste Anna nur noch zu denken: Schnell weg von hier! „Danke, es ist nichts passiert, außer vielleicht ein paar Blutergüssen, aber ansonsten ist noch alles dran. Ich bin robust", beruhigte sie die Menschenansammlung, die sich um sie gebildet und den Sturz mitgekommen hatte. Sie war richtig geflogen, obwohl sie es schon noch schaffte, abzubremsen. Zwei Meter waren es sicher gewesen. Die Wucht, mit der es geschah, hätte Anna niemals erwartet. Da kurze Zeit später sämtliche Beschwerden verflogen waren, nahm sie an, ungewöhnliches Glück gehabt zu haben. Baby, sprach sie auf ihren Bauch ein: Das war bestimmt ein Zeichen, dass du zu mir gehörst und auf die Welt kommen sollst: Geschehe, was wolle! Ich freue mich auf dich!

Dieser Optimismus war ganz und gar nicht angebracht!
In der Nacht bekam Anna starke Blutungen und sie verlor das Kind. Das Kind von Sebastian, das sie von der ersten Minute an liebte und unbedingt haben wollte. Anna weinte tagelang bitterlich, obwohl dieser Unfall ihr Leben wieder sehr viel einfacher machte. Aber Anna hätte sich Sebastians Kind gewünscht. Jahrelang quälte sie sich mit dem Vorwurf, fahrlässig

gehandelt zu haben, weil sie nach dem Sturz nicht vorsichtshalber zum Frauenarzt gegangen war.

Bastian erfuhr nicht, dass er doch fast Vater geworden wäre und Annas Leben damit restlos aus den gewohnten Bahnen geworfen hätte. Anna wollte seine Beziehung nicht belasten. Er war viel zu lange allein gewesen. Sie gönnte ihm sein Glück, endlich eine Frau gefunden zu haben, die mit ihm leben und alt werden wollte! Auch wenn Sebastian damit für sie nicht mehr greifbar sein würde. Die Trauer um den Verlust des Kindes musste sie allein bewältigen.

Julian merkte, dass es Anna nicht gut ging und das grenzte durchaus an ein kleines Wunder. Empathie war nie seine Stärke. Er schleppte Konzertkarten, Blumen und Pralinen an, denn er wollte seine alte, lustige, immer fröhliche Anna, die das Leben immer so leicht nahm, ohne schlechte Launen und Depressionen zurückhaben.
Ein bisschen Schuldbewusstsein meldete sich bei ihm, denn ihm war klar, dass er Anna vernachlässigte. Aber sie beschwerte sich ja auch nie! Warum seine bisher immer lebenslustige, temperamentvolle Frau, die ihm noch nie Vorwürfe gemacht hatte, wenn er nur seinen Interessen nachjagte und ihm alle Freiheiten ließ, plötzlich so hartnäckig traurig war, hinterfragte er jedoch lieber nicht weiter, so wichtig war das dann doch nicht und Nachforschungen könnten im Endeffekt nur unbequem werden.

19

Annas Sebastiankrise oder Sebastians Annakrise?

Jetzt war für Anna eine ganz neue Standortbestimmung unumgänglich. Fakt war ja nun, dass Sebastian schon längere Zeit in einer festen Beziehung lebte, die er ihr feige verheimlicht hatte. Sie hatten sich getroffen, miteinander geschlafen, ohne dass er sie über seine neue Freundin informierte. Deshalb wollte sie keine körperliche Nähe mehr zu ihm. Und nach der Sache mit dem verlorenen Baby erst recht nicht! Nie mehr! Nach seinen Signalen, dass er für sie in Krisensituationen nicht verfügbar sein würde und sie sich selbst überlassen würde, brauchte sie den Rückzug.

„Anna, wann hast du endlich Zeit?", drängte Sebastian wieder und wieder. Obwohl Anna nun von seiner Freundin wusste, rief er weiter an, als wäre überhaupt nichts geschehen, wollte sie unbedingt und natürlich wieder mit ihr schlafen. Seine Hartnäckigkeit bewirkte, dass Anna sich doch zu einem Wiedersehen verführen ließ. Als er an der Haustür klingelte, ließ sie ihn gar nicht in die Wohnung, sondern schlug direkt vor: „Komm, wir fahren ans Meer, dort kann man gut reden", um ihn gar nicht erst auf dumme Gedanken zu bringen. Gemeinsam machten barfuß sie einen ausgedehnten Spaziergang am Strand. Die frische Meeresbrise sorgte bei Anna für einen klaren Kopf, so dass sie ganz genau wusste, was sie auf gar keinen Fall mehr wollte. Aber die vertrauten Gespräche mit Basti, die konnte und wollte sie sich weiter erlauben, die waren ihr einfach zu wichtig.

„Anna, hast du einen neuen Liebhaber? Du bist so schick", forschte Sebastian nach. Ihm war nicht entgangen, dass sie wieder sehr viel Wert auf ihr Äußeres legte und ihm gefiel, was er sah. Diese Frau hatte wirklich ein Händchen dafür, mit geschicktem Styling ihre Vorzüge hervorzuheben. „Einen, Basti? Nein, nein! Ganz viele!", entgegnete Anna, um ihn zu ärgern. Leider gab es auch traurige Neuigkeiten aus Bastis Familie.

„Mein Vater ist gestorben", berichtete Sebastian betrübt. „Mutter bestand auf einem ganz kleinen, privaten Begräbnis. Mittlerweile ist sie mit ihrer Jugendliebe zusammengezogen", setzte Basti den Bericht über Familiäres fort. „Tatsächlich?", Anna staunte.

Was beide nicht wussten, war die Tatsache, dass Frau König schon während ihrer Ehe mit Bastis Vater wieder den Kontakt zu ihrem Jugendfreund aufgenommen hatte. Sie trafen sich heimlich und ihr Verhältnis, selbstverständlich ohne Sex, hatte ansonsten einen ähnlichen Charakter wie die Beziehung zwischen Anna und Sebastian. Und nach dem Tod des Partners konnte Bastis Mutter dann ohne Komplikationen und ohne ein schlechtes Gewissen mit dem Jugendfreund zusammenziehen. Im zweiten Anlauf bekamen sie die Möglichkeit, eine glückliche Beziehung führen. Und beide genossen es, endlich noch zueinander gefunden zu haben. Manchen bietet das Leben sogar spät noch großzügig eine zweite Chance, glücklich zu werden.

Anna und Basti sprachen über alles Mögliche, nur nicht über Annas missglückte Schwangerschaft oder über Sebastians Beziehung, obwohl sie eigentlich über beide Themen, die mit riesigen Fragezeichen über ihnen schwebten, dringend reden mussten. Diese Distanz in ihren Gesprächen und das Verschweigen von Wichtigem war etwas völlig Neues.

Plötzlich versuchte Sebastian dann doch, den Arm um Anna zu legen. Panisch zuckte sie zusammen: „Nein, Basti, bitte nicht!" Selbst zum Abschied küsste sie ihn nicht. Sie wusste, wie riskant es würde, wenn sie sich zu nahe kommen. Jede Umarmung hätte Dinge auslösen können, die sie ganz sicher nicht mehr wollte! „Bye, Anna, wir sehen uns", verabschiedete Sebastian sich. Er merkte und respektierte ihren Wunsch nach Distanz, auch wenn er sich einen ganz anderen Verlauf des Nachmittags erhofft hatte. Bei Anna bekam er immer Lust auf Sex. Aber er stand ja nicht mehr so sehr unter Druck wie früher, schließlich konnte er sich bei seiner Freundin sexuell abreagieren. Und irgendwie faszinierte ihn auch, dass Anna aus Respekt vor seiner Beziehung so konsequent bleiben konnte. Wie immer schauten seine vertrauten, lieben Augen zum Abschied ganz tief in ihre blauen Augen. Und beide Augenpaare, die grauen und die blauen verschmolzen sehnsuchtsvoll ineinander und konnten diese neue Distanz kaum ertragen.

Konsequent sein, Vorsätze einhalten, Nein sagen - keine leichte Übung für Anna! „Du, nächsten Sonntag besuche ich dich, bin für eine ganze Woche in deiner Nähe", teilte Sebastian Anna einige Zeit später mit. Noch bevor seine Schulung begann, wollte er sie unbedingt wiedersehen. Beide hatten es dann kaum noch erwarten können und zählten ungeduldig die Stunden, Minuten, sogar die Sekunden! Nein, sie ertrugen es nicht, Abstand zu halten! Stürmisch wie immer flog Anna in seine Arme: „Da bist du ja endlich", und anschließend liebten sie sich wieder sehr leidenschaftlich. Mit Sebastian zu schlafen war das Non-Plus-Ultra in Annas Leben. Das war einfach so. Hingebungsvoll hatte sie Sebastians Besuch und seine Nähe genossen, lag glücklich in seinen Armen, fühlte sich geborgen und verstanden. Sebastian verabschiedete sich schneller als sonst, konnte sich diesmal nur wenig Zeit für Gespräche nehmen. „Anna, ich muss rechtzeitig erscheinen, sonst merken meine Kollegen, dass ich mich abgesetzt habe. Dann kommen dumme Fragen und Spekulationen auf, die ich ganz und gar nicht brauche", sagte er entschuldigend, fast schon leicht panisch und verließ sie. Nein, sie wollte sich diesen schönen Abend jetzt nicht mit einer Enttäuschung oder zermürbenden Interpretationen vermiesen.

Und obwohl Anna gehofft hatte, ihn in dieser Woche noch oft zu treffen, kam Basti nur noch ein einziges Mal vorbei. Er holte sie mit dem Auto vor der Haustür ab. Anna stieg schnell ein und schaute nervös aus dem Fenster, ob es Augenzeugen gab. Aber da war niemand. „Basti, was riecht denn hier so?", fragte sie. „Wieso, stinkt es in meinem Wagen?", forschte er irritiert nach. „Ja, es ist dein Rasierwasser!", entgegnete Anna nun lachend. Sein Duftwässerchen übertraf mal wieder alles: Es roch vertraut und gleichzeitig verführerisch und berauschte Annas Sinne. Sie hatte definitiv eine Schwäche für gut riechende Männer, besonders, wenn sie Basti hießen! Sie fuhren auf einen nahegelegenen Feldweg und Sebastian liebte sie auf dem Kofferraum seines Autos, ganz nah an der Straße, die in den Vorort Hamburgs führte, in dem Anna mit Mann und Kindern lebte. Es war noch recht hell, aber in diesem Moment interessierte das nicht. Ganz schön leichtsinnig! Ihre Körper wollten sich nur gegenseitig spüren, reiben, vereinen. Anschließend saßen sie noch gemütlich in Bastis Auto und führten ihre schon Tradition gewordenen vertrauten Gespräche. „Meine Freundin begleitet mich überall hin, es wird immer schwerer uns zu treffen, ohne dass ich auffliege", jammerte Sebastian. Eigentlich wollte Anna ihm endlich von dem verlorenen Baby erzählen, aber sie spürte, dass es nicht der richtige Zeitpunkt war. Deshalb ließ sie es wieder. Ich hätte so gerne gewusst, ob er sich doch auf dieses Kind gefreut hätte, dachte sie frustriert. Es wäre schön gewesen, meine Trauer um das Kleine mit ihm zu teilen. Stattdessen fragte sie: „Sehen wir uns noch einmal?", aber Sebastian blockte ab, sagte irgendwas von keine Zeit mehr und dringenden Terminen. Zum ersten Mal spürte sie an diesem Abend eine Distanz, die er zu ihr aufbaute. Zum allerersten Mal!

Sebastian dachte nach. Doch, es fühlte sich gut an, von zwei Frauen begehrt zu werden. Das hatte schon was. Aber seine Freundin musste außen vor bleiben, die durfte auf gar keinen Fall jemals von Anna und ihm erfahren. Und auch die Arbeitskollegen auf der Fortbildung sollten keinen Verdacht schöpfen. Es reichte, wenn sie sich in der Woche zwei Mal sahen, alles andere könnte auffallen, war ihm zu riskant. Außerdem brauchte er ja auch noch Kraftreserven für seine Freundin, die über ihn herfallen würde, wenn er wieder heim kam.
Anna reizte ihn immer noch zu sehr. Viel zu sehr! Erklären konnte und wollte er sich das aber nicht. Es war immer so leicht mit ihr. Er fühlte sich dann wie früher, als er noch jung, naiv und grenzenlos in Anna verschossen war.

Eine weitere günstige Gelegenheit für ungestörte Schäferstündchen bot Sebastians Eigentumswohnung in Bremen. Er kaufte sie, als er dorthin versetzt wurde. Seit seiner Rückkehr nach Hannover und dem Einzug bei seiner Freundin stand sie nun leer. Regelmäßig musste er nach dem Rechten schauen und in der ersten Zeit ging das auch noch ohne die Kontrolle durch seine Freundin, bevor sie ihm später die Besuche in der Wohnung nur noch in ihrer Begleitung genehmigte. Vielleicht roch sie den Braten intuitiv. Bis dahin aber bestellte Sebastian Anna nach Bremen und traf sie dort ungestört. Basti und Anna. Anna und Sebastian. Nein, sie schafften es nicht, einen Schlussstrich unter die unmoralische Affäre zu ziehen und voneinander zu lassen. Beide nahmen sich frei, verschwendeten kostbare Urlaubstage und erfanden Ausreden, um für drei bis vier verbotene Stunden zusammen zu sein.

Basti holte Anna dann vom Bus ab. Pünktlich und zuverlässig wartete er an der Haltestelle auf sie. Doch Anna erschrak, als sie ihn erblickte. Sebastian hat sichtbar zugenommen! Ein riesiger Bauch wölbte sich über seine wenig modische, unvorteilhafte Hose. Die Freundin schien darum bemüht, ihn zu mästen. Anna war im Alltag von vielen sehr modebewussten gutaussehenden Schicki-Micki Menschen umgeben, die peinlichst auf ihr äußeres Erscheinungsbild achteten und Unmengen an Geld in Designeroutfits, Fitnessprogramme und Diäten investierten. Das Fatale war, sie fühlte sich trotzdem von ihm angezogen, als er da so tollpatschig und alles andere als perfekt vor ihr stand. Es rührte sie sogar. Stolz und glücklich ließ sie es geschehen, dass er seinen Arm um sie legte und sie zum Parkplatz führte. Sie fuhren in seine Wohnung, eine sehr schöne Wohnung, in der Anna sich sogar gut vorstellen konnte, mit ihm zu leben.

„Bist du froh, wieder in Hannover zu arbeiten?", löcherte sie ihn. „Ja, in Bremen fühlte ich mich unwohl und fremd. Meine Freunde saßen alle in Hannover und die haben dann dafür gesorgt, dass ich an meinen alten Arbeitsplatz zurückversetzt wurde und Regina kennenlernte", erzählte er. „Sie passte eigentlich gar nicht in mein Beuteschema, aber dann ergab es sich doch. Hilft ja nix zu wählerisch zu sein, dann bleibe ich für immer und ewig allein. Du bist ja vergeben, Anna." In diesem Moment verfluchte sie diese Freunde! „Hast du Hunger? Ich habe extra für dich gekocht!" Aber Anna brauchte kein Essen, wenn sie glücklich war und hatte eigentlich nur Heißhunger auf seine Küsse, obwohl Sebastian als ein hervorragender Koch ein extrem verführerisches Essen gezaubert hatte. „Anna, ein Häppchen für Oma, eins für Opa, eins für Macho..". Basti musste sie füttern, damit sie überhaupt etwas aß. Plötzlich klingelte es an der Haustür. Basti zuckte zusammen. „Wer ist das jetzt?" „Soll ich mich im Kleiderschrank verstecken?", fragte Anna scherzhaft. Es klingelte immer energischer. Jetzt wurde sogar noch an der Tür geklopft. „Mein Gott, wer ist denn da so aufdringlich? Anna, lass dich mal besser nicht sehen, wenn ich zur Tür gehe", bat Sebastian nervös. „Hallo Herr König! Sind sie mit Regina hier?", überfiel ihn die Nachbarin, die in der Tür stand und kaum zu bremsen war, unaufgefordert ins Wohnzimmer zu stürzen. „Nein, nein, meine Schwester besucht mich heute hier", antwortete Basti geistesgegenwärtig. „Ach so, ich hatte ihrer Partnerin nämlich das Rezept von meinem einzigartigen Schokoladenkuchen versprochen! Geben sie es ihr doch bitte mit ganz lieben Grüßen!" Basti dankte höflich, nahm den Zettel entgegen und kehrte zurück ins Wohnzimmer. „Puh, war die neugierig und aufdringlich! Frauen…"
Jetzt schenkte er seine Aufmerksamkeit wieder Anna, wirbelte leidenschaftlich ihre Haare durcheinander, küsste zärtlich ihr

Gesicht und streichelte sie liebevoll. „Basti, es ist so schön mit dir", flüsterte Anna ihm ins Ohr und knabberte an seinem Ohrläppchen. Diesmal blieb wenig Zeit für ihre schönen Gespräche, die für Anna fast schon lebensnotwendig geworden waren. „Anna, ich muss spätestens um Vier wieder zurück nach Hannover fahren. Du weißt ja, Regina heißt mit zweitem Vornamen Misstrauen." „Dann lass uns die letzte Stunde so genießen, dass sie endlos erscheint", schlug Anna vor. Der Nachmittag verflog viel zu schnell. Sebastians Verpflichtungen begrenzten die Zeit immer stärker. „Bastian, du wirkst gehetzt", stellte sie ihn zur Rede und es machte sie traurig. „Nein, Anna, so ist das nicht! Es hat nichts mit uns zu tun! Das liegt nur am Stress auf der Arbeit", hatte er sie beruhigt. Aber Anna spürte, dass das nur die halbe Wahrheit war. Eine letzte leidenschaftliche Umarmung an der Bushaltestelle, noch ein letztes Mal seinen Herzschlag spüren, seine Wärme, seine Nähe, schon fuhr der Bus vor. Gedränge, Einsteigehektik, automatisch sich schließende Türen, ein letzter Blick in Bastis Augen. Dann sah sie ihn wehmütig nur noch durchs Fenster immer kleiner werden, bevor er komplett verschwand. Als Anna dann Zeit zum Nachdenken fand, kam ihr in den Sinn, dass Sebastian sich merkwürdig verhielt. Er vermied es akribisch, ihr den Ort seiner neuen Wohnung und den Namen seiner Freundin zu nennen. Selbst als sie gefragt hatte, wie weit er jetzt zur Arbeit fahren muss, eierte er rum und sie erhielt sehr ungenaue Auskünfte. Auch die Telefonnummer von seinem neuen Arbeitsplatz gab er nicht preis. Bis dahin hatte er ihr immer alle seine Telefonnummern gegeben. Von ihr besaß er sämtliche erdenklichen Informationen. Vertraute er ihr nicht mehr? Oder bereitete er das Ende ihrer Affäre und seinen plötzlichen Abgang sorgfältig vor? Das nagte an Anna, aber sie wollte nicht stressen. Und ihr wurde sehr bewusst, dass es nun nicht mehr nur sie war, die

ihren Partner betrog. Wenn sich bisher das Gewissen meldete, bei ihr oder bei Sebastian, sagte Anna immer: „Sebastian, wir dürfen das!" Sie glaubte es tatsächlich. Die unendliche Vertrautheit zwischen ihnen von ihrer Jugend an gab ihr immer wieder die Gewissheit, nichts Böses zu tun. Sebastian war ihr Schicksal, etwas Unabänderliches, irgendwie. Er war ihr erster Mann gewesen und der einzige, mit dem sie richtig guten Sex hatte. Und mittlerweile glaubte sie es selbst vermutlich mehr als Basti.
Anna bemerkte nicht, wie Sebastian ihr immer wichtiger wurde. Vielleicht wollte sie es auch nicht wahrhaben. Trotzdem bedrängte sie ihn nie, wartete bis er sich meldete und Zeit hatte, war dann aber immer bereit. Konnte das auf die Dauer gut gehen?

„Anna, ich muss dich wiedersehen, wann hast du Zeit?", hatte Basti schon wieder am Telefon gebettelt, damit sie nach Hannover kommt. Natürlich konnte sie seinem leidenschaftlichen Drängeln nicht widerstehen. Sie reiste mit ihrem Auto an. Irgendwie hatte es sich eingebürgert, dass Anna jetzt die langen Anfahrten machte, weil es so für Sebastian leichter war, seine Freundin zu betrügen, ohne aufzufliegen. Zu viele Stunden Abwesenheit machten diese nur misstrauisch.
Sebastian lebte eine „Klettenbeziehung" mit seiner Partnerin. So nannte Anna das jedenfalls. Beide hockten Tag und Nacht aufeinander, kontrollierten sich gegenseitig und ließen sich kaum noch Freiräume. Und es kam Anna so vor, als verstärke sich diese Situation mehr und mehr. „Anna, kommst du bitte, dann haben wir mehr Zeit und können länger zusammen sein, hatte Sebastian gebettelt und natürlich hatte sie sich überreden lassen. An sich fing alles ganz gut an. Sebastian reservierte ein Hotelzimmer. „Das ist doch bequemer als mein Wagen", hatte

er lachend am Telefon gemeint und sich auf ein paar schöne Stunden mit Anna gefreut. Anna besorgte sogar roten Krimsekt (vielleicht aus Gefühlsduselei und in nostalgischer Erinnerung an den Krimsekt damals im Bett seiner Eltern) und freute sich auf ihn. Neugierig wartete sie darauf, was er zu ihrer neuen Haarfarbe sagen würde. Sie fand die Farbe schön verrucht, irgendwie sogar der Situation angemessen. Aber schon als Sebastian sie auf dem vereinbarten Parkplatz erwartete, und anschließend, als sie die Innenstadt durchquerten, war er extrem unentspannt. Keine Umarmung zur Begrüßung, nur ein flüchtiges Hallo, stattdessen schaute er die ganze Zeit hektisch um sich, ob nicht jemand Bekanntes seinen Weg kreuzte. „Anna, komm weiter", drängte er ungeduldig, als sie vor einem Schaufenster stehen blieb. „Schau mal, Basti, eine Reise in die Südsee. Los buchen wir!" „Träumereien, Anna, komm weiter, dafür ist jetzt wirklich keine Zeit", winkte Basti ab. Die ganze Strecke zum Hotel verhielt er sich schreckhaft und merkwürdig gehetzt. Die Angst, erkannt und erwischt zu werden, saß ihm unverhohlen im Nacken. Plötzlich sprang er erschrocken in einen Hauseingang und zerrte Anna mit sich. „Anna, schnell, duck dich bitte! Da drüben, das ist die Sekretärin meines Kollegen!" Erst als diese außer Reichweite war, gab er grünes Licht weiterzugehen. „Da ist ja das Hotel", erklärte er Anna mit deutlicher Erleichterung in seiner Stimme und beschleunigte seine Schritte noch. Anna rannte fast, kam kaum noch mit. Dann stand sie beklommen neben ihm an der Rezeption. Jeder musste ihnen doch ansehen, dass sie Unmoralisches vorhatten. Anna war nie abgebrüht. „Ich habe reserviert", erklärte Sebastian ganz weltmännisch, nahm die Schlüsselkarte in Empfang und führte Anna zum Zimmer. Auch im sicheren Inkognito der Hotelsuite lösten sich Bastians Verkrampfungen nicht. Extrem unentspannt und äußerst launisch lag er im bequemen Boxspringbett. Ganz sonderbare Schwingungen lagen da in der

Luft. „Basti, im Auto habe ich dauernd eine wunderschöne neue Ballade gehört. Die passt perfekt zu uns", schwärmte Anna noch emotional beeinflusst von dem Erlebnis, merkte dann aber, dass Sebastian ihr gar nicht zuhörte. „Die Haarfarbe gefällt mir nicht, warum hast du das gemacht? Schwarz habe ich auch zu Hause", meckerte und lag anschließend, nach seinem viel zu schnellen Orgasmus, faul im Bett. Sein dicker Bauch hing seitlich neben ihm. Kein besonders schöner Anblick. „Nein, ich trinke keinen Alkohol", nörgelte er weiter, als Anna den Sekt öffnete und mit ihm anstoßen wollte, um ihn lockerer zu machen. „Entspann dich doch, Sebastian", flüsterte sie liebevoll. Aber sie musste den Krimsekt alleine trinken und er schmeckte ganz schal. Anna hatte an diesem Nachmittag weder einen amüsanten Gesprächspartner, noch sonstigen Spaß. Ob sie glücklich war, wie sie sich fühlte und ob sie befriedigt wurde, interessierte Sebastian diesmal überhaupt nicht. Die meiste Zeit lag er faul und passiv zwischen den Kissen, wirkte schlapp und überbeansprucht. Vielleicht spekulierte er ja, Anna müsse das Hotelzimmer körperlich abarbeiten, das er schließlich bezahlte! Wer weiß das schon. Es war erniedrigend für Anna. Das empfand sie durchaus. Das Gespräch verlief schleppend. Sebastian musste wohl seine Tage haben, so zickig war er. Annas Enttäuschung wuchs. „Was hat er nur?", fragte sie sich traurig. Er merkte es nicht einmal. Sie brachen das Zusammensein relativ schnell ab. Wenigstens in diesem Punkt waren sie sich an dem missglückten Nachmittag einig. Großzügig gerechnet hatten sie maximal zwei Stunden miteinander verbracht und vor dem Hotel sagte Anna nur noch abweisend: „Und Tschüss", drehte sich um und machte Anstalten zu gehen. Sie wollte nur noch weg, den bitteren Geschmack im Mund loswerden und ja nicht traurig sein. Sebastian versuchte gar nicht erst, sie noch zum Auto zu begleiten. Im Gegenteil! Er verabschiedete sich

schnell mit kurzem, förmlichem Gruß und verschwand aus ihrem Blickfeld. Insgeheim hatte sie natürlich gehofft, dass er wenigstens zum Abschied Emotionen zeigen würde. Da konnte sie lange warten! Kein Kuss, keine Berührung, nicht einmal eine Umarmung zum Abschied. Er drehte sich einfach um und ging. Anna schaute ihm schon noch hinterher. Das konnte sie sich nicht verkneifen. Aber Sebastian blickte kein einziges Mal mehr zurück. Wutentbrannt steuerte Anna in die Richtung, wo sie den Parkplatz vermutete. Auf dem Hinweg war sie einfach neben ihm her geschlappt, ohne sich den Weg einzuprägen. Jetzt fühlte sie sich nur benutzt, ausgenutzt, gedemütigt, behandelt wie eine Prostituierte. Sie war von Hamburg angereist, hatte sich losgeeist aus einem stress- und arbeitsreichen Alltag, einen Urlaubstag geopfert und vor ihr lag eine monotone Rückfahrt. Sie fuhr nicht gerne Auto. Aber Sebastian nahm sich nicht einmal mehr die Zeit, sie zum Parkplatz zu begleiten und sich richtig zu verabschieden! Sehr deutlich spürte sie, dass er sich immer weiter von ihr entfernte. Diesmal hatte er sie tatsächlich nur noch wie eine Hure behandelt. Dabei war es ihm scheißegal gewesen, wie es ihr dabei ging, ob sie sich wohl fühlte, ob er sie traurig machte oder verletzte. Wie oberflächlich, wenn die künstliche Haarfarbe der Grund war.
„So nicht, mein Herr! Nein, das war das allerletzte Mal", schwor sie sich, schluckte die Tränen hinunter und kehrte in ihr Leben zurück: Hinein in die Problemwelt von Jobchaos und Gefühlsstarre, Aneinandervorbeileben und Langeweile. Aber sie hatte Kraft und würde eine Lösung finden, damit das Leben wieder schön und lebenswert wird. Anna glaubte, dass sie den Frustnachmittag einfach abschütteln konnte, ohne sich damit groß psychisch zu belasten. Jetzt, wo er wieder eine Freundin hatte, brauchte er sie einfach nicht mehr. Das war ja wohl offensichtlich. Trotzdem hatte er immer wieder angerufen, enormen Wert darauf gelegt, dass sie sich sehen, hatte seine Partne-

rin skrupellos wieder und wieder mit ihr betrogen. Sie verstand die Welt nicht mehr. Vielleicht war es ja gerecht, dass auch sie einmal so eine Situation erlebte. Bisher hatte sie wahrscheinlich immer zu behütet gelebt, sehr naiv ihre Idylle nie wirklich verlassen, zu viel Glück gehabt. Diesmal fehlte zum Abschied sogar der sehnsüchtige Blickkontakt beider Augenpaare. Sebastian musste den Magneten, der sie sonst immer so aufeinander fokussierte, weggeworfen oder verloren haben.

Er hatte an dem Nachmittag in Hannover tatsächlich riesige Angst aufzufliegen. Überall konnten ihm Kollegen über den Weg laufen. Was dann? Es erforderte unglaubliches Geschick von ihm, seine Freundin für den Nachmittag abzuwimmeln. Sie wich so gut wie nie von seiner Seite. Aber das gefiel ihm, er fühlte sich wichtig, gebraucht und begehrt. Schließlich hatte er lange genug darauf gewartet, wieder eine Frau zu finden. Und diese Beziehung wollte er auf gar keinen Fall gefährden. Aber Anna zog ihn magisch an, da konnte er nichts machen, egal wie doll er sich sträubte. Das war immer noch so. Nein, Souveränität sieht anders aus! Klar, war sein Verhalten feige, aber das hätte er nie zugegeben. Nachdem er seinen Spaß gehabt hatte, konnte Anna ruhig abzischen. Das erleichterte ihn in diesem Moment sogar. Und wenn er Lust hatte, würde er sich ja wieder bei ihr melden. Aber jetzt reichte es erst einmal für eine Weile. Ein Glück, dass Anna allein zum Parkplatz ging, nicht auf seine Begleitung bestand. Kein zweiter Spießrutenlauf mitten in der City. Und dieser Blödsinn mit der neuen Haarfarbe. Das hatte er daheim jeden Tag. Er wollte nur eine blonde Anna. Dass Anna diesen Nachmittag als das endgültige Aus ihres Kontakts ansah, kam ihm nicht in den Sinn. Nein, er realisierte nicht, wie schlimm er sie gedemütigt und ihr weh getan hatte. Er spürte deutlicher als Anna und schon ziemlich lange, dass sie in ihrem

Leben in Hamburg essentielle Dinge, die sie dringend brauchte, nicht bekam und dass sie nicht glücklich war. Und er wusste auch genau, dass bei Frauen immer mehr Gefühle im Spiel waren. Aber er fühlte sich dafür in keiner Weise verantwortlich. Jetzt war Vorsicht geboten, sagte er sich. Anna durfte sich auf gar keinen Fall Hoffnungen oder ihm gar Schwierigkeiten machen. Aber da hatte er ja vorgesorgt!

Es verstrichen etliche Monate, bevor er sich wieder telefonisch meldete. „Hallo Anna, ich bin es. Wann hast du Zeit? Wo wollen wir uns treffen?", fragte er, als sei gar nichts geschehen. Aber Anna wirkte äußerst reserviert am Telefon, abweisend, ließ sich auf nichts mehr ein. Und nach dem Gespräch überlegte sie: Hat er überhaupt kapiert, wie sehr er mich in Hannover gedemütigt hat?

Als Sebastian dann das nächste Mal anrief, war in Annas Leben sehr viel geschehen. Die Kinder waren ausgezogen und studierten beide in der Schweiz. Sie hatte als Tanzpädagogin eine eigene Ballettschule eröffnet, die sehr erfolgreich angelaufen war. „Anna? Es ist jetzt schon eine Ewigkeit her, dass wir uns gesehen haben! Wie geht es dir?", begann Sebastian diesmal ohne direkt mit der Tür ins Haus zu fallen. „Gut, aber was willst du?" Anna versuchte, distanziert zu wirken, damit Sebastian merken musste, dass sie ihn nicht braucht. „Können wir uns sehen?", rückte er jetzt doch mit der Sprache raus. Aber da stürzte plötzlich ihr Handy ab und das Gespräch endete sehr abrupt. Manchmal trifft sogar ein kleiner, unschuldiger Handyakku zum perfekten Zeitpunkt die richtige Entscheidung! Basti nahm an, Anna habe einfach aufgelegt. Und durch diesen Irrtum hatte selbst Sebastian endlich verstanden! Daraufhin trat zwischen den beiden Funkstille ein.

Manchmal träumte Anna von Basti und war dann morgens sehr verwirrt und auch traurig. Er fehlte ihr. Viel zu lange hatte er eine enorm wichtige Rolle in ihrem Leben gespielt. Wiederholt musste sie an ihn denken, wollte gerne wissen, wie es ihm geht, was er so macht und ob er geheiratet hat. Sie war sich ziemlich sicher, dass er es getan haben musste und wunderte sich über die Melancholie, die diese Überlegungen ihr bereiteten. Aber dann besann sie sich schnell auf das letzte schreckliche Treffen, wurde sehr wütend und konnte damit wunderbar jede Emotion im Keim ersticken. Er hat keinen guten Charakter, redete sie sich ein und zog daraus den Schluss, dass sie doch den richtigen Mann geheiratet hatte. Julian war schwierig im alltäglichen Umgang, betrog sie, aber er hatte das Herz immer auf dem rechten Fleck. Und optisch sah er auch noch so fantastisch aus, dass alle Freundinnen neidisch auf ihren attraktiven Partner waren.

Auch Sebastian hatte nun endlich registriert, dass Anna abblockte und ihn nicht mehr sehen wollte. Nein, das ließ er sich von ihr nicht bieten! So etwas machte ihn wütend. So behandelte ihn keine Frau mehr! Seine Wut bekam er immer schon schlecht in den Griff. Aufgebracht löschte er ihre Nummern, ihre Adresse und wollte nichts mehr mit ihr zu tun haben. War das vielleicht die richtige Option?

An dieser Stelle könnte der Roman aufhören, tut er aber nicht, denn die richtigen Turbulenzen standen erst noch bevor!

20

Annasüchtig oder nur neugierig, das ist hier die Frage

Die Jahre verflogen nur so. Nachts überfiel Basti immer öfter dieses merkwürdige Gefühl, dass ihm etwas in seinem Leben fehlt. Dann lag er oft lange wach und grübelte. Plötzlich fiel es ihm wie Schuppen von den Augen, dass es Anna war, die er ganz fürchterlich vermisste. „Was Anna wohl so treibt", fragte Sebastian sich und versuchte Informationen über sie im Net zu finden. Er meldete sich in dem Online Forum an, in dem er Anna vermutete. Eitel verjüngte er sich in seinem Profil um etliche Jährchen. Jeder lügt doch im Internet! „Sieh an, jetzt hat Basti es sogar nötig, sein Alter zu beschönigen", entdeckte Anna, als sie auf sein Profil stieß, denn auch sie musste manchmal an ihn denken und suchte deshalb nach ihm. Bissig schrieb sie sofort auf seine Seite: „Bist du mittlerweile so senil, dass dir dein tatsächliches Alter nicht mehr einfällt? Soll ich dir verraten, wie alt du bist? Soll ich wirklich?" Sie hasste es, wenn Leute sich jünger machten als sie waren. Außerdem war sie immer noch verletzt wegen des letzten Dates mit ihm. Die damalige Demütigung saß enorm tief und hatte sie verbittert. Auf ihre boshafte, wenn auch berechtigte Kritik hin sperrte Sebastian kurzerhand seinen Account für Anna und die Kontaktpause wurde fortgesetzt.

Ein weiteres Jahr verging. Basti musste zu einer dreiwöchigen Kur. Danach konnte er stolz eine hart erkämpfte Gewichtsreduktion von zwölf Kilo vorweisen und einen ansatzweise trainierten Body. Im Vorfeld hatte sein Hausarzt gewarnt: „Mein lieber Herr König, wenn Sie so weiter so zügellos essen wie bisher, ist Ihr Herzinfarkt Programm!" Da erkannte Sebastian den dringenden Handlungsbedarf und entschloss sich zu einer sechswöchigen Fasten- und Fitnesskur. Wie sehr hatte er dort auf einen attraktiven, anregenden Kurschatten gehofft. Schließlich hatte er in seinem gesamten Leben gerade mal drei Frauen intim kennengelernt! Aber obwohl sich einige Damen verzweifelt auf der Jagd nach männlichem Freiwild befanden, blieb er chancenlos. Seine Partnerin ließ es sich nämlich nicht nehmen, jedes Wochenende anzureisen, um ihn zu kontrollieren und ihre Besitzansprüche zu demonstrieren. „Finger weg…vergeben", hätte sie ihm am liebsten mit rotem Permanentmarker auf die Stirn geschrieben. Außerdem spukte ihm Anna neuerdings wieder im Kopf herum. Er träumte sogar nahezu jede Nacht von ihr. In manchen Nächten musste er ganz intensiv an sie denken, konnte sie fast fühlen, riechen und schmecken. Wie sie sich wohl in den letzten Jahren verändert hatte? Ob sie glücklich war? Ob sie immer noch so viel Spaß am Sex hatte? Und ob er wohl bei ihr noch eine Chance hätte und sie wieder mit ihm schlafen würde? Ob sie ihm immer noch so blind vertrauen konnte? Wie hatte sie es aushalten können, so lange keinen Kontakt mehr zu ihm zu haben?
Ein neues Date mit Anna wurde zur fixen Idee. Und als Basti genug gefastet und gesportelt hatte, seinen Bauchumfang um einiges geschrumpft war, betrachtete er seinen nackten Körper stolz im Spiegel und überlegte: „Anna müsste mich jetzt mal so sehen. Sie könnte mir garantiert nicht widerstehen!" Immer

mehr wurde Sebastian bewusst, wie sehr er den Kontakt zu Anna vermisste! Er, der sonst alles unter Kontrolle hatte, wurde bei ihr wieder leichtsinnig. Das entsprach ganz und gar nicht seinem bedächtigen, immer auf Sicherheit zielenden Naturell. Aber sie war nun mal seine allererste Frau, die erste langjährige Freundin, mit der er damals eine Familie gründen, Kinder bekommen und alt zu werden gedachte. Sie war diejenige, die ihn mit ihrer Trennung so schlimm verletzt hatte, wie keine andere jemals zuvor und danach! Wenn er ehrlich war, stach es heute immer noch in der Brust, wenn er nur daran dachte. Damals blieb sie sogar trotz neuer, mehrjähriger enger und schon alltäglicher Beziehung mit Ellena immer noch seine absolute Traumfrau: Einfühlsam, liebevoll, kompromissbereit, chaotisch, voller Überraschungen und ein bisschen bockig! In ihr vereinigten sich Kumpel, Freundin, Beraterin, Chaotin, Geliebte und Hure perfekt. Davon träumt jeder Mann!

Und trotz aller schlimmen Verletzungen war er später sogar dazu bereit gewesen, ihr als bester Freund zur Seite zu stehen und noch später ihr leidenschaftlicher Geliebter zu werden. Über viele, viel zu viele Jahre! Nein, da verstand er sich selbst nicht. Wo blieben da eigentlich seine sonst so strengen Prinzipien? Anna und er hatten so ziemlich alle nur möglichen Varianten von Beziehung miteinander durchlebt. Und immer noch sehnte Sebastian sich nach ihr. Hörte das denn niemals auf? Männer galten doch allgemein als Jäger und war ein Wild erlegt, ging man nahtlos dazu über, das nächste zu jagen. Aber Anna hatte so viele aufregende Seiten, dass er bei ihr den Wunsch nach Abwechslung nie verspürte. Ohne Anna ging es bei ihm definitiv nie! Er brauchte diese Frau. Er musste sie unbedingt wieder fühlen, ihre Stimme hören, in ihre Augen schauen, mit ihr schlafen. Viel zu oft hatte er an sie denken, über sie nachdenken müssen, hatte stundenlang versucht über Suchmaschinen im Net etwas aus ihrem Leben zu erfahren.

Aber Fehlanzeige. Sebastian fasste erneut den Vorsatz, sie zu kontaktieren, koste es, was es wolle. Er wusste, welches enorme Risiko er damit wieder einmal eingehen würde, aber es musste einfach sein! Diese Frau brachte immer Chaos in sein Leben und wirbelte Gefühle auf. Diese Frau hatte immer noch alle Macht, ihm wehzutun! Eigentlich sollte er weiter einen riesigen Bogen um sie machen. An sich hasste Sebastian es, über Gefühle zu reden und erst recht über sie nachzudenken. Seine emotionale Seite war ihm äußerst suspekt. Die versuchte er, meist sogar erfolgreich, zu verbergen. Nur bei Anna klappte das so gar nicht. War er Annasüchtig?

Kaum traf er nach seiner Kur zu Hause ein, machte er Nägel mit Köpfen, griff zum Telefon und rief Anna an. Tatsächlich, die Nummer stimmte noch. Sie selbst nahm den Hörer ab und meldete sich. „Hallo, Anna, ich bin es!" „Basti, du?", sie schien sehr überrascht, hatte aber seine Stimme auf Anhieb identifiziert. Schweigen in der Leitung auf beiden Seiten. Eine Stille, die mehr verriet als tausend Worte. Und dann legte er, völlig untypisch für Monsieur Megakontrolliert, voller Emotionen los: „Anna, ich finde, wir sollten nicht noch mehr Jahre vergeuden! Ich vermisse dich und will dich unbedingt wiedersehen! Oder beabsichtigst du etwa noch zu warten, bis wir alt und grau sind? Wann, Anna, wann würde es dir passen? Bitte, du bist mir so wichtig!" Anna fühlte sich komplett überfahren und konnte seine Dreistigkeit zunächst nicht fassen. Emotional aufgewühlt presste sie sich den Hörer ans Ohr. Immer noch hing ihr das bescheuerte, verletzende Treffen in Hannover hinterher. Fragezeichen überrollten sie, flackerten wild vor ihren Augen: Hat seine Flamme ihn in die Wüste geschickt? Braucht er wieder eine Frau im Bett? Warum ruft er an? Aber sie spürte auch die Emotionalität in seiner Stimme, die Ehrlichkeit und die Sehnsucht. Nur nicht mitreißen lassen, forderte ihr Verstand. Ihr war klar, dass Sebastian sich hier und jetzt ganz schön ins Zeug legte und das schmeichelte ihr auch. Ein Ringen des Verstandes versus intensivster Emotionen. Ein gefährlicher Kampf, ein ungleicher Kampf. „Du überrumpelst mich", antwortete sie vorsichtig. „Können wir morgen telefonieren? Ich brauche grad mal Bedenkzeit!" So, der Verstand hatte sich durchgesetzt. Prima! Die ganze Nacht hatte sie dann wachgelegen und gegrübelt. Sie war hin- und hergerissen zu keinem eindeutigen Ergebnis gelangt. Dann rief er schon wieder an: „Hallo Anna! Du weißt, wie sehr ich dich vermisse. Meine Freundin, mit der ich immer noch zusammen lebe, fährt für vier Wochen zur Kur und dann hätte ich sehr viel Zeit, dich zu treffen. Sollen wir noch länger warten? Ich weiß, du willst es doch auch!" Das Böcklein in Anna gewann wieder die Oberhand. Denkt Sebastian ernsthaft, wenn er pfeift springe ich?, meckerte es aufmüpfig. Für wen hält er sich? Anna tobte innerlich. Er redet, als sei schon sicher, dass ich zusage. Tja, er kannte sie halt einfach zu gut. Es war ihr natürlich völlig unmöglich, ihren ach so vernünftigen Vorsatz, ihn zu ignorieren, einzuhalten, obwohl es genug triftige Gründe dafür gab! Stattdessen geschah jetzt etwas, was Anna selbst nicht erklären konnte: Da war wieder diese leidenschaftliche Sehnsucht nach Sebastian, dieser unvermeidliche Zwang, sich auf ihn einzulassen. Scheinbar hatte er den Magneten wieder aufgeladen und das wurde jetzt gefährlich, äußerst gefährlich! Sie antwortete innerlich sehr aufgewühlt: „Weißt du, jedes Treffen wird wieder ein Spiel mit dem Feuer sein. Erklären kann ich es nicht genauer. Diese extreme Anziehung war und ist da. Alles andere wäre gelogen." „Geht mir ebenso", stimmte Sebastian ihr zu und der Tonfall seiner Stimme bestätigte, dass er es bitterernst meinte. Und dann stellte Basti wieder eine typische Bastifrage:

„Anna, was machen wir eigentlich, wenn wir auffliegen? Ziehen wir dann zusammen? Hättest du Lust dazu?" Anna schwieg. Eine viel zu schwierige Frage! Darauf konnte sie so spontan keine Antwort geben. Erneutes Schweigen auf beiden Seiten der Leitung.
Minutenlang! Das war wieder typisch für Sebastian. Er war sein Leben lang pragmatisch und wollte immer Sicherheiten! Nachdem sie sich eine Weile angeschwiegen hatten, weil von Anna keine Antwort kam, wechselte Bastian endlich das Thema. „Anna, ich muss am Wochenende nach Bonn. Wenn du Lust hast, fahr einfach mit. Ich würde im Grandhotel eine Suite für uns reservieren. Tagsüber hätte ich in Bonn Einiges zu regeln, aber wir hätten zwei volle Nächte nur für uns. Das wäre schon mal ein Anfang. Komm mit, bitte!" Anna druckste herum und sagte dann zu, obwohl ihr praller Terminkalender protestierte und sie auch noch gesundheitlich angeschlagen war. Aber ihre Sehnsucht nach Sebastian blähte sich unaufhaltsam auf, wuchs unkontrolliert ins Unermessliche. Sie verabredeten alle Details und verabschiedeten sich. Beide waren nach dem Gespräch verwirrt. Enorme Emotionalität lag die ganze Zeit in und zwischen ihren Worten. Dann aber hatte Anna sich Zeit zum Nachdenken genommen. Skepsis überfiel sie plötzlich wieder. Das Verlangen, sich vor neuen Enttäuschungen schützen zu wollen machte sich breit und breiter. Sie brauchte Klarheit, wie ernst es ihm tatsächlich war. Also griff sie noch einmal zum Hörer und stellte vorsichtig eine ihr enorm wichtige, sehr unbequeme Frage. „Basti, wie stellst du dir denn unseren zukünftigen Kontakt vor?" „Naja…also…hm…", Sebastian druckste ausweichend herum und meinte dann endlich: „Ich denke an zwei- bis dreimalige Treffen pro Jahr." „Pro Jahr?" Anna fiel die Kinnlade herunter, denn das war ihr viel zu wenig, viel zu leidenschaftslos. Pro Woche wäre ihr Minimalziel

gewesen! Sie begann ihm daraufhin ihre Ansicht zu einer Affäre darzulegen: „Wenn, dann mit Haut und Haaren, mit Leidenschaft und Sehnsucht!" Für ein Ab- und Zumal, wenn es ihm in den Sinn kam, war Anna sich definitiv zu schade! Jetzt fiel ihr gleich wieder der Flop in Hannover ein. Nein, eine Wiederholung wollte sie auf gar keinen Fall erleben! Als billige Hure stand sie sicher nicht zur Verfügung, selbst wenn der Kunde Sebastian König hieß. „Nein, wir lassen es einfach, ich komme nicht mit nach Bonn. Du bist mir zu berechnend, zu nüchtern, dir fehlen echte Emotionen für uns! Auf so ein Treffen mit dir lasse ich mich nur ein, wenn wirklich alles stimmt! Laue, halbherzige Kompromisse sind mir zu wenig", ereiferte sie sich erhitzt und verärgert und knallte den Hörer auf. Sebastian konnte sie so wütend machen. Und dann wurde Basti ebenfalls sauer und das Treffen fiel aus. Quälende Sehnsucht hing in der Luft. Am Wochenende liefen beide fast Amok bei dem Gedanken, die Chance vertan zu haben, zwei Nächte miteinander verbringen zu können. Sebastian vermisste Anna psychisch und körperlich, trauerte der vertanen Gelegenheit hinterher, sie endlich wiedersehen zu können. Sie schrieben leidenschaftliche Kurznachrichten hin- und her. Und auch Anna saß zu Hause auf dem Sofa und brannte vor Sehnsucht nach ihm und bereute, viel zu viel nachgefragt zu haben. Wenn sie die Augen zumachte, spürte sie seine Nähe nach all den Jahren noch ganz intensiv. Irritiert versuchte sie, das Gespenst zu vertreiben. Was passierte denn da mit ihr? Sowas war doch megaspuky!

Unmengen an Telefonaten, Emails und Kurznachrichten intensivierten den Kontakt der beiden, steigerten Wünsche und Hoffnungen und erweckten alte Vertrautheiten neu. Und schon begann der Dezember. Mittlerweile ging die Kur von Sebastians Lebensgefährtin dem Ende zu, ohne dass Sebastian es auf

die Reihe bekommen hatte, Anna zu treffen. Dauernd lief dem gemütlichen Mann überall die Zeit davon. Dabei hatte er anfangs so großartig getönt, dass ein Treffen bei ihm überhaupt kein Problem sein sollte, als er sich wie wild bemühte, Anna mit Leidenschaft, Raffinesse und Ausdauer dazu zu überreden. Aber scheinbar konnte man sich nicht mehr so uneingeschränkt wie früher auf sein Wort verlassen. Er hatte sich verändert. Mehr und mehr begann Anna, an seiner Ehrlichkeit zu zweifeln. Wollte er sie egoistisch nur benutzen, ausnutzen, mit ihr seine Spielchen spielen?
Als er dann wieder anrief, fasste Anna einen teuflischen Plan. „Du, wir müssen jetzt Nägel mit Köpfen machen, sonst wird das nichts! Wollen wir uns morgen Abend in Lüneburg treffen?", fiel Basti direkt mit der Tür ins Haus, „ich würde uns gleich noch ein Hotelzimmer reservieren!" Sie wird zustimmen, sagte er sich siegessicher. „Mach das", antwortete Anna tatsächlich, ohne eine Sekunde zu zögern. Das hätte Sebastian stutzig machen sollen. Aber er war zu sehr besessen von der Gier, wieder mit Anna zu schlafen. Da überhörte er die leisen Töne. Stattdessen meinte er nur hocherfreut: „Oh, prima", und in seiner Stimme lag wieder diese Erregung, die Anna in diesem Moment richtig anekelte. „Mail mir bitte, wann genau du da sein kannst!", bat Basti noch. Gefühl versus Vernunft: Harte Konfrontation zweier starker Konkurrenten, die ganz schön anstrengen konnte! Mit aller Kraft bemühte Anna sich diesmal, ihre Vernunft siegen zu lassen. „Mädchen, der will dich wieder nur als billige Hure benutzen, kapier es endlich!", schrie diese nämlich immer lauter. „Er will von dir billigen Sex, mehr nicht!" Das konnte Anna beim besten Willen nicht mehr überhören. Und als Basti dann durchblicken ließ, dass er kein Interesse an einer ganzen Nacht mit ihr hatte, sondern ihm ein paar

Stunden genügen würden, weil er am nächsten Morgen wichtige Termine vorschob, wusste Anna, dass sie recht hatte und den richtigen Plan verfolgte. Aber das ließ sie sich nicht anmerken. „Gut, dann treffen wir uns morgen um 17 Uhr vor dem Rathaus!", verabredeten sie.

Überpünktlich wartete Basti am vereinbarten Treffpunkt. Aufgeregt trat er von einem Bein auf das andere, denn die Vorstellung, gleich wieder im Hotel über Anna herfallen zu können, erregte ihn mächtig. „Zehn nach schon, wo bleibt sie?", fragte er sich unwirsch und schaute auf seinem Handy nach aktuellen Staumeldungen. Nein, daran konnte es nicht liegen, die Straßen waren alle frei. Nun versuchte er Anna anzurufen, aber sie nahm das Gespräch nicht entgegen. Verständlich! Schließlich darf man beim Autofahren nicht telefonieren, beruhigte er sich. Die Zeit verstrich. Langsam stieg Ärger in ihm hoch, denn er hasste Unpünktlichkeit. Mittlerweile wartete er schon eine komplette Stunde vor diesem dämlichen Rathaus, fror und seine anfängliche Erregtheit hatte sich in einen ausgeprägten Unmut verwandelt. Er hatte jetzt echt keine Lust mehr! Sollte er einfach gehen? Kam sie nicht mehr? Unzuverlässig war sie doch noch nie! Basti blickte unschlüssig über den Marktplatz: Keine Anna weit und breit in Sicht. Geduldig wartete er noch eine komplette weitere Stunde, versuchte Anna zwanzig Mal vergeblich auf ihrem Handy zu erreichen. Warum hatte sie ihr Handy abgestellt? Zuletzt stapfte er wutentbrannt zum Hotel, um die Rechnung für das reservierte Zimmer zu begleichen. 130 Euro für nichts und wieder nichts. Sehr ärgerlich! Anschließend raste der sonst so umsichtige Autofahrer dieses Mal laut vor sich hin fluchend mit einem sehr aggressiven Fahrstil über die Autobahn zurück nach Hannover. So hatte er sich diesen Tag nun wirklich nicht vorgestellt!

Eine ganze Woche hörte er überhaupt nichts von Anna. Schwer verärgert aber gleichzeitig auch extrem neugierig wartete Basti auf eine Erklärung und Entschuldigung von ihr. „Ich hab jetzt definitiv etwas gut", sagte er sich.

Anna hatte zum Zeitpunkt des vereinbarten Treffens bequem auf dem Sofa gelegen und sich zufrieden ausgemalt, wie er zum ersten Mal überhaupt von ihr versetzt worden war. Jetzt hatte sie ihre Rache auskosten können. Und es fühlte sich sogar gut an. Nein, wer sie nur ausnutzen wollte, musste auch die Konsequenzen tragen. Anna hasste Männer, die Frauen ausschließlich als Lustobjekt missbrauchten! Natürlich hätte sie gerne gesehen, wie Basti sich in den vielen Jahren, die sie sich nicht getroffen hatten, verändert hatte. Aber den Preis, ihn nun nicht mehr zu sehen, musste sie jetzt zahlen. Sie rechnete damit, dass er sich nach dieser hinterhältigen Aktion von ihr nie mehr melden würde.

Aber manchmal kommt alles ganz anders als man denkt!
Nachdem Sebastians Ärger verraucht war, versuchte er erneut Anna zu kontaktieren. Es musste einfach sein! Verblüfft registrierte sie, dass er ihr keine Vorwürfe machte. Er tat tatsächlich so, als sei überhaupt nichts geschehen. Was war das denn? Aber gut...

Dann, an einem Freitag im Dezember überfiel Anna eine unbändige Lust mit Basti ungezwungen zu sprechen. „Du, wollen wir heute Abend skypen? Ich bin alleine daheim und hätte jede Menge Zeit", mailte Anna Basti, denn einmal wollte sie es noch ausnutzen und auskosten, dass seine Freundin ihm nicht wieder im Nacken hockte und er sich auch abends ungezwungen viel Zeit nehmen konnte. „Du hast sturmfrei? Wie geil!

Okay, ich komme. Wann genau soll ich bei dir sein?", schrieb Basti zurück. „Wie bitte?" Anna traute ihren Augen nicht. Sie befand sich auf dem Weg zur Arbeit und musste ihr Auto auf den Parkstreifen fahren und anhalten. Wieder und wieder las sie die Nachricht, um sich zu überzeugen, dass sie sich diese nicht nur eingebildet hatte. Er schlug definitiv vor, sich zu treffen. Unglaublich, nach allem, was sie sich geleistet hatte! Aber wollte sie das wirklich? Hatte sie ihm etwa doch Unrecht getan, als sie ihm puren Egoismus unterstellte? Lag ihm tatsächlich noch so viel an ihr, wie er immer wieder beteuert hatte? Anna schaffte es natürlich nicht, der Verlockung, ihn nach all den Jahren endlich wiederzusehen, zu widerstehen. „Dann komm doch um 17 Uhr bei mir vorbei", hatte sie ihm geantwortet. „Prima! Ich freu mich", mailte Sebastian noch auf ihre Zusage hin. „Aber bitte mach die Tür dann auch auf und versetz mich nicht wieder! Schwöre es!" Anna versprach es und so nahm ein Verhängnis seinen unerbittlichen Verlauf.

„Ohje, auf was habe ich mich da jetzt wieder eingelassen?" Anna stand unsicher wie ein Teenager vor dem ersten Date vor dem Spiegel. Mein Gott, in drei Minuten spätestens klingelte er. Was, wenn er mir gar nicht mehr gefällt? Was, wenn er mich ganz fürchterlich findet? In zehn Jahren kann man sich unglaublich verändern. Und Annas Unsicherheit wuchs mehr und mehr. Ob sie ihn überhaupt noch reizen würde? Und schon schrillte die Klingel. Sie öffnete die Tür. Da stand er nun leibhaftig direkt vor ihr. Sie schauten sich in die Augen, fremd und vertraut, aufgeregt und erwartungsvoll, unsicher und selbstsicher. „Komm rein", bat sie völlig überflüssig, denn er war schon auf dem Weg. Ihr Herz klopfte bis in den Hals. „Hey, ich bin total aufgeregt!" gestand sie. Sebastian schaute sie fragend und leicht verständnislos an: „Warum denn das?" „Weiß nicht!" Bloß keine Diskussionen und langatmigen Erklärungen. Logik war jetzt sowieso nicht bei ihr drin! Er ist da, einfach nur genießen, ohne wenn und aber. Das war jetzt die richtige Option! Aber diese Schmetterlinge im Bauch flatterten wild durcheinander. Verdammt, wo kommt ihr denn alle her? Sie betraten das Wohnzimmer und fielen sich leidenschaftlich in die Arme.

„Sebastian, du hast mir so sehr gefehlt", dachte Anna glücklich und schmiegte sich an ihn. Da war sie wieder: Diese unerklärte Magie zwischen Basti und Anna. Es war unglaublich schön, von ihm umarmt zu werden. Seine stattliche Körpergröße und kräftige Statur strahlte diese einzigartige Geborgenheit aus, die sie nur bei ihm fand. Und auch sein köstliches Rasierwasser betörte Anna. „Basti, du riechst wieder viel zu gut!" „Im Ernst, riecht man die Bratwürste heut Mittag aus der Kantine immer noch?" „Ha, du Scherzkeks! Immer musst du ans Essen denken! Schäm dich!" Kitzelstrafe für Basti. Gedankenkino an ihre Jugend. Und alles kribbelte. Schmetterlinge, beruhigt euch! Da kam auch wieder dieser Schwindel, den Anna immer dann bekam, wenn ihre Emotionen hochkochten und alle Vernunft ausgeschaltet wurde. Bitte Basti, lass mich bloß nie mehr los, betete sie heimlich.

„Komm, wechseln wir auf das Sofa", beendete Sebastian nach einigen Minuten ihren emotionalen Schwindel und die leidenschaftliche Umarmung und schlüpfte schon aus seiner Jeans, seinem blauen Pulli, seiner spießigen Feinrippunterwäsche, bis er nackt vor ihr stand. Moralapostel, bitte alle mal die Augen zuhalten und weghören! Wie selbstverständlich er da vor ihr seine Kleidung ablegte. Anna registrierte, wie er seinen Bauch anspannte und genau beobachtete, wie sie auf seine hart erarbeitete und erhungerte Figur reagierte. „Basti, wer hat dir denn deinen Bauch gestohlen?", fragte sie frech, „da fehlt doch ein wichtiger Teil von dir". „Ja, heute wird einem wirklich alles entwendet, wenn man nicht aufpasst", antwortete er belustigt

auf ihren Ton eingehend. Entspannt ließ er sich auf dem Sofa nieder. Anna beugte sich über ihn und küsste ihn auf den Mund. Seine Küsse schmeckten immer noch wie Basti mit neunzehn, wie Sebastian mit dreißig und vierzig Jahren! Eindeutiges Gänsehautfeeling! Ihr Mund wanderte über seinen entspannten Oberkörper. Seine riesigen Hände, das waren Sebastianhände. Da blitzten Erinnerungen auf. Liebevoll strich Anna über seine Finger, seinen Oberkörper, den sie immer noch in- und auswendig kannte, seine Brustwarzen. Sie knabberte zärtlich an ihnen, streichelte seine Brust, kitzelte seinen Bauchnabel und da war die Narbe seiner Gallenoperation, dort der kleine Leberfleck, den sie so sehr liebte. Anna überschwemmten Glücksgefühle. Mein Gott, wie sehr hatte sie das in den letzten Jahren vermisst. Aber Moment mal, was war das jetzt? Sie drohte ja gerade komplett abzuheben.
Scheiße, ich liebe den Kerl ja! Oh nein, bitte nicht, es darf nicht sein. Verdammt, hier geht es ganz und gar nicht nur um Sex, sondern um viel mehr, musste sie sich eingestehen. Da habe ich mich selbst jahrelang belogen und betrogen. Und diese Erkenntnis traf sie unvorbereitet wie ein Blitzschlag. Ihre Verwirrung wuchs von Sekunde zu Sekunde.
Glücklich genoss sie Bastis Wärme, seinen Geruch, seine Anwesenheit, den Klang seiner Stimme, das Strahlen in seinen Augen, wenn sie sich anschauten. Anna störte es überhaupt nicht, dass der Sex nicht mehr so ausfernd und wild war wie früher. Er hatte eine neue Qualität bekommen. Nach ihrem gemeinsamen Orgasmus, bei dem sie sich wieder unendlich nah waren, lagen sie relaxed auf dem Sofa und redeten. Anna traute sich auf einmal nicht mehr, Sebastian zu sagen, wie viel er ihr bedeutete, wie glücklich er sie machte, was da gerade emotional bei ihr ablief. Warum eigentlich nicht? Benahm sie sich da grade tatsächlich wie ein unsicherer Teeny beim ersten Date?

Nach einer Weile versuchte Basti plötzlich ganz unpassend, Probleme anzusprechen. Anna hielt ihm den Mund zu. „Jetzt nicht, lass uns nur genießen, wir haben so wenig Zeit." Nein, er sollte diese wenigen Minuten, Stunden, in denen sie unbeschwert zusammen sein konnten, nicht mit Problemdebatten belasten. Es sollte einfach nur schön sein. Anna war so wahnsinnig glücklich, ihn bei sich zu haben.
Aber das Ausklammern der Realität klappte nicht wirklich. Anna glaubte ihren Ohren nicht trauen zu können, als Basti loslegte. „So eine schnucklige Achtzehnjährige wäre auch mal interessant!", schwärmte er nämlich plötzlich äußerst taktlos und holte Anna damit ganz schnell auf den Boden der Realität zurück. Das saß! Verletzt rückte sie instinktiv von ihm ab. Warum tat er das jetzt? Wollte er ihr damit wehtun, sie auf ihr Alter aufmerksam machen, sie einfach nur provozieren, oder merkte er gar nicht, was er damit bei Anna bewirkte? Sie beobachtete sein Profil und einen flüchtigen Moment erschien es Anna sogar so, als ob er wie ein Teufel aussah. Sie fror. Vielleicht war er zu diesem Zeitpunkt sogar wirklich einer!
Später formulierte sie doch noch mutig die schwierige Frage, die ihr auf der Seele brannte, die sie so sehr beschäftigte, auf die sie schon lange eine Antworte suchte: „Sebastian, liebst du deine Freundin eigentlich?" Zunächst wich er aus, vermied es, vor Anna Stellung zu beziehen, doch dann, unerwartet, bekannte er plötzlich ganz ehrlich: „Nein, Anna, die große Liebe ist es nicht und das Singledasein hat durchaus auch mächtige Vorteile! Aber sie zahlt die halbe Miete, schon allein das ist ein triftiger Grund für diese Beziehung!" Anna glaubte, sich verhört zu haben. Hatte Sebastian gerade tatsächlich die Mietkostenbeteiligung als Legitimation für seine Beziehung angeführt. Wie berechnend war das?

Irgendwie wirkte er manchmal unglaublich traurig, unzufrieden und unglücklich. Wo kam denn bloß diese tiefe Melancholie, dieser Pessimismus und seine Resignation her? Hatte es auch mit ihr zu tun? War sie mit Schuld daran? Nur zu gerne wollte sie Sebastian all ihre Liebe geben, ihn lächeln sehen und glücklich machen und ihn aus seiner Traurigkeit befreien. Zärtliches Mitgefühl übermannte sie.

Dadurch, dass seine Melancholie sie so tief berührte und beunruhigte, spürte Anna plötzlich zum zweiten Mal an diesem Abend ganz deutlich: Scheiße, das ist Liebe. Ich liebe Sebastian ja und sie war sichtlich verunsichert. Verdammt, ich darf ihn nicht lieben! Nein, nein, nein! Nur spielen Anna, mehr darf einfach nicht sein! Dieses Gefühlschaos führte nun auch dazu, dass sie nicht mehr ungezwungen in seinen Armen lag und einfach nur genoss.

Dann wurde Sebastian langsam nervös, schaute wiederholt auf seine Uhr und konnte sich nicht mehr entspannen, er hatte ja noch die lange Heimfahrt vor sich. „Was, wenn ich jetzt einen Unfall baue und meine Freundin erfährt, dass ich hier war?", äußerte er sichtlich aufgeregt. Damit verletzte er Anna erneut an diesem Abend. Dass er hier und jetzt Angst bekam, bei seiner Partnerin aufzufliegen, wie taktlos war das eigentlich? Das wollte Anna jetzt ganz sicher nicht hören. Er hatte sie, Anna, gerade erst geliebt. Aber okay! Sie musste ja zurück in die Realität. Vielleicht bezweckte er genau das jetzt. Sebastian machte Anstalten aufzubrechen und Anna brachte ihn noch zur Tür. Sie umarmten sich, küssten sich und schon war er draußen. „Warte", sie zog ihn zurück in den Hausflur, wollte nicht, dass er schon geht, konnte nicht genug bekommen von seinen Küssen, wollte ihn nicht loslassen, sondern dabehalten für immer und ewig. Auch er schien in diesem Moment äußerst bewegt. Gemeinsam schwebten sie emotional gefühlte zwei Meter über dem Fußboden. „Wir sehen uns in Bonn wieder", schworen sie

sich gegenseitig. Bonn, da kamen beide her, da hatten beide noch Familie, da waren sie jahrelang ein Paar. Da könnten sie ungestört zusammen sein. „Dann nehmen wir uns mehr Zeit, Anna", versprach Sebastian und Anna glaubte ihm und war sehr glücklich über sein Versprechen.
Irgendwie war er auch merkwürdig beim Abschied, als Anna ihn noch mal in das Haus zurückzog, um ihn zu küssen, weil sie sich nicht trennen konnte, ihr der Abschied so wahnsinnig schwer fiel. Es wirkte fast so, als täte es ihm leid, dass ihr so sehr viel an ihm lag, als fände er, er hätte ihre Liebe nicht verdient. „Ich bin egoistisch", waren seine Abschiedsworte, es klang schuldbewusst und bedauernd, dann fiel die Tür ins Schloss. Anna war allein. Hallo Alltag, da bin ich wieder! Warum vergehen schöne Stunden immer viel zu schnell?

Nachdem er abgefahren war, verzog Anna sich sofort ins Schlafzimmer. Sie schwebte auf rosa Wolken und war noch ganz benommen von ihrem Sebastian. Sein Geruch, seine Wärme, seine Umarmung, sein Sperma in ihr, die Zeit, die sie sich genommen hatten, das machte sie auch nachträglich noch unendlich glücklich. Und dann gab es noch die Verabredung, dass es ein nächstes Mal geben würde, wenn er nach Bonn musste. Es war also absehbar, dass sie sich bald wiedersehen würden und Anna freute sich jetzt schon darauf. Am liebsten hätte sie sofort begonnen, die Stunden, Minuten und Sekunden bis zu dem nächsten Date zu zählen, obwohl doch ein Termin noch gar nicht feststand. Und dann könnten sie eine ganze Nacht oder zwei zusammen verbringen, zusammen aufstehen und gemeinsam frühstücken, wie ein altes, langweiliges Ehepaar. Daran klammerte sie sich jetzt. Dass er älter geworden war, störte sie nicht. Und dass ihm der Sex schwerer fiel, war überhaupt nicht wichtig. Sie würde sich da schon etwas einfallen lassen! Da gab es aber auch seine komischen Reaktionen: Seine Angst, von der Freundin erwischt zu werden, seine Gier nach jungen Frauen, sein Hinweis auf seinen Egoismus.

Das ganze Wochenende blieb Sebastian für Anna nicht erreichbar. Sie hatte so sehr das Bedürfnis, noch einmal seine Stimme zu hören, wollte wissen, ob er gut nach Hannover gekommen war, wie er sich fühlte, was er dachte. Er jedoch bevorzugte den Rückzug, ließ einfach das Handy ausgeschaltet. Damit, dass er Anna weder seine neue Festnetznummer, noch seine Adresse und seine dienstliche Telefonnummer gegeben hatte, konnte er sich einfach in Luft auflösen. Natürlich realisierte Anna das genau, Gefühlschaos hin- oder her.
Nur zu, keine Hemmungen, steigen Sie ein in dieses verwirrende Gedankenkarussell, das die Liebe zu gerne auslöst: Verunsicherung, Vermissen und Verwirrung gibt es gratis dazu! Weil Anna ihn nicht erreichen konnte, verlor sie sich in verzweifelten Gedanken. War er ernüchtert von dem Treffen? Enttäuscht von ihr? Was hatte sie falsch gemacht? Warum kapselte er sich jetzt so ab? Verdammt, warum, tauchten da jetzt diese ganzen lästigen Fragezeichen auf?

Körperlich und seelisch an seine Grenzen gestoßen, hatte das Treffen Basti ziemlich frustriert. Anna! Wie lange hatte er sie nicht gesehen? Sie wirkte nervös und unsicher wie ein kleines Mädchen. Gleichzeitig war sie wieder so stürmisch und leidenschaftlich, dass er sie bremsen musste. Bei ihr hatte er seine Emotionen nie im Griff. Wenn er ganz ehrlich war, empfand er noch eine Menge für sie! Aber das durfte nicht sein, denn sie war viel zu unberechenbar. Teilweise hatte er bewusst unangenehme Themen angeschnitten, um ihr weh zu tun. Das schaffte Distanz und die brauchte er dringend. Den ganzen Abend hatte er sich bemüht, ihr zu zeigen, wie toll er ist, was sie lebenslang täglich mit ihm hätte haben können, was sie verpasst hat und noch versäumt, weil sie ihn damals abserviert hatte. Aber das war ja so ziemlich in die Hose gegangen. Jedenfalls was den Sex betraf. Ein heikles Thema für jeden Mann, der den Ehrgeiz hat, sich als begehrenswerter, potenter Hengst zu beweisen. Er war diesmal eher der lahme Ackergaul gewesen, der nur noch mit Mühe und Not seinen Mann stehen konnte. Deshalb schaltete er danach das ganze Wochenende sein Handy ab. Er fühlte sich als Versager, irgendwie. Es war nicht nach Wunsch gelaufen. Das Alter hatte seinen Tribut gefordert. Ausgerechnet bei der Frau, bei der ihm sowas niemals passieren sollte!

Und er wusste ehrlich gesagt auch nicht, wie er sich mit seiner klammernden Freundin mal wieder Zeit für Anna nehmen sollte, selbst wenn er es gerne täte! Lieber, als es ihm recht war! Aber die Realität hatte ihn zurück und er sah kaum noch Möglichkeiten, Anna wiederzusehen, wenn Regina aus der Kur nach Hause kam.

„Lass uns immer ehrlich sein, versprich es", forderte Anna ein paar Tage später im Telefonat, als Sebastian dann doch wieder einmal an sein Handy ging. „Versprochen", antwortete er und es hörte sich so an, als meine er es ernst. „Bist du enttäuscht?", forschte sie weiter, denn vielleicht war das ja der Grund, warum er sich am Wochenende danach so abgekapselt hatte. „Nein, Anna", antwortete er. „Hey, sag, ist das mit uns für dich nur Sex ohne Alles? Bitte, sei ehrlich!", wollte Anna nun noch von ihm wissen, denn sein Rückzug hatte sie schwer verunsichert. „Nein, nein bei uns waren und sind immer Gefühle mit im Spiel gewesen", erwiderte Sebastian leidenschaftlich und aus tiefster Überzeugung, „das geht gar nicht anders!" Diese Antwort beseitigte alle ihre Zweifel und beruhigte sie sehr.

Mehr wollte sie gar nicht wissen, brauchte sie nicht, um von ihm zu träumen und glücklich zu sein.

Anna hätte gerne noch ausführlicher mit Basti über ihre Gedanken gesprochen, aber sie ließ es, denn sie wollte ihn damit nicht nerven.

21

Diagnose: Definitiv Sebastiansüchtig

Was war denn bloß los mit Anna? Nachdem sie Sebastian wiedergesehen hatte, ging er ihr überhaupt nicht mehr aus dem Kopf. Immer, wenn sie an ihn dachte, wurde ihr ganz schwindelig und das war kein gutes Zeichen. Sie verhielt sich ja wie eine Liebeskranke. Was da aktuell geschah, durfte sie auf gar keinen Fall zulassen. So versuchte Anna, den Schwindel und die Schmetterlinge zunächst zu ignorieren. Das hatte doch all die Jahre immer perfekt geklappt!
Und Sebastian wurde immer ruhiger, nachdem seine Freundin aus der Kur zurückkehrte. Anna hörte kaum noch etwas von ihm. Bei ihm war wieder die übliche Kontroll- und Klammernummer angesagt. Seine täglichen Kurznachrichten stellte er ein. Am Wochenende schaltete er das Handy, das er exklusiv für ihren Kontakt nutzte, komplett aus und wenn Anna ihm Emails schrieb, dauerte es Tage und Wochen, bis er reagierte. Manchmal antwortete er überhaupt nicht mehr. Das ließ Anna verzweifeln, machte sie ungeheuer traurig. Und dann fehlte er ihr so sehr. Und plötzlich sah Anna ganz deutlich, was da mit ihr los war: Das Wiedersehen hatte lang unterdrückte Gefühle auf das Heftigste aufgewirbelt. Sie war verliebt bis über beide Ohren. Verliebt in ihren Exfreund, in ihre jahrelange Affäre. Eben das durfte aber nicht sein. Es gab dafür sowohl in Sebas-

tians als auch in ihrem Leben keinen Platz. Niemand würde das nachvollziehen, geschweige denn, verstehen können. Ihr Bekanntenkreis würde sie für verrückt erklären, wenn sie Sebastian gegen den attraktiven Julian eintauschen würde, um den sie ihre Freundinnen immer noch scharenweise beneideten. Aber Liebe fragt nicht. Sie konnte an nichts anderes tun, als an Basti zu denken. Jeder Lovesong im Radio, einfaches alles erinnerte an ihn. Anna verzweifelte immer mehr, konnte sich niemandem anvertrauen. Komm zurück auf den Boden der Tatsachen! Anna, bleib realistisch! Hör auf zu spinnen, bemühte sie sich einzureden. Ihre starken Emotionen verwirrten sie komplett. Das konnte sie nicht mehr nur in sich selbst hineinfressen, allein mit sich selbst ausmachen, ohne irgendwann zu platzen. „Wen kann ich in meine Probleme einweihen? Wer kann mir helfen?", fragte sie sich. Doch ihr fiel nur ein einziger Mensch ein: Basti, der die ganze Geschichte von Anfang bis Ende miterlebt hatte! Aber war es geschickt, sich ihm völlig zu offenbaren? Schließlich nahm sie, ohne weiter abzuwägen, ihren ganzen Mut zusammen und gestand Sebastian ihre Gefühle in einer Email. Es war an der Zeit ehrlich zu sein! Wie würde er darauf reagieren? Und ihr Geständnis war gleichzeitig ein Hilfeschrei, denn sie wusste überhaupt nicht mehr weiter.

Als Sebastian Annas Mail öffnete, traute er seinen Augen nicht. Was, um alles in der Welt, war denn auf einmal in Anna gefahren? Ihre Mail erschreckte ihn. Er hatte so gar nicht damit gerechnet, dass sie solche extremen Emotionen für ihn zuließ. Nach all den Jahren, nach Allem, was zwischen ihnen vorgefallen war! Das wollte er gar nicht, auch wenn sein Ego vor Begeisterung Luftsprünge machte. Bisher hatte doch alles immer so angenehm problemlos funktioniert.
Wenig flexibel konnte Basti jetzt nicht einfach sein Leben auf den Kopf stellen, sich zu Anna bekennen und mit ihr glücklich

sein. Er hing viel zu sehr an seiner Bequemlichkeit. Aber er antwortete, denn ihre Email hatte auch ihn aufgewühlt und das war er Anna schuldig. So schrieb er ihr seelisch aufgewühlt, dass er vielleicht einen Psychologen brauche, weil er seine Gefühle nicht zugeben könne und nicht ehrlich zu sich selbst sei, noch nie war. „Anna, es ist mir unmöglich, an meiner aktuellen Situation etwas zu ändern und bei dir ist es doch im Endeffekt ebenso", beendete er seine Mail. Er hatte sich für eine Email entschieden, vor einem Gespräch, in dem er ihre Nähe erleben und in ihre Augen schauen musste, drückte er sich lieber. Das alles geschah wenige Tage vor Weihnachten und machte Anna sehr traurig.

Stille Nacht, heilige Nacht! Ein stimmungsvoller Heiliger Abend begann. Eltern und Schwiegereltern trafen bei Anna und Julian ein. Das Haus platzte vor Besuch aus allen Nähten, alles stand Kopf. Eine willkommene Ablenkung für Anna von all ihrem Sebastiankummer.
Nach dem feierlichen Besuch der Christmette rotierte Anna wie wild, um sich als ausgezeichnete Gastgeberin zu präsentieren. Sie kochte, servierte, organisierte und kommandierte wie ein Feldwebel, damit alles reibungslos ablief.
Aber der ganze Weihnachts- und Geschenketrubel ging dieses Mal emotional irgendwie an Anna vorbei. Sie funktionierte einfach nur automatisch. Sie saß da im Kreise der Familie, physisch durchaus präsent, doch ihre Gedanken waren ganz woanders. Sebastians Besuch hatte ihr Leben auf den Kopf gestellt. Sie wusste nicht mehr, wo oben und wo unten ist, sie wusste gar nichts mehr. Ganz sicher aber wollte sie sich keinen falschen Illusionen hingeben. Nur einen ganz kleinen Griff in die Zukunft hatte Anna sich genehmigt und der bestand aus ihrem Weihnachtsgeschenk für Sebastian. Sie hatte ihm, noch

bevor sie die fatale Mail an ihn sandte, einen Gutschein für ein Wellnesswochenende in einem superschönen und extrem teuren First-Class-Hotel geschickt. Per Email mit dem Betreff: „Erst Heiligabend öffnen!" Im gewählten Hotel gab es einen geheizten privaten Whirlpool auf der Terrasse der Suite und ein Verwöhnprogramm vom Feinsten. Der Gedanke, dass Basti sich mal so richtig entspannen und die Seele baumeln lassen würde, machte sie glücklich. Sie wusste, er brauchte das ganz dringend. Aber sie war sich gar nicht so sicher, ob er sich freuen würde. Anna hatte absichtlich offen gelassen, wer seine Begleitung sein würde. Das sollte Sebastian selber entscheiden. Natürlich hoffte sie insgeheim…halt, Stopp! Keine falschen Hoffnungen Anna! Immer schön auf dem Boden bleiben! Bestimmt denkt er im Trubel der Weihnachtstage überhaupt nicht an dich, versuchte sie ihre Gedanken zu manipulieren, die viel zu oft unkontrolliert zu ihm huschten. Schweren Herzens bemühte sie sich stattdessen, sich auf ihre Familie zu konzentrieren, die raschelnd die üppigen zu Bergen aufgetürmten Geschenke vom Papier befreite. Und der mittlerweile recht betagte Kater Macho hüpfte wie ein temperamentvolles junges Katerchen quiekend durch die raschelnden Papiere und zerfetzte eins nach dem anderen mit riesiger Begeisterung. Er brauchte kein kostspieliges Geschenk, um glücklich zu sein! Dabei galoppierte er erhobenen Schwanzes selbstbewusst um sich blickend vor allen Gästen über den Esstisch und erwischte im Eifer des Gefechts den teuren Wein, der sich gleichmäßig auf die edle Tischdecke verteilte. Aber niemand schimpfte mit ihm. Der ganze Kater bekam dadurch eine sehr spezielle Note, er roch nun verführerisch nach der teuren Beerenauslese! Weihnachtliche Musik untermalte den Kerzenschein der festlich geschmückten Edeltanne, die bis an die Decke reichte. Die Zwillinge saßen gemeinsam am Flügel und spielten wunderschöne Weihnachtslieder und die gesamte Familie sang begeistert mit. „Oh du fröhliche, oh du selige", schallte es genau nach dem Geschmack der Schwiegermutter, die zufrieden mitsang, weihnachtlich durch das Haus. Beide Kinder hatten die Musikalität von Julian geerbt. „Anna, pack doch endlich mal aus. Nur du hast noch jede Menge verpackte Geschenke", forderte ihre Mutter sie schon zum zweiten Mal auf. Aber Anna lächelte nur und spielte versonnen mit dem glänzenden Band eines wunderschön verpackten Päckchens.

Später, als die ganze Familie im Bett verschwunden war, öffnete Anna ihren Emailaccount, um Weihnachtsmails zu checken und traute ihren Augen nicht. Sebastian schrieb ihr sogar am Heiligen Abend, unmittelbar nach der Bescherung, eine Mail! Damit hatte sie im Traum nicht gerechnet.

Liebe Anna,
die Geschenke sind verteilt, ein Gläschen Wein habe ich auch schon genossen, aber du gingst mir die ganze Zeit nicht aus dem Kopf! Dein Geschenk war die Überraschung des Abends und ich freue mich schon sehr auf dieses Wochenende mit dir! Aber im Ernst: DU bist total verrückt! Das üppige Geschenk habe ich doch gar nicht verdient! Du verwöhnst mich zu sehr. Nur mit dir möchte ich so ein Wochenende erleben! Dein Sebastian. P.S. Vergiss mich nicht (Weißt du noch, Anna… ;-)).

Ein schöneres Weihnachtsgeschenk hätte er ihr nicht machen können!
Und schon kam die rosa Wolke angeflogen. Anna saß schneller drauf, als sie denken konnte. Neben Sebastian einzuschlafen und aufzuwachen, mit ihm zusammen zu frühstücken und zwei ganze Tage nur mit ihm zusammen zu sein, eine traumhafte Vision!! Sie hatte nicht zu hoffen gewagt, dass er ebenso sehnsüchtig mit ihr zusammen sein wollte. Das Fest war gerettet,

Annas Glück perfekt. Sie strahlte die ganzen Feiertage und steckte alle mit ihrer ausgelassenen Freude an.

Erneutes Gefühlschaos, Schwindel beim Denken an Sebastian, neue Träume und Sehnsüchte! Eine Wende um hundertachtzig Grad in die von Anna herbeigesehnte, aber gar nicht mehr erwartete Richtung. „Wie cool, er hat genau die gleichen Gefühle", jubelte Anna. Die Schmetterlinge kitzelten wieder gewaltig. Ihr ganzer Bauch kribbelte.

Dann hörte sie im Radio zum ersten Mal ein Lied und wusste sofort, dass das der Song für ihre Liebe zu Sebastian war. Anna fand in emotionalen Situationen oft Trost in der Musik. Es war aufwühlend zu hören, wie die Sängerin die Situation, immer noch in den Exfreund verliebt zu sein, der sein Glück bei einer anderen Frau gefunden hatte, romantisch, melancholisch und in höchster musikalischer Perfektion ausdrücken konnte. Wenn Anna diesen Song hörte, schwebte sie in einer anderen Dimension und spürte, wie sehr sie Sebastian liebte. Gleichzeitig spiegelte der Song auch die Dramatik wieder, die diese Emotionen für Sebastian mit sich brachten: Auch Anna und Sebastian waren, wie die Liebenden in dem Song, in bewährten langjährigen Partnerschaften, die sie nicht einfach lösen konnten, ohne liebe Menschen sehr schlimm zu verletzen. Diesen Song musste die Sängerin definitiv für Anna und Sebastian gesungen haben!

Plötzlich hörte der bodenständige Sebastian in sich diese Stimme, die ihm zurief: „Dann dreht sich plötzlich alles und du weißt nicht mehr, was oben und was unten ist!" Die Beichte von Annas heftigen Gefühlen hatte ihn umgehauen und irgendwie auch mitgerissen. Auch er war verwirrt. Und am Weihnachtsabend, nach einem Gläschen Rotwein bekam er richtig Sehnsucht nach seiner Anna, hätte sie gerne im Arm gehalten, ihre Wärme gespürt und ihre Liebe genossen. Aber sie war ja so weit weg! Mit ihrem Geschenk wollte sie sich für ihn ja richtig in Unkosten stürzen.

Das hatte noch nie eine Frau für ihn getan. Wenn er auf seine Gefühle hörte, gab es keine verlockendere Vorstellung als dieses Wellnesswochenende mit seiner Anna zu verbringen. In dieser sentimentalen Verfassung schlich er am Heiligen Abend gleich nach der Bescherung unter einem Vorwand an den Computer und schrieb ihr. Später kam dann wieder die Ernüchterung. Er hatte sein Leben perfekt durchorganisiert, alles lief nach Plan. Seine Partnerin verwöhnte ihn und zahlte brav ihren Part. Warum sollte er daran etwas ändern? War er denn von allen guten Geistern verlassen? Auf diese unvernünftige Stimme durfte er nicht hören, die musste er überhören und ignorieren! Er musste jetzt unbedingt darauf achten, nicht auch noch im Gefühlschaos zu versinken und Dinge zu veranlassen, die er später ganz fürchterlich bereuen könnte. Materiell und emotional! Nein, er musste die

Notbremse ziehen. Nur ein Rückzug war hier die richtige Entscheidung. So kam nach der Weihnachtsmail von Sebastian gar nichts mehr. Dabei wartete Anna so sehnlichst auf ein Lebenszeichen von ihm.

Bastis Bekenntnis am Heiligen Abend muss wohl am Rotwein gelegen haben, spekulierte Anna traurig, denn er trank fast gar keinen Alkohol und vertrug dementsprechend nichts und er hatte sich vielleicht genau deshalb zu unvorsichtigen Äußerungen hinreißen lassen. Aber wenn er unter Rotweineinfluss die Vernunft ausschaltete und so etwas schrieb, dann war da doch noch was, überlegte Anna. Sagt man nicht, im Wein liegt die Wahrheit?

Silvester rückte heran. Anna saß allein im Wohnzimmer, denn Julian feierte mit Freunden. Da wurde sie nicht gebraucht. Energisch hatte sie selbst alle Einladungen ihrer Bekannten abgelehnt. Mit ihrer schlechten Laune würde sie jede Party nur beeinträchtigen. Um das zu ändern half auch Sebastians Silvestergruß nicht, denn der beschränkte sich emotionslos auf: Ich bin grad mal online und wünsche dir ein frohes Neues Jahr! Mehr hatte Basti ihr ganz offensichtlich wohl nicht zu sagen. Nur diesen lapidaren Satz. Dagegen waren die Neujahrswünsche ihres Versicherungsvertreters ja richtig fantasievoll ausgefallen! Enttäuscht und gekränkt schmollte Anna vor sich hin. Normal hätte sie Basti um Mitternacht etwas richtig Schönes geschrieben, lange über die Formulierungen nachgedacht und dann um Punkt Zwölf abgeschickt, denn sie wusste, dass er das geheime Handy eingeschaltet hatte und auf eine Kurzmitteilung von ihr wartete. Aber seine nur knappe und förmliche Mail machte sie bockig. „Der kann warten, bis er alt und grau wird", sagte sie schmollend. Und das, obwohl sie allein in ihrem Wohnzimmer saß und ununterbrochen nur an Basti denken musste. Danke, du Blödmann!

Sebastian ließ Silvester tatsächlich sein Annahandy die ganze Nacht eingeschaltet und wartete entgegen aller Vernunft auf eine Nachricht von ihr, denn er kannte seine temperamentvolle Anna, die es schwer lassen konnte, sich mitzuteilen. Und wenn er ganz ehrlich war, wünschte er sich, von ihr etwas Liebevolles zu hören. „Sebastian, warum starrst du heute ununterbrochen auf dein Handy? Zeig mal!" Regina war zu ihm getreten und machte Anstalten, ihm sein Smartphone aus der Hand zu nehmen. So schnell fiel ihm jetzt keine überzeugende Ausrede ein, deshalb drehte er sich schnell weg und entgegnete nur: „Schon gut, ich mache es ja aus!", und legte sein Handy demonstrativ weg, obwohl er immer noch auf eine Nachricht von

Anna hoffte. Aber die Nachricht blieb aus. Kein besonders vielversprechender, aber vielleicht sogar der richtige Start das

Neue Jahr, das noch einige Überraschungen bereit hielt. Manchmal steckt man so tief im Sumpf der Emotionen, dass man ihn aus eigener Kraft nicht mehr verlassen kann. Anna brauchte dringend in ihrer Verzweiflung jemanden zum Reden und dafür kam im Endeffekt auch wieder nur Sebastian in Frage. Sie hoffe auf die Kraft seiner Vernunft, die es schaffen könnte, sie auf den Boden der Tatsachen zurückzuholen. Basti würde eine Lösung haben. „Bitte, treffen wir uns und reden?", bettelte sie am Telefon, als sie sich nach langem Zögern überwunden hatte, ihn anzurufen. „Ich komme auch nach Hannover." Aber Sebastian übersah ihre Verzweiflung einfach, winkte ab und vertröstete sie: „Das machen wir wie verabredet mal in Bonn." Während Anna Sebastian mehr liebte denn je, sich nach vielen Jahren der Verdrängung endlich ehrlich diese Liebe eingestand, vor Sehnsucht nach ihm fast platzte und nicht mehr weiter wusste, bemühte er sich, sie immer weiter wegzuschieben und aus seinem Leben in Hannover herauszuhalten, um vernünftig zu bleiben. Das fiel ihm aber nicht leicht!

Daraufhin startete Anna den Versuch, wenigstens schriftlich die Dinge anzusprechen. Aber Sebastian stand überhaupt mit allem Schriftlichen auf dem Kriegsfuß, es führte seiner Meinung nach doch nur zu Missverständnissen. Das hatte er Anna nun zum wiederholten Mal gesagt, aber sie konnte es einfach nicht lassen. Aber so ging das nicht, liebe Anna! Das störte ihn, nervte ihn, also hatte sie es gefälligst zu unterlassen. „Du bist ein Macho", hatte Anna in solchen Situation sonst immer lachend zu ihm gesagt und er hatte das immer gerne von ihr gehört, denn das stärkte sein nicht besonders ausgeprägtes Selbstwertgefühl. Zu gerne wäre er ein echter Macho gewesen! Aber jetzt war das ganz und gar nicht mehr lustig! Statt sich die dringend erforderliche Zeit für Anna zu nehmen, erklärte er ihr: „ Ich werde deine Nachrichten nur noch einmal pro Woche lesen werde und nicht mehr beantworten." Anna konnte sich da ruhig mal zusammenreißen, fand er. Dass er Anna damit quälte und in immer tiefere Verzweiflung trieb, weil er der Einzige war, dem sie sich zu dem Zeitpunkt anvertrauen konnte und der ihr vielleicht sogar helfen konnte, kam ihm gar nicht in den Sinn.

Verstand er eigentlich gar nichts? War ihm immer noch nicht klar, in welchem schrecklichen Gefühlschaos Anna hilflos steckte, wie sehr sie ihn einfach nur zum Zuhören, Anlehnen und Mut geben grade jetzt brauchte? Warum war er so ganz und gar nicht bereit, der Frau, die ihm sein ganzes Leben so viel bedeutete aus dem Tunnel, in dem sie hilflos eingeklemmt war, herauszuhelfen, ihr wieder die schönen Seiten des Lebens zu zeigen und sie wieder auf den richtigen Kurs zu bringen?

22
Kreuzverhör im Chat

Davonzulaufen war nun für Anna die einzig akzeptable Option: Wegzulaufen vor allen Emotionen, ihrer Liebe und dem ganzen momentanen Chaos ihres Lebens. Aber wohin? Und wie? Sie wollte unbedingt loskommen von dieser unerträglichen Sehnsucht nach Sebastian, denn die war Folter in reinster Form. In ihrer einsamen Verzweiflung fasste sie den Entschluss, sich in einem Forum im Internet anonym Hilfe zu holen.

www.herz-und-schmerz.de
Chat für Liebeskummergeplagte

•Fremdgeherin• (Anna) schreibt:
Hallo!
Ich brauche dringend einen Rat. Ratlos stehe ich seit vielen Jahren zwischen zwei Männern: Meinem Ehemann und meinem Ex.
Erst redete ich mir ein, es ginge in der Affäre nur um guten Sex, den ich in meiner Ehe nicht bekam. Aber jetzt habe ich kapiert, wie wichtig mir der Ex schon immer war und ist.
Ich glaube aber, ihn stört das total.
Was soll ich tun? Bin restlos verzweifelt!

•Traurige• antwortet:
Wie bitte? Langjährig eine Affäre? Warum hast du **den** nicht

geheiratet?
Hast du gar kein Gewissen? Und jetzt willst du von uns hier auch noch bedauert werden?

•Admin• antwortet:
Du bist doch nur ne Bitch, die sich hier wichtig machen will! Ich glaube dir das nicht! Viele Jahre fremdzugehen, das schafft keiner, da fliegt man immer auf. ☺

•Fremdgeherin• (Anna) antwortet:
Oh doch! Leider doch!!! :-(

•Blacky• antwortet:
Lasst euch nicht verarschen. Die muss ein Fake sein.

•KleineAmeise• antwortet:
<u>Mir</u> tut dein Mann leid. Dein armer Mann. Warum sagst du ihm nicht die Wahrheit? Ich hoffe, er erwischt dich endlich und jagt dich zum Teufel!

•Admin• antwortet:
Du hast es verdient, dass keiner dich liebt, du egoistisches Weibstück.

•KleineAmeise• schreibt:
Glaub mir, den Lover kannst du vergessen.
Und wenn du beichtest, deinen Mann gleich mit. Und komm erst mal mit dir selber klar, bevor du dich mit zwei Kerlen gleichzeitig einlässt!

Ob die Idee gut war, mit ihren Problemen in einen Chat zu gehen, ist fraglich. Viele Betrogene stürzten sich nur so auf die ohnehin mittlerweile labile und verunsicherte Anna und luden ihre Aggressionen ab. Hinter dem Deckmantel der Anonymität kann man wunderbar ehrlich und offen, aber auch skrupellos beleidigend und verletzend austeilen. Statt Hilfe gab es Vorwürfe und Hasstiraden en gros. Und Anna zeigten die Antworten sehr deutlich, wie entsetzt die Umwelt auf ihre Affäre reagierte.

Glasklar sah sie plötzlich, wie unreflektiert sie gelebt und geliebt hatte und wie naiv sie sich dabei in ein Netz aus Schuld und Lügen verstrickt hatte!

23

Die Schuldfrage

„Okay, ich gestehe ja: Basti war nicht nur ein aufregendes Sexspielzeug für mich! Ja, ich liebe ihn schon lange! Ich habe immer alles verdrängt, um Schwierigkeiten zu vermeiden, habe mich selbst belogen und betrogen." Anna stand vor dem großen Spiegel und redete mit ihrem Spiegelbild. „Bist du jetzt zufrieden, Anna? Los, sag was!" Die Verzweiflung, die in diesem absurden Gespräch mitschwang, war unüberhörbar. Das Ausmaß ihres Fehlverhaltens war ihr erst jetzt so richtig bewusst geworden. Sie betrachtete angeekelt die Lügnerin, Betrügerin, Heuchlerin und grenzenlose Egoistin, die sie aus dem Spiegel anglotzte!
Selbstgerecht hatte sie sich immer eingeredet: Jeder Mensch braucht Sex, er gehört zum Leben doch dazu. Ohne die körperliche Liebe mit Sebastian wäre meine Ehe längst zerbrochen. Nur meine Fremdgeherei konnte sie retten. Hatte sie damit vielleicht sogar recht?

Es gab nämlich diese dunkle Seite ihrer Ehe, die sie gar nicht gerne reflektierte, unter der sie enorm litt, ohne es sich wirklich einzugestehen. „Du liebst mich nicht", warf Anna Julian seit langem vor. Er kannte keine Empathie, er machte sich nie Gedanken darum, wie Anna sich fühlte. Auch nicht darum, wie sie damit umgehen konnte, dass er sie körperlich überhaupt nicht mehr begehrte und wie sie empfand, wenn er sich mit seinen Sexaffairchen austobte. Anna fühlte sich sehr einsam in ihrer

Ehe, nicht wahrgenommen und hatte immer das Gefühl, dass Julian sie wegstößt und ausschließt. „Du, sind wir nur noch aus Gewohnheit und Bequemlichkeit zusammen?", löcherte sie ihn oft genug. „Unsinn", entgegnete dieser dann nur, lachte sie aus, signalisierte, dass er nicht diskutieren wollte und damit war das Thema für ihn schon wieder beendet. Nicht, dass er eine feste andere Beziehung nebenbei laufen ließ, die ihm etwas bedeutete. Das hätte er seiner Frau direkt gesagt. Schon lange wusste Anna von seinen zahlreichen Eskapaden, bei denen es aber ausschließlich um Sex ging und die Julian nicht wichtig waren. Wiederholt gab es Anrufe von Onenightstands, die mehr von Julian wollten, und völlig entsetzt reagierten, wenn sie seine Ehefrau am Telefon erwischten. Manchmal hatte Anna sogar mitbekommen, wie sie Julian dann herzzerreißende Szenen machten. Eine besonders hartnäckige Verehrerin hatte ihr Haus monatelang observiert. Da steht sie schon wieder seit Stunden! Soll ich ihr vielleicht einen heißen Kaffee rausbringen? Die arme Frau holt sich noch eine fette Grippe, hatte Anna dann sogar überlegt. Ein anderes Mal war sie wütend durch das Haus gefegt, weil sie die penetrante Beobachterin beunruhigte: Was bildet sich die Schnepfe da draußen eigentlich ein, einem verheirateten Mann aufzulauern? Als Julian nach Hause kam, wedelte er mit einem roten Zettel vor Annas Augen rum. „Schau nur, was heute unter meinen Scheibenwischern klemmte!" „Halt doch mal still, so kann ich doch nichts lesen!", fauchte Anna. Dann las sie:

GUTSCHEIN
Exklusiv für meinen megaheißen Julian

1 x kuscheln

1 x küssen
1 x blasen
1 x normal
1 x anal
Einzulösen innerhalb einer Woche!!!

„Wie geschmacklos, Julian, das geht zu weit", rief Anna aufgebracht, „lass uns einen Anwalt einschalten!" „Nein, Anna, wir warten einfach, bis sie sich abreagiert hat". Also wurden sie weiterhin sogar nachts durch Telefonate terrorisiert, die von groben Beschimpfungen bis zu glühenden Liebesschwüren reichten. Manchmal machte die Situation Anna richtig Angst: „Julian, die Frau braucht doch Hilfe! Wer weiß, wozu die noch fähig ist!" „Die hört schon auf, wenn sie merkt, dass sie nichts erreicht", hatte Julian Anna erklärt und Recht behalten. Er hatte genug Routine darin, nervige Verehrerinnen regelmäßig schroff abzuweisen, denn er suchte keine Lebensgefährtin. Er hatte ja seine Anna. Ansonsten bedeuteten ihm seine Karriere, seine Freunde und seine Musik viel mehr als jede Frau!
Auf seine Art liebte er seine Frau und seine Zwillinge durchaus. Sie sollten einfach da sein, wenn er nach Hause kam. Seine kleine Familie als sicheren Rückzugsort und Ruhepunkt hinter sich zu haben, reichte ihm. Julian ging seine eigenen Wege, ohne zu merken, dass das nur funktionierte, weil Anna zurücksteckte und litt. Sie beschwerte sich ja nie. Im Grunde gab es kaum noch Gemeinsamkeiten zwischen ihnen. Deshalb fiel ihm auch gar nicht auf, dass Anna und Sebastian sich schon lange wieder trafen und miteinander schliefen. Julians Desinteresse am Leben seiner Frau war sehr verletzend und stank zum Himmel. Unbekümmert realisierte er auch nie, dass er Anna in die Arme eines anderen getrieben hatte!
Angesichts dieser Vernachlässigung wäre eine rein sexuelle

Interessengemeinschaft zwischen Anna und Sebastian also durchaus legitim gewesen, allein schon, damit Anna nicht einging.

Aber so abgebrüht war sie nicht. Anna fühlte sie immer schlechter. Ihre Schuldgefühle Julian gegenüber erdrückten sie. Die Situation war kaum mehr auszuhalten. Zum Glück stand ja noch ihre Verabredung mit Sebastian in Bonn als Hoffnungsschimmer im Raum. Da würden sie sich sehen. Annas ganze Hoffnungen konzentrierten sich auf dieses von Basti versprochene Treffen. Dem fieberte sie entgegen. Wann würde er endlich einen Termin freischaufeln können? Denn dann würde er ihr helfen. Er würde sie retten, sie trösten und beruhigen. Wie sehr freute sie sich auf dieses Gespräch mit ihm, brauchte es so dringend. Seine Besonnenheit, sein klarer Verstand und seine Umsicht würden eine Lösung bereithalten. Dieser kleine Hoffnungsschimmer strahlte da doch immer noch am wolkenlastigen Horizont!

24

Missbraucht und durchs Telefon geohrfeigt

Dann, an einem Donnerstag, rief Sebastian Anna ganz unvermutet mittags auf ihrem Handy an. „Du, ich bin zufällig in der Gegend und habe Zeit. Soll ich vorbeikommen?" „Das wäre genial, Basti", freute Anna sich. Endlich würde sie ihn wiedersehen und mit ihm reden. Sogar früher als erhofft! Jetzt würde alles gut werden. Aber mit ihm schlafen wollte sie auf gar keinen Fall mehr! Das wäre viel zu gefährlich! Sie mussten diese Leidenschaft irgendwie in den Griff bekommen und abstellen, um ihre Partner nicht weiter zu hintergehen. Unbedingt! Auch das wollte sie jetzt mit ihm klären.

In stattlicher Größe stand er in der Tür. „Hey, Anna!" „Sebastian, komm doch rein!", lud sie ihn ein. „Macho?", erstaunt blickte Anna ihrem Kater hinterher, der wütend fauchend im Schlafzimmer verschwunden war. Dieser Besuch schien dem alten Kater zu missfallen. Völlig untypisch für das sonst so kontaktfreudige Tier. Doch manchmal haben Katzen eben auch Vorahnungen.
Diesmal fiel Anna Sebastian lieber nicht stürmisch um den Hals. Das wunderte ihn einen Moment, doch dann steuerte er direkt ins Wohnzimmer und ließ sich auf das Sofa fallen. Anna blieb unschlüssig stehen und betrachtete dabei nachdenklich Bastians vertrautes, geliebtes Profil, spürte schon wieder, wie die Schmetterlinge in ihrem Bauch losschwirrten. Vielleicht sendete sie damit die falschen Signale aus, denn plötzlich erhob Basti sich vom Sofa und versuchte sie in den Arm nehmen.

Anna wehrte entsetzt ab: „Nein, Sebastian, bitte, ich möchte das nicht!" Aber ihr Widerstand schien ihn nur anzufeuern. Er schlang seine Arme trotzdem um sie und hielt sie fest, küsste sie gegen ihren Willen und begann, trotz ihres energischen Protests ihre Bluse aufzuknöpfen, fast schon aufzureißen. „Komm, Anna zier dich nicht so! Wir wollen das doch beide!" „Basti, bitte, ich möchte nicht!", flehte sie, aber er fuhr unbeirrt fort. Sie wollte sich losreißen, weglaufen, aber Sebastian war viel stärker als Anna. „Basti, lass mich los!" „Nein, mein Schatz, du bleibst!" Fest umschloss er ihre Handgelenke. Ihre Abwehr schien ihn nur noch mehr zu ermuntern. Ungeduldig schob er ihren Rock hoch, obwohl sie sich mit aller Kraft darum bemühte, Basti wegzustoßen, riss immer wilder werdend den dünnen Slip kaputt und hielt sie dabei derartig fest, dass es weh tat. Anna wehrte sich wie verrückt, hatte aber keine Chance. Er war so viel stärker als sie. Anna weinte. Dann öffnete er seine Hose. Zeit zum Entkleiden hatte er nicht, weil er Anna die ganze Zeit festhalten musste. Unsanft stieß er sie auf den Boden und legte sich mit seinem ganzen Gewicht auf sie. Dabei drang er nun rücksichtslos in sie ein, brutal und wild. Anna schrie vor Schmerzen und flehte, die ganze Zeit: „Bitte, lass mich los." Dies schien ihn nur noch zusätzlich zu animieren. Keine Chance, er zog die Nummer unbeirrt durch und holte sich seine Befriedigung, die in einem extrem heftigen Orgasmus endete und lockerte dann erst seinen festen Griff. Anna zitterte wie Espenlaub, hatte Druckstellen an Handgelenken und Armen und blutete sogar. Sie lief ins Bad, stand völlig verwirrt vor dem Spiegel, stillte das Blut, kühlte die schmerzenden Stellen und säuberte sich. Dabei kullerten nur so die Tränen aus ihren Augen. Diese Brutalität hätte sie ihm niemals zugetraut. Plötzlich stand Sebastian wieder hinter ihr im Badezimmer und begrapschte sie gierig. „Hat es dir gefallen, Anna?" So zerbrechlich und nackt reizte sie ihn schon wieder ungemein. Anna sah die neuerliche Lüsternheit in seinem Blick und begann vor Angst zu zittern. Warum hatte sie die Badezimmertür nicht zugeschlossen! Jetzt war es zu spät. Das konnte doch alles nicht wahr sein! „Sebastian, bitte, lass das!", bettelte sie. „Anna, sei kein Frosch, dieses Spiel macht doch Spaß!", entgegnete Basti breit grinsend, drückte ihren Kopf trotz ihres offensichtlichen Widerwillens brutal in seinen Schritt und zwang sie diesmal, ihn oral zu befriedigen. Um Hilfe schreien konnte Anna ja schlecht, wie hätte sie den Nachbarn ihre Situation erklären sollen? „Komm schon, Anna! Ich weiß, wie sehr du jetzt das magst, los", grunzte er und hielt ihren Kopf ganz fest und sie hatte keine andere Wahl. Sebastian wusste genau, wie sehr sie Oralsex hasste. Er kam ein zweites Mal sehr heftig. So, jetzt hatte er ihr bewiesen, wie leistungsfähig er noch war! Das war nötig! Stolz stand er im Badezimmer und fühlte sich wie Supermann. Damit hatte er ihr nach dem Flop beim letzten Treffen bewiesen, wie gut er doch noch seinen Mann stehen konnte. Annas Tränen und ihre Verzweiflung übersah er dabei. „Ich geh schon mal vor ins Wohnzimmer, kommst du dann nach?", fragte er selbstzufrieden grinsend und arglos, als sei überhaupt nichts Schlimmes geschehen. Sie traute sich kaum, ihm zu folgen, überlegte, wenn sie sich im Bad einschließe, ob er dann nicht irgendwann von selbst gehen würde. Aber hatte sie diese Wahl? Nein! Sie musste noch einmal hinein ins Wohnzimmer und ihn irgendwie aus dem Haus jagen. Angst blockierte sie, riesige Angst. Entspannt und gut gelaunt empfing Sebastian sie und meinte: „ Whow, Anna, war das geil heute! Mit dir das ist einfach immer nur whow! So, Süße, kochst du uns einen starken Kaffe, den brauchen wir jetzt und dann können gemütlich über alles reden. Ich bin für dich da! Sag, was hast du so Wichtiges auf dem Herzen?" Er benahm sich völlig normal, als sei das eben Geschehene gar nicht

existent. Das war für ihn einfach die Variante ihres Liebesspiels gewesen, die sie noch nicht kannten. Er ging davon aus, dass Anna genau so dachte. Anna konnte nur stammeln: „Warum, Sebastian, warum?" Er verstand nicht. Aber Anna war jetzt nicht in der Verfassung, ihre Gedanken zu ordnen. Restlos traumatisiert stand sie im Raum. Sebastian wollte sie in den Arm nehmen, aber sie zitterte so stark, bekam Panik, dass er wieder gewalttätig werden könnte, da gab er auf. Erst jetzt bemerkte er ihre Angst vor ihm, panische Angst. Ach du Schande! Nichts wie raus hier, sagte er sich. Die Situation wurde unbequem. Schnell verabschiedete er sich. Wenn ihr die Lust zu reden vergangen war, konnte ihm das nur recht sein. Süffisant grinsend meinte er noch: „Ach Anna, gib zu, es hat dir doch auch gefallen" und strahlte sie mit treuem Hundeblick an, als sei überhaupt nichts vorgefallen. Anna warf die Haustür hinter ihm wütend ins Schloss, sank auf dem Boden in sich zusammen und heulte bitterlich. Ihr war so schwindelig wie nie zuvor. Aber das war kein schöner Schwindel!
War das jetzt eine Vergewaltigung?
Wie sollte sie damit umgehen?
Hatte der Mann, den sie ganz schrecklich lieb hatte, sie gerade gegen ihren Willen brutal missbraucht?
Anna konnte sich kaum bewegen, so sehr stand sie unter Schock. Als sie wieder zu Kräften kam, duschte sie sich erst einmal ganz gründlich und legte sich anschließend noch eine komplette Stunde in ein heißes Bad, spürte gar nichts mehr und versuchte, zu sich zu kommen. Danach fühlte sich immer noch beschmutzt, rannte noch ein paar Mal unter die Dusche und ekelte sich im Gedanken an jegliche Körperlichkeit.
Aber wo war die Wut, die sich sonst so schnell bei ihr einstellte, wenn Ungerechtigkeiten geschahen?
War sie jetzt tot?

War damit ihre Liebe zu ihm beseitigt?
Hatte Sebastian das mit dieser Aktion bezweckt?
Anna nahm gleich mehrere starke Schlaftabletten und schleppte sich in ihr Bett und sank in einen tiefen, traumlosen Schlaf. Macho wich nicht von ihrer Seite, schaute sie immer wieder mit traurigen Augen an und suchte ihre Nähe. Es wirkte so, als sei er ernsthaft besorgt über die seelische Verfassung seines Frauchens.
Gut, dass Julian erst übermorgen zurück kam. Er durfte sie in diesem Zustand auf gar keinen Fall vorfinden!
Sebastian, der Mann, den sie so sehr liebte, hatte sie heute skrupellos missbraucht, hatte ihre Grenzen eiskalt ignoriert und ihr schrecklich weh getan und zwar nicht nur physisch!!!!

Als Sebastian aus Annas Haustür trat, meldete sich nun doch direkt sein schlechtes Gewissen. Oh Mann, Anna könnte ihn jetzt anzeigen. Er hatte so richtig Mist gebaut. Was war denn da mit ihm passiert? Ausnahmezustand, weil er Anna wiedersah? Völliger Kontrollverlust? Er musste stehen bleiben und sich sammeln. Was machte diese Frau auch immer mit ihm? Ständig weckte sie das Tier in ihm, ein unglaublich lüsternes, sexbesessenes Wesen! Jetzt hatte er sie sogar zum Sex gezwungen. Ja, er hatte schon immer Macht über diese Frau, die sich so schwer lenken ließ, haben wollen und es hatte sich in der Situation richtig gut angefühlt. Aber ging es ihm jetzt wirklich besser?

Weißt du was? Ich finde, deine Freundin sollte alles erfahren, mailte Anna Sebastian ein paar Tage später rachsüchtig, als sie sich ein wenig beruhigt hatte, denn sie wusste genau, dass sie ihn damit treffen würde und das wollte sie jetzt. Das war ihre Art, sich für seine schlimmen Verletzungen zu bedanken.

Anna wusste, wenn die Gefahr bestand, dass seine Seitensprünge auffliegen, überfiel Basti eine enorme Panik. Sie kannte ihn gut, viel zu gut. Ihre Rechnung ging auf.

Sofort rief er sie an: Wütend, gereizt und angsterfüllt, dass Anna ihre Drohung wahr machen könnte. Eine derartige Kurzschlussreaktion war ihr durchaus zuzutrauen. Das musste er jetzt unbedingt verhindern.

Insgeheim hoffte Anna immer noch, dass er ihr erklären würde, was da in ihrer Wohnung über ihn gekommen war und dass es ihm leid tue. Aber anstatt sich zu entschuldigen, warf er ihr gleich zu Beginn an den Kopf: „Anna, ich werde nie mehr mit dir schlafen!" Diese Äußerung von ihm traf Anna wie eine schallende Ohrfeige. Was sollte das denn? Wieso sagte er das jetzt? Wollte er damit die Schuld der Vergewaltigung auf Anna abschieben, sie dafür verantwortlich machen, dass er sich nicht mehr unter Kontrolle hatte, wie ein wildes Tier über sie hergefallen war und ihr verzweifeltes „Nein" einfach überhörte? Anna verstand gar nichts mehr.

Gut, dass sie nur telefonierten und er ihr Gesicht nicht sehen konnte. Mit solchen schroffen Vorhaltungen hatte sie nicht gerechnet. Sie hatte ernsthaft angenommen, dass er zur Besinnung gekommen wäre und zugeben würde, Mist gebaut zu haben. Zum Glück saß sie alleine im Zimmer. Sie versuchte sich ihm gegenüber nichts anmerken zu lassen, versteckte allen Frust. „Okay, Basti! Aber dir ist schon klar, dass ich das nach deinem Gewalttakt am Mittwoch sowieso nicht brauche", antwortete sie tapfer und hoffte, damit etwas bei ihm auszulösen. Aber darauf ging Sebastian überhaupt nicht ein, sondern holte erneut aus und schlug weiter um sich. „Anna?" Selbst, wenn ich Single wäre, würde ich niemals mit dir zusammenleben wollen! Nicht mit dir, du bist mir viel zu anstrengend! Nein absolut nicht." Seine Stimme klang eiskalt. Nach der ersten

Demütigung nun also die nächste, aber Anna blieb tapfer, obwohl diese Steigerung seiner Verachtung kaum noch auszuhalten war: „Echt?" Tränen verstopften ihren Hals, aber sie bemühte sich krampfhaft zu vermeiden, dass er das merkte. Nur noch ganz schnell raus aus dieser Situation, schrie ihr Kopf. „Basti, ich muss Schluss machen, meine Kollegin braucht mich dringend!" Sie musste jetzt ganz schnell das Gespräch beenden, um nicht ins Telefon zu heulen. Sie legte den Hörer auf, sehr enttäuscht und die Tränen kullerten nur so durch ihr Gesicht. Sebastians Kälte hatte Anna durch und durch aufgewühlt. Seine Demütigung war perfekt gelungen. Nicht ein einziges Wort des Bedauerns oder eine Entschuldigung von ihm. Stattdessen blanke Verachtung. Weder als Sexpartnerin noch als Lebensgefährtin kam Anna für ihn in Frage, hatte er ihr gerade sehr deutlich zu verstehen gegeben.

„Er verachtet mich, ich bin für ihn nur noch Müll", flüsterte Anna immer wieder zitternd vor sich hin, fühlte sich abgelehnt und extrem wertlos. Nach den physischen Verletzungen am Mittwoch hatte er in diesem Gespräch auch noch die psychischen nachgereicht. Anna wusste nicht, was jetzt schlimmer weh tat…

„Geschafft!" Erleichtert legte Sebastian sein Handy weg. Er war immer noch ganz schrecklich aufgebracht, auch wenn er das wunderbar überspielt hatte. In letzter Zeit konnte Anna so unglaublich nerven. Das kannte er nicht von ihr und das musste sie sich auch ganz schnell wieder abgewöhnen. Ihm mit der Freundin zu drohen, das ging überhaupt nicht! Er musste jetzt konsequent sein, sonst tanzte Anna ihm weiter auf der Nase herum.

Noch nie in ihrem ganzen Leben hatte Anna Sebastian so krass geliebt und gleichzeitig genau deswegen so stark gelitten wie

in den letzten Wochen. Ehrlich hatte sie sich eingestanden, was seit vielen Jahren schon da war, aber verdrängt und ignoriert werden musste, um ihrer Rolle als gute Ehefrau und Mutter weiter ohne Probleme gerecht werden zu können. Ausgerechnet jetzt, als all diese Verdrängungen hochgekommen waren, sie überrollt und aus der Bahn geschmissen hatten, als sie ihre Liebe zu Sebastian endlich ohne wenn und aber zugelassen hatte, fiel er wie ein Tier über sie her und verlor nun danach jedes Interesse an ihr. Nach fast dreißig Jahren Liebe, Vertrauen, Intimität und Leidenschaft, servierte er sie ab: Eiskalt, gefühllos, nüchtern, gleichgültig, um sich schlagend, sich für alle ihre Zickereien rächend. Falsches Timing, definitiv. Autsch, die Ohrfeige saß. Nachdem Anna den Telefonhörer aufgelegt hatte, durfte sie ja nun die Fassung verlieren. Keiner würde es sehen oder hören. Anna war psychisch und auch physisch am Ende. Damit hatte sie niemals gerechnet. Sie war davon ausgegangen, dass Sebastian und sie, obwohl sie es nicht durften, sehr viel für einander empfinden. Seine jahrzehntelangen Kontakte und seine Bekundungen, dass es bei ihm immer auch um starke Gefühle geht, hatten ihr dies bestätigt. Aber sie verstand nach der Vergewaltigung und dem schlimmen letzten Telefonat gar nichts mehr!
Wieso waren ihre Gefühle für diesen skrupellosen Mann denn immer noch da und noch genau so heftig wie vorher?
Wieso konnte sie nicht „normal" reagieren und den Mann, der es nur noch darauf anlegte, sie zu quälen und zu demütigen, auch wenn der Sebastian hieß, hassen? Sie konnte ihn doch nicht immer noch lieben! Das war doch krank!
Aber sie entschuldigte seinen Missbrauch sogar schon wieder damit, dass es sein Versuch war, ihr zu helfen, von ihm loszukommen. War sie verrückt?

Anna suchte sehr verzweifelt den Abstellknopf ihrer Emotionen für Sebastian, fand ihn jedoch nicht!
Ausgelaugt schaffte sie es nach dem frustrierenden Telefonat nun nicht mehr, weiterzuarbeiten. Sie hatte überhaupt keine Kraft mehr. Und niemand war da, dem sie sich anvertrauen konnte, der ihr half. Kurzerhand instruierte sie eine Kollegin, ihre Ballettkurse zu übernehmen und stieg in ihr Auto. Sie wollte nur noch nach Hause ins Bett und schlafen und nie wieder aufwachen.

Emotional völlig durch den Wind, apathisch, total deprimiert, saß Anna am Steuer, konnte sich gar nicht auf die Straße konzentrieren und brach dauernd in Tränen aus.

25

Wenn Liebe fast tötet

Grauer Nebel, Nieselregen, die Straße glitzerte vor Nässe. Gleich kam die scharfe Kurve, auf die Anna diesmal überhaupt nicht achtete und in die sie mit viel zu hoher Geschwindigkeit einbog. Ihr Wagen geriet ins Schleudern. Bremsen quietschten! Autos hupen. Dann knallte es und Anna verlor ihr Bewusstsein.

Notarzt, Blaulicht, Intensivstation, akute Lebensgefahr. Annas Zustand war äußerst kritisch.

Die Uhr tickte. Jetzt ging es um ihr Leben. Hektisch schob man sie von Untersuchung zu Untersuchung und dann eiligst in den OP. „Sie hatten schwere innere Blutungen, die wir zum Glück stoppen konnten. Wir bringen Sie auf die Intensivstation", erklärte die Ärztin, als Anna aus dem OP geschoben wurde und alle Ergebnisse vorlagen, mit sehr ernster Miene. „Wir hoffen, dass nicht doch noch weitere gefährliche Blutungen auftreten. Diese Nacht entscheidet über Leben und Tod. Sollte doch noch etwas sein, können wir sofort eingreifen."

Anna bettelte: „Darf ich bitte schnell noch eine Nachricht schreiben?" Die Schwester hatte Mitleid und brachte ihr ihr Smartphone, das nicht mit auf die Intensivstation durfte. Spontan schrieb Anna noch:

Hey Basti,
egal, was passiert ist, mach dir keine Gedanken. Danke, dass du so lange für mich da warst. Ich liebe dich!
Anna
P.S. Vergiss mich nicht

Es war ihr in diesem Moment nicht wichtig, dass sie sich damit erniedrigte nach allem, was er ihr beim letzten Treffen angetan und am Telefon um die Ohren gehauen hatte. Sie wollte sich unbedingt von Basti verabschieden! Nur das war in diesem Augenblick wichtig. Anna musste ihm signalisieren, dass sie ihm, wenn sie jetzt sterben würde, nichts nachtragen würde. Er sollte sich auf gar keinen Fall den Rest seines Lebens schuldig fühlen oder in Gedanken an ihre Liebe unglücklich sein!

Während der kritischen Nacht auf der Intensivstation konnte Anna gar nichts tun, außer dazuliegen und abzuwarten. Sterbe ich heute noch? Mit grellen, imaginären Leuchtbuchstaben schwebte diese Frage über ihr. Und die Nacht erschien endlos, die Minuten kamen Anna wie Stunden vor. Nein, sie wollte kämpfen und ihr Überlebenskonzept lautete: Nur an schöne Ereignisse ihres Lebens zu denken. Anna, denk positiv, befahl sie sich und träumte mit offenen Augen, schöpfte Kraft und verdrängte alles Traumatische aus der letzten Zeit. Schlafen konnte sie in dieser Nacht allerdings überhaupt nicht. Dauernd war da diese Angst, wenn sie einschliefe, würde sie nie mehr aufwachen. Auch wenn damit alle seelischen Konflikte gelöst worden wären, merkte sie, dass sie immer noch an diesem bescheidenen, verflixten, im Moment schrecklich komplizierten

Leben hing und nicht sterben wollte. Sie dachte an ihre Tanzschule, die ihr ganzer Stolz war, an den attraktiven Julian und das angenehme Leben mit ihm, den heißgeliebten Sebastian und all die schönen Erlebnisse mit ihm, ihre süßen anhänglichen Kinder und ihren geliebten kuschligen kleinen Kater, der sie sicherlich schon wieder ganz doll vermisste. Oft hatte in der letzten Zeit nur das sensible Tierchen Anna geholfen, wieder aus ihren aufkommenden Depressionen herauszufinden. Das Glück stand auf Annas Seite. Sie überlebte die Nacht ohne dramatische Zwischenfälle. Nein, sie sollte noch nicht sterben! Trotzdem schien die Gefahr ganz und gar nicht gebannt. Auch in den nächsten Tagen war das Risiko innerer Blutungen präsent. Anna wurde strenge Bettruhe verordnet. Habt ihr schon einmal im Liegen in eine flache Schale urinieren müssen, ohne daneben zu zielen? Anna fluchte. Wie oft bitte wollen die denn hier ihre Betten neu beziehen?

Unterdessen verbrachte Sebastian das Wochenende glücklich und zufrieden mit seiner Freundin in einem Wellnesshotel in der Sächsischen Schweiz. Diese Idee stammte ursprünglich ja von Anna. Regina und Basti aßen viel und gut, genossen Hotstone- und Schokoladenmassagen und Sebastian spielte ganz den fürsorglichen, netten Partner, der aufmerksam um seine Freundin herumschlawänzelte und versuchte, alles richtig zu machen. „Sebastian?" Regina schaute ihn kritisch an: „Was ist los mit dir? Sonst bewegst du dich doch nicht so viel für mich!" „Nichts, mein Schatz!", antwortete er betont locker und fühlte sich irgendwie ertappt. „Weißt du was, Liebes, in der Stadt darfst du dir zur Feier des schönen Urlaubstages etwas ganz Besonderes aussuchen! Auf meine Kosten selbstverständlich!", entgegnete er, um das Thema schnell zu wechseln. Damit bezahle ich die Schulden meines Betrugs mit Anna ab, erstickte er aufkommende Schuldgefühle schon im Keim. Außerdem freute er sich auf den Einkaufsbummel. Er war nämlich einer der ganz wenigen Männer, die gerne shoppen gehen. Danach ging es zurück in die Wellnessoase, wo Kräutersauna, Dampfbad, Moorbäder, Kosmetikerin und Fußpfleger schon auf beide warteten. Einmal, ganz kurz flackerte bei Sebastian der Gedanke auf, wie dieses Wochenende mit Anna abgelaufen wäre. Anna war anstrengend. Mit ihr im Whirlpool hätte er viel Spaß gehabt und es wäre sehr leidenschaftlich geworden. Das wusste er. Regina dagegen lag träge neben ihm und redete nur das Nötigste. Aber er hatte sich ganz bewusst für die Variante „langweiliges zufriedenes Ehepaar" entschieden und die war deutlich bequemer und weniger nervenaufreibend für Menschen seines Alters. Mit der letzten Kurznachricht von Anna wollte er sich die schönen Urlaubstage ganz sicher nicht verderben lassen. Dass Anna jeden Moment sterben könnte, realisierte er irgendwie gar nicht so recht.

Nach einigen Tagen durfte Anna die Intensivstation wieder verlassen, allerdings unter ständiger Überwachung durch Monitore und bei sehr strenger Bettruhe. Endlich konnte sie ihr Handy wieder einschalten. Aber Basti hatte auf ihre letzte Mail vor der Zeit auf der Intensivstation gar nicht reagiert. Nachts lag sie oft wach, beklommen, mit der panischen Angst doch noch zu sterben. Immer, wenn Anna aufwühlende Balladen im Radio hörte, merkte sie, wie wenig schwindelfrei sie war, was ihre Emotionen für Basti betraf. „Vermutlich liegt es daran, dass ich jetzt so schwach bin", versuchte sie sich tapfer zu beruhigen. Diese Schwäche verführte jedoch auch wieder dazu, sich falsche Hoffnungen zu machen. Es musste Sebastian doch etwas ausmachen, dass sie jeden Moment sterben könnte.

Schließlich sagte er noch vor vier Wochen, dass er starke Gefühle für sie hat und immer hatte und sie war sich sicher, dass das nicht gelogen war. Sie hoffte einfach nur, dass Sebastian sich meldete und als Krönung aller Illusionen sie vielleicht sogar besuchen würde. Ein Krankenbesuch war damals, während ihrer Schwangerschaft mit den Zwillingen für ihn doch überhaupt kein Problem gewesen und jetzt starb sie vielleicht! Das konnte ihm doch nicht völlig gleichgültig sein, oder? Aber Anna wäre auch mit weniger noch glücklich gewesen. Nur seine Stimme zu hören, reichte vielleicht auch schon. Er wurde ja so scharf von seiner Partnerin überwacht! Aber anrufen könnte er doch jetzt. Ein paar mitfühlende Worte von ihm, die würden ihr so gut tun. Und er wusste doch, wie kritisch es jetzt um sie stand. Warum meldete er sich überhaupt nicht?

Wenn Basti wütend war, gab es kein Zurück mehr. Er hatte Anna oft genug gewarnt. Wenn ihn jemand verärgert hatte, wollte er nie wieder etwas mit dieser Person zu tun haben. Da gab es genügend Beispiele aus seiner Vergangenheit. Jetzt war es ihm zusätzlich zu den Problemen, die er mit dieser Frau in der letzten Zeit gehabt hatte, ein Ärgernis, dass sie erkrankte. Mehr und mehr drangen Befürchtungen und Sorgen um Anna in sein Bewusstsein, nisteten sich ein, beunruhigten ihn. Die passten jetzt so gar nicht zu seinem Plan. Aber unbehaglich war ihm die ganze Situation inzwischen schon, er ahnte nämlich, dass ihr Unfall ein Resultat des Konflikts war, der zwischen ihnen schwelte. Sie hatte ihn aber auch bis auf das Blut gereizt mit ihrer Drohung, seine Freundin über ihre Affaire zu informieren! Bei seinem Besuch und in dem Telefongespräch hatte er seine Wut so richtig raus gelassen, ihr übel zugesetzt. All das war ihm durchaus bewusst! Wenn er wütend war, konnte er

alles platt walzen. Zum Glück kamen bisher von Anna keine Vorwürfe in dieser Richtung und das war auch gut so.
Wohl oder übel musste er sie nun wieder anrufen. Dazu fühlte er sich doch moralisch verpflichtet. Und da war es schon wieder: Dieses äußerst lästige Gefühl, das sich immer meldete, wenn es um Anna ging, das ihn jetzt allerdings nur noch nervte.

Wieder eine schlaflose Nacht. Anna lag verzweifelt in ihrem Bett. Sie war tagsüber ganz kurz aufgestanden, dann aber auf dem Flur kollabiert. Unerwartet wurde ihr schwindlig und dann war sie einfach umgefallen. Schwestern und Pfleger kamen angerannt, verfrachteten die benommene Frau auf eine Liege und der Stationsarzt war direkt zur Stelle und versorgte Anna. Dann kreuzte auch noch ein Arzt von der Monitorüberwachung der Intensivstation auf und schimpfte: „Sie dürfen nicht aufstehen! Ihnen wurde strengste Bettruhe verordnet! Mit solchen Aktionen gefährden Sie immer noch massiv ihr Leben. Sie sind nach wie vor eine hochgradige Risikopatientin." Danach lag Anna die ganze Nacht wach in ihrem Bett, konnte einfach nicht schlafen, hatte Angst, doch noch zu sterben und Sebastian nicht mehr, nie mehr zu sehen. Um sich abzulenken, versuchte sie, ihre Gefühle schriftlich zu fixieren:

Gedanken zum STERBEN

-Wenn du im Bett liegst und nicht weißt, ob es dich morgen noch geben wird…
-Wenn es dich geben wird, du nicht weißt, ob es bösartig enden wird…
-Wenn der Mann, den du meintest zu lieben, nur Schweigen für dein Sterben hat…

-Und wenn der Mann, den du betrogen hast, ganz viel Mitgefühl und Tränen für dein Leiden hat

Schreit Verzweiflung überall dunkel durch die Nacht!!!

Und einer spontanen Eingebung folgend schickte sie diesen Text an Sebastian. Basti öffnete Annas Nachricht neugierig und war erschüttert. Anna! Sorge und zärtliche Gefühle für seine Jugendliebe krochen schon wieder seine Beine hoch! Da war sie wieder: Die Macht, die diese Frau immer noch über ihn hatte. Ihre Traurigkeit konnte er nicht ertragen, die berührte ihn ganz tief! „Dann dreht sich wieder alles und du weißt nicht mehr, was oben und was unten ist.", tönte diese Stimme in seinem Inneren schon wieder. Er stürzte zum Handy und rief postwendend an.

Nachdem Anna nun schon acht endlose Tage sehnsüchtig darauf gewartet hatte, meldete Basti sich tatsächlich doch noch, kurz bevor Anna gründlich untersucht werden sollte, weil man Bösartiges nicht ausschließen konnte. Die Angst vor dem Ergebnis dieser Untersuchung belastete nicht unerheblich und Anna war dadurch noch verwundbarer als ohnehin schon. Deshalb freute sie sich riesig über Sebastians Stimme am Telefon. Genau das richtige Timing, schoss es ihr glücklich durch den Kopf. Einen besseren Zeitpunkt, sich zu melden, hätte Basti nicht finden können. Das Schreckliche der letzten Zeit hatte sie einfach verdrängt und nachtragend war sie sowieso nie.
„Hey Basti, wie schön dich zu hören", begrüßte sie ihn. „Hallo Anna." Schon sein Tonfall klang so gar nicht nach Mitgefühl. „Anna, ich musste mir heute früh einen Zahn ziehen lassen und nachher wird meine Bandscheibe von einem Spezialisten untersucht", jammerte er Anteilnahme fordernd. Der Arme! Wie

es Anna ging, interessierte ihn gar nicht. Er lamentierte nur über eigene Wehwehchen und Sorgen. Dann platzte er mit dem eigentlichen Anliegen seines Anrufs heraus: „Anna, versprich es, meine Freundin darf niemals erfahren, was wirklich zwischen uns war!" „Ist okay!", antwortete diese ganz schwach, „das hatte ich doch nie ernsthaft vor, Basti!" Und plötzlich äußerte er erneut: „Anna, ich werde nie mehr mit dir schlafen." Auch das sagte er ganz bewusst, weil sie ihr Leben lang begeistert sein Betthäschen gewesen war. Dieses Vergnügen wollte er ihr nehmen. Endgültig! Das sollte sie treffen und wieder verletzen. Regungslos hörte Anna am anderen Ende der Leitung seine Worte. Dass er jetzt an Sex dachte! Reduzierte er sie selbst in dieser lebensbedrohlichen Situation nur noch auf ein Sexspielzeug? Es war völlig unklar, ob Anna jemals wieder mit einem Mann schlafen konnte. Sie musste erst einmal überleben, zu Kräften kommen, wieder aufstehen können. Anna lag ganz ruhig in ihrem Krankenhausbett, spürte, dass er ihr wieder wehtun, seine Wut an ihr auslassen wollte und litt während des Telefongesprächs mit ihm ganz still und fast sprachlos vor sich hin. Fassungslos, denn die Kraft um sich aufzuregen besaß sie nicht. Ein liebes Wort, ein einziges, hätte sie schon unbeschreiblich glücklich gemacht. Aber da konnte sie lange warten. Sie schluckte, beschwerte sich aber nicht. Nein, sie verstand das alles nicht mehr.

Wie lange war das jetzt her, dass er das letzte Mal von Gefühlen zwischen ihnen gesprochen hatte, die immer da gewesen seien? Fünf Wochen?

Und wie lange war es her, dass er ihr schrieb, dass er sie unbedingt wieder sehen wollte? Drei Monate?

Und wann hatte er sie gefragt, ob sie zusammen ziehen, wenn ihre Untreue auffliegt? Auch nur wenige Wochen!

Verflixt noch mal, was war da jetzt geschehen?

Sebastian kam nicht runter von seinem Ärger, seiner Wut auf Anna. Dass er damit ihr Leben gefährdete, kam ihm gar nicht in den Sinn oder interessierte ihn einfach nicht mehr.
Konnte er ihr nicht verzeihen, dass sie im Emotionschaos unüberlegte Dinge geäußert hatte?
Hatte er ihren jahrelangen Kontakt, ihre ewig lange Liebe, einfach aus seinen Gedanken gelöscht?
Wer war eigentlich der Mensch dort am Telefon? Ein Unbekannter?! Dieser Mensch war doch nicht der Sebastian, den sie kannte, der sich immer, immer wieder bei ihr gemeldet hatte, selbst als es längst die neue Partnerin gab, der rücksichtsvoll, verständnisvoll, unendlich einfühlsam ihr gegenüber war und in den sie sich deshalb so unsterblich verliebt hatte. Immer wollte er weiter den Kontakt mit ihr, sie sehen, mit ihr schlafen.
Natürlich stellte Anna Sebastian keine einzige ihrer verzweifelten Fragen. Woher sie die Kraft nahm, das alles auszuhalten, nicht völlig zu verzweifeln und nicht zu sterben, war schon fast rätselhaft.
Sebastian meinte zuletzt sogar noch säuerlich: „Ja, vielleicht wäre es besser gewesen, wenn du gestorben wärst!" Manche Leute schaffen es sogar, durch das Telefon zu ohrfeigen! Er beendete das Gespräch und Anna spürte, dass das, was er für sie empfand, keine Liebe mehr war.
Anna litt.
Anna verstand nicht.
Anna versuchte zu verstehen.
Anna grübelte.
Anna hatte keine Erklärung.
Aber liebte ihn trotzdem immer noch.
Warum?
Warum?

Warum?
Diese Stimme, die sagte: „Lass es sein" kam einfach nicht bei Anna an. Und das Unerklärliche an diesem Wahnsinn war das Schlimmste!

Sebastian konnte nicht recht einschätzen, wie krank Anna wirklich war. Am Telefon wirkte sie so lebendig! Gerne hätte er sich in sein Auto gesetzt und Anna in der Klinik besucht, mal selbst nachgeschaut, was wirklich Sache war. Aber auf der Arbeit gab es extrem viel zu tun und was sollte er seiner Freundin bitte sagen? Die wäre sofort hellhörig geworden.
Und dann belastete ihn ja auch noch permanent sein schlechtes Gewissen und das musste ruhig gestellt werden und nicht noch neue Nahrung bekommen! Im letzten Gespräch mit Anna vor ihrem Zusammenbruch war er total sauer gewesen und hatte es bewusst darauf angelegt, sie richtig doll zu kränken. „Okay, muss ich akzeptieren", hatte Anna immer wieder gesagt und er spürte genau, wie sie mit den Tränen kämpfte und sich dabei krampfhaft bemühte, ihre Verzweiflung vor ihm zu verbergen, als er sie kränkte wie noch nie zuvor. Aber in seiner Wut handelte er halt so. Direkt danach hatte sie wohl diesen Unfall. Und auch bei seinem Anruf im Krankenhaus konnte er seine Wut wieder nicht zügeln, musste sie quälen, obwohl er sich gleichzeitig auch um sie sorgte und sie ihm ganz und gar nicht gleichgültig war. Aber es ging einfach nicht anders! Er konnte da auch nicht aus seiner Haut heraus.
Da gab es nur eine Lösung: Sie musste ihr Leben leben und er sein Leben. Anna musste aus seinem Leben entsorgt werden! Und daran änderte ihr Unfall nun auch nichts. Zum Glück begann der geplante Spanienurlaub. Eine sehr willkommene Ablenkung, die ihn endlich auf andere Gedanken bringen würde. Er musste dringend eine Distanz zu Anna aufbauen. Einen anderen Weg sah er nicht.

Im Flieger nach Spanien flackerte Annas Bild noch einmal viel zu deutlich vor seinen Augen auf. Nein, er hatte seine Schuldigkeit getan und sie in der Klinik angerufen. Mehr konnte man von ihm wirklich nicht verlangen. Sie musste alleine klar kommen. Er freute sich jetzt auf seinen langverdienten Urlaub. Gute Hotels hatte er vorab schon reserviert und sein Handy schaltete er ab. Anna sollte nicht stören und seine Partnerin durfte auf gar keinen Fall etwas merken.

Regina war ganz versessen darauf, mit Sebastian nach Spanien auszuwandern. „Schau nur, wie preiswert die Wohnungen hier sind", rief sie entzückt und führte ihn zu den Mietangeboten im Schaukasten eines Immobilienmaklers. „Lass uns hier leben, wenn wir in Rente sind." Sebastian gefiel der Gedanke. Nur ganz weit weg von Anna, ja, das wäre das Richtige. Ihm war klar, dass alles, was Anna betraf, ihn nie kalt lassen würde. Dazu hatte er immer noch viel zu tiefe Gefühle für sie. Aber an Regina und ihre Marotten war er längst gewöhnt und wusste ihnen gekonnt auszuweichen. Sie vertraute ihm blind, ihr konnte er viel erzählen. Sie glaubte ihm fast alles. Er schaffte es, vor ihr überzeugend den Vertrauenswürdigen zu spielen, denn den brauchte sie dringend, schließlich war sie in ihrer ersten Ehe schlimm enttäuscht worden. Klammernd suchte sie bei ihm den Halt, den er ihr gerne gab. Naja, besonders hübsch war sie nicht und auch schon ziemlich alt, aber sie funktionierte genau so, wie er es haben wollte. Nicht so widerspenstig, eigensinnig, aufbrausend, unberechenbar und viel zu intelligent wie Anna. Die wäre ihm sicher schnell auf die Schliche gekommen, wenn er eine Affäre gehabt hätte.

„Regina, wie cool ist das hier!", rief Sebastian begeistert, als er die Fischchen im Wellnessbereich entdeckte, die dort zur Fußpflege eingesetzt wurden. Er konnte stundenlang die Füße in dem Becken baumeln lassen und dabei die Fischchen begeistert beobachten. Die meisten Männer sind ihr Leben lang auch kleine Jungen! Neben den Fischen gefielen ihm auch die schlanken, jungen Spanierinnen ausnehmend gut, die er in der gemischten Sauna ungeniert nackt begutachten konnte. Manchmal schwitzte er freiwillig noch eine Zusatzrunde, um diese Mädels im Evakostüm etwas länger um sich zu haben. Regina hatte sich dann schon lange auf das Zimmer verzogen und das kam ihm äußerst gelegen. Dann konnte er ungeniert seine Fantasie spielen lassen, vom Sex mit gleich drei von diesen jungen Frauen träumen und sich ausmalen, was für ein toller Hecht er doch sei. So ließ es sich leben: Viva Espania!

Weil Anna nicht laufen durfte, wurde sie immer in einen Rollstuhl gesetzt und so zu den Untersuchungen gebracht. Anna hatte an diesem Morgen vergessen, ihren Bademantel anzuziehen und nun fror sie fürchterlich in ihrem dünnen Nachthemdchen, als man sie von Untersuchung zu Untersuchung schob. „Sie erkälten sich ja auch noch!", sprach eine Schwester aus der Radiologie die durchgefrorene, zitternde Frau an und kam mit einer Decke unter dem Arm zurück: „Leider kann ich Ihnen nur diese Isolierfolie anbieten." So wurde die Kranke in Folie eingewickelt zu den weiteren Untersuchungen im Haus transportiert. Als sie zum Frauenarzt in das Behandlungszimmer geschoben wurde, schaute dieser sie fassungslos an, schien fast in Deckung gehen zu wollen, deutete auf die Folie und fragte verängstigt: „Welchen Grund gibt es, dass sie unter dieser Karantänefolie sitzen? Was für eine ansteckende Krankheit haben Sie?", und Anna hätte nach seinem panischen Entsetzen zu gerne gewusst, welche er ihr schon in Gedanken angedichtet hatte. Grinsend beruhigte sie den nervösen Mediziner: „Mir war nur kalt und etwas Anderes war nicht greifbar!" Jetzt traute sich der Frauenarzt endlich, Anna mit Handschlag zu begrüßen und die notwendigen Untersuchungen durchzuführen.

„Macho frisst nicht, er vermisst dich ganz schlimm, Anna. Aber mach dir keine Sorgen, die Fasterei bekommt dem alten Herrn fantastisch, verjüngt ihn sogar um etliche Jährchen! Ich hätte ihn dir fast mitgebracht! Aber der Pförtner hat diese Argusaugen, die jeden Schmuggler auf Anhieb erkennen", versuchte Julian seine Frau aufzumuntern. Er kam nicht regelmäßig jeden Tag in die Klinik, denn wie immer war er dauernd im Stress.

Sebastian hüllte sich weiter in unerbittliches Schweigen und genoss seinen Urlaub unbeschwert. Mit dem Anruf hatte er ja seine Schulden ausreichend beglichen. Eine kranke, gebrechliche Anna brauchte er noch viel weniger als die gesunde. Die war ja schon lästig geworden. Und die nervende innere Stimme war zum Glück wieder verstummt. Ihr war vielleicht die Hitze in Spanien nicht bekommen. Ein positiver Nebeneffekt!

Dann durfte Anna endlich wieder nach Hause! Macho führte Freudentänze auf, als er sein Frauchen sah und wich selbst auf der Toilette nicht mehr von ihrem Schoß. „Macho, du bist lästig", schimpfte sie dann manchmal genervt, aber das blauäugige Katerchen schnurrte und schmuste nur noch lauter. „Ich lebe noch", sagte Anna immer wieder glücklich und sie hatte sich vorgenommen, endlich reinen Tisch zu machen, in ihrem Leben aufzuräumen, Schluss zu machen mit unfairen Lügereien. Der Gedanke, all ihre Geheimnisse und Lügen beinahe unaufgeklärt mit ins Grab genommen zu haben, lastete auf ihr.

26

Das war längst überfällig

"Anna, wo hast du deine Leichtigkeit gelassen, mit der du immer so fröhlich lebtest?", fragte Julian besorgt. Die Nahtoderfahrung hatte Anna verändert. Sogar Julian fiel das auf. „Du, wir müssen dringend reden!" entgegnete Anna, denn sie hielt die Heimlichtuerei nun nicht mehr aus. „Julian, ich wollte das nicht, aber ich hatte keine andere Wahl, diese magische Anziehung zwischen Basti und mir machte uns machtlos." Schuldbewusst beichtete sie ihrem Mann die verbotene Liebe zu Sebastian. Erstaunt hörte Julian seiner Frau, die ihm plötzlich wie eine Fremde erschien, zu. Anna fühlte sich wie eine Verräterin: Verlogen, wertlos und schäbig. Als Anna ihre Ausführungen beendet hatte, begann Julian mit scharfer Stimme: „Du weißt, wie sehr ich Unwahrheiten verabscheue. Es geht jetzt nicht darum, dass du dir woanders das geholt hast, was ich dir nicht mehr gegeben habe! Aber musste es ausgerechnet dieser Sebastian sein?" Anna schaute bedrückt auf den Boden. Julian hatte nie ein Geheimnis daraus gemacht, dass er ihren Exfreund nicht mochte. „Du wusstest, dass du mit mir immer über alles reden konntest, Anna! Warum die ganze Heimlichtuerei? Wozu dieser massive Vertrauensbruch? Das gibt mir sehr zu denken. Ich dachte, wir haben keine Geheimnisse voreinander." Julians vorwurfsvoller Ton ohrfeigte Anna, seine eisigen Gesichtszüge ließen sie frieren. Doch ganz plötzlich änderten sie sich, wurden weich und angreifbar. „Was geschieht denn jetzt?", fragte Anna sich verblüfft. „Aber ich bin der letzte, der dir Vorwürfe machen darf, Anna, denn wo wir grade dabei sind zu beichten, ich muss dir auch etwas sagen. Und bitte, Anna, bevor du jetzt in Ohnmacht fällst, sei dir sicher, dass du und die Kinder das Wichtigste in meinem Leben seid!" Verwirrt registrierte Anna, wie Julian ganz tief Luft holte, bevor er sichtlich emotional bewegt weitersprach: „Du weißt selbst, dass wir sexuell keinen gemeinsamen Nenner mehr finden." Anna schluckte, damit brachte er auf den Punkt, was ihr in ihrer Ehe seit Jahren fehlte. „Und es ist auch kein Geheimnis mehr, dass ich dich betrogen habe. Darüber haben wir gesprochen. Aber das ist nicht die volle Wahrheit. In den letzten Jahren ist mir klar geworden, dass ich bisexuell bin und mich auch und besonders zu Männern hingezogen fühle. Aber ich muss zugeben, das Coming Out ist eine verdammt schwierige Angelegenheit! Ich bin ein riesiger Feigling, Anna. Wie oft habe ich mir in den letzten Jahren schon vorgenommen, mit dir zu reden und immer wieder einen Rückzieher gemacht!" Anna schluckte. Hatte sie sich verhört? „Ich weiß, du bist eine tolerante Frau. Bitte versuch, es zu verstehen!" Und Anna fiel es wie Schuppen von den Augen. Diese Vertrautheit zwischen Julian und seinen Freunden hatte sie schon länger eifersüchtig gemacht, ihr immer wieder das Gefühl gegeben, nicht dazuzugehören. Minutenlang überlegte sie fieberhaft, wie sie jetzt reagieren sollte. „Anna, ich will mich nicht von dir trennen! Wir haben jahrelang wie Bruder und Schwester zusammengelebt, es funktionierte doch und könnte meines Erachtens auch eine Zukunft haben!" „Julian, ich weiß nicht, ob ich damit umgehen kann", entgegnete Anna schließlich unsicher, „es steht so viel zwischen uns!" „Ach,

Anna, bitte, gib uns als Familie eine Chance, mir liegt viel daran!" Julians Reaktion ließ sie genau spüren, wie aufgewühlt er war. Sie wusste zu diesem Zeitpunkt nicht, ob es überhaupt noch eine Möglichkeit geben würde, ihre Ehe zu retten, wenn man das Ganze überhaupt noch Ehe nennen konnte. Und sie wusste auch nicht, ob sie das überhaupt noch wollte und konnte. „Dir ist schon klar, was eine Trennung auch finanziell für uns bedeuten würde?", meinte Julian plötzlich. War ja vorhersehbar, nach der ersten Aufregung tauchen schon wieder die Dollarzeichen in Julians Gesicht auf! Als ob das blöde Geld jetzt irgendeine Rolle spielte. „Anna, lass uns nichts überstürzen", schloss Julian, „verdauen wir beide die ungeheuerlichen Neuigkeiten erst einmal, statt uns zu Kurzschlusshandlungen hinreißen lassen. Ich muss in die Praxis, wir reden später weiter!" Anna blieb fassungslos zurück und musste diese Neuigkeiten erst einmal realisieren, um sie danach verstehen und verarbeiten zu können.

Sie hätte erleichtert sein können, nicht mehr allein als skrupellose Schuldige dazustehen. Aber das war sie nicht.

27

Wie vergisst man bitte den Mann seines Lebens?

Anna wurde zum Gesundwerden auf die Insel Sylt geschickt und Julian bestand darauf, sie dort persönlich abzuliefern. „Nutze bitte die Zeit, um dir Gedanken zu machen, ob unsere Ehe nicht doch weiter funktionieren kann und schreibe sie nicht voreilig ab", bat er sie eindringlich und hypnotisierte sie dabei wieder einmal mit seinen warmen, braunen Augen, in denen Anna sich so gerne verlor. Schweren Herzens ließ er seine Frau auf der Insel zurück und reiste selbst wieder nach Hamburg, nicht ohne noch einmal zu betonen: „Ich wünsche mir wirklich sehr, dass alles zwischen uns gut wird!"

Annas beste Freundin besuchte sie schon in der ersten Woche und beneidete sie um das wunderschöne Zimmer mit direktem Blick auf das Meer. „Was liegt denn hier für ein Zettel auf der Fensterbank?", fragte sie erstaunt und las laut vor: „Vergiss Basti! Er tut dir nicht gut! Anna, muss ich da etwas wissen?", fragte sie erstaunt. Nun konnte Anna sich endlich jemandem anvertrauen. Stockend erzählte sie die ganze Bastigeschichte von Anfang bis zum Ende. Sie hatten ja reichlich Zeit. „Weißt du, ich habe von ihm nichts mehr gehört.", beendete sie ihre Ausführungen. „So ein Arsch!", schimpfte die Freundin aus tiefster Überzeugung, „leider gibt es diese Egotypen, die ziehen sich einfach zurück, wenn Frau krank wird und nicht mehr funktioniert! Anna vergiss ihn", meinte sie mitfühlend und umarmte Anna, „Wieder so ein Charakterschwein! Ja, es tut weh, aber nur eine gewisse Zeit. Glaub mir, ich weiß genau, wovon ich rede!"

Trotz dieser guten Ratschläge beherrschte Basti Annas Denken weiter, nahezu vierundzwanzig Stunden am Tag. Doch dann, am Valentinstag, als im TV, Radio und im Internet ununterbrochen über glückliche Liebe gesprochen und gesungen wurde, hielt sie ihr Schweigen nicht länger durch. Solche emotionalen Tage erschwerten es besonders, ihn zu ignorieren, denn da war immer noch dieser törichte Hoffnungsschimmer, dass er sich doch melden würde. Spät abends mailte sie Sebastian enttäuscht:

Ich glaube ja, Gott hatte seine Hände im Spiel, um mir zu sagen, welcher Mann mir gut tut und welcher mich krank macht. Unsere Beziehung hat ja wohl minus 20 Grad erreicht. Krass, wenn du tatsächlich so eiskalt bist.
Du musst nicht in jedem Gespräch betonen, dass du nie mehr mit mir schlafen willst!!! Das ist ja wohl mein Part, nach den Flops unserer letzten Begegnungen. Deine Chance ist längst vorbei und leicht bin ich ganz sicher für keinen zu haben! Das gilt selbstverständlich und ganz besonders auch für dich.

Anna
P.S. Vergiss mich einfach!!!!

Auch darauf reagierte Sebastian nicht, er hüllte sich weiter in Schweigen. Er verstand den versteckten Hilfeschrei nicht, sah keine Veranlassung, ihre Anschuldigungen zu dementieren und überließ Anna in ihrer Verzweiflung sich selbst, war ganz sicher nicht dazu bereit, einzulenken. Diese Ignoranz und Härte traf die kranke, verletzliche Frau volle Breitseite.

„Ist nur so, ich liebe dich immer noch!", erklärte sie verzweifelt seinem Foto und zerriss es dann schnell.

Erneut legte sie sich einen Zettel mit Durchhalteparolen auf den Tisch.

War sie ihm auf einmal wirklich nur noch gleichgültig? Interessierte es ihn tatsächlich gar nicht mehr, dass Anna fast gestorben wäre und jetzt entkräftet und extrem geschwächt durch die Flure der Reha schlich, nur in die leichtesten Gruppen eingeteilt wurde und überhaupt nicht mehr belastbar war? Wie konnte das möglich sein?

War er nicht einmal mehr ein guter Freund?

War er ein Teufel? Anna fiel ihre Vision bei seinem Besuch im Dezember wieder ein.

Nennt man das eigentlich konfliktscheu, wenn jemand sich vor Aussprachen drückt und hinter Mauern verschanzt? Oder helfen Rückzug, Härte, Skrupellosigkeit und grenzenloser Egoismus, die Bequemlichkeit des Lebens aufrecht zu erhalten? Jedenfalls wollte Sebastian nur noch seine Ruhe haben, koste es, was es wolle. Anna war anstrengend. Als Affaire, jetzt ehemalige Affaire stand es ihr nicht zu, sich in sein Leben einzumischen. Sie hatte sich schlicht und ergreifend zurückzunehmen und durfte nur dann reagieren, wenn er entschied, Kontakt haben zu wollen. Er brauchte sie nur noch als Marionette, die er nach Lust und Laune bewegen konnte. Sein Leben hatte sie nicht mehr zu interessieren und sie lebte ihr Leben, das ihn nichts anging. Da wollte er keinerlei Vermischungen mehr. Und Mr. Kopf-durch-die-Wand konnte sehr konsequent sein! Unglaublich, als sie ihm vorschlug, er solle mit seiner Partnerin im Sommer auf ihre Geburtstagsparty kommen. Das war ja nun wirklich das Allerletzte! Sein neues Konzept für den Umgang mit Anna bestand darin, immer längere Kontaktpausen einzulegen. Liebe, Romantik, Gefühlschaos, das hatte man in seinem Alter doch längst hinter sich! Seine Lebensmaxime lautete immer schon, starke Gefühle in seinem Leben möglichst klein zu halten. Aber Anna schaffte es besorgniserregend oft, ihn zu verwirren, mitzureißen und in Aufregung zu versetzen. Er war ja schließlich kein Unmensch! Aber an erster Stelle stand mittlerweile selbstverständlich das eigene Wohlleben. Und seine Partnerin verwöhnte ihn, indem sie den ganzen Haushalt neben ihrer Arbeit alleine schmiss. Sie war ihm damals eine lange Zeit hinterhergelaufen, hatte sich mit ihrer Schwärmerei für ihn fast schon vor allen Bekannten lächerlich gemacht, bevor er sich zu einer Beziehung mit ihr entschloss. Sie war seit Jahren die einzige Frau, die weit und breit Interesse an einer Partnerschaft mit ihm signalisierte. Da durfte er nicht wählerisch sein. Der Spatz in der Hand war einfach besser als allein zu bleiben. Dafür zeigte sie ihm nun ihre Dankbarkeit in Form von Überbemutterung samt Fürsorglichkeit. Bei Anna hätte er im Haushalt mit anfassen, sogar seine Hemden selbst bügeln müssen. Sie war so verdammt unbequem emanzipiert. Das sah er gar nicht ein. Jetzt wurden ihm seine Hemden und Hosen gebügelt, die vorgewärmten Pantoffeln gebracht, er wurde bekocht und bemuttert und Regina zahlte ihren Lebensunterhalt aus eigener Tasche und beteiligte sich sogar ohne zu Murren an der Miete. So gefiel ihm eine Beziehung. Und das hatte für ihn den Ausschlag gegeben, sich gegen Anna und für Regina zu entscheiden. Gefühlsduselei gehörte definitiv der Vergangenheit an. Seine Devise lautete mittlerweile: Der Sex in fortgeschrittenen Jahren ist vorzügliches Essen, eine Frau, die ihm die Wünsche von den Augen abliest, ein gutes Fernsehprogramm und bequemes Sofaliegen. Mehr brauchte er nicht mehr.

Doch manchmal sind Emotionen enorm hartnäckig. Wie Zecken hatten sie sich in Annas Herz verbissen und man kam nicht an sie heran, um sie zu entfernen. Anna grübelte: Was konnte denn jetzt noch helfen, um diese Scheißgefühle, die sie nicht mehr haben durfte und wollte, endlich loszuwerden? Warum ließen die sich nicht einfach problemlos rausreißen und in den Müll schmeißen? Diese Herz-Schmerz-Melancholie passte doch gar nicht zu ihr!

„Ich bestehe darauf, dass sie unsere Psychologin aufsuchen, eine Nahtoderfahrung ist weiß Gott kein Kinderspiel!", hatte die Rehaärztin befohlen. „Nein, nein", Anna war entsetzt, „das brauche ich nicht! Mir geht es wunderbar!" Sie hatte sich mit Händen und Füßen dagegen gesträubt. Aber es half nichts, sie musste dort hin. „Anna, ihre Erkrankung scheint durchaus auch seelische Ursachen zu haben", stellte die Psychologin gleich nach der ersten Sitzung fest und machte sich mit unglaublichem Fingerspitzengefühl daran, die Ursachen zu ergründen. Anna ließ sich tatsächlich auf Gespräche ein. „Ja, es gibt Dinge, die mich vorher seelisch sehr belasteten", gab sie dann sogar zögernd zu. Schnell hatte die Psychologin herausgefunden, dass der Konflikt mit Bastian vor dem Unfall für Anna zum Trauma geworden war mit allen schlimmen Konsequenzen. Seinen Besuch mit dem erzwungenen Sex verschwieg Anna allerdings absichtlich. Sie wollte Bastis Bild auf keinen Fall beflecken. Seine Beteiligung an den dramatischen Geschehnissen durfte Anna nach Ansicht der Ärztin nicht bagatellisieren. „Sie sehen, der Mann, den sie lieben, trägt eine Mitschuld daran, dass sie fast gestorben sind. Das aufwühlende und frustrierende Gespräch mit ihm war letztendlich der Auslöser ihres Unfalls. Das wissen Sie, versuchen es jedoch zu leugnen", versuchte sie Anna zu erklären. Aber Anna wollte das nicht hören. Sie gab nur sich selber die Schuld. „Nein, Sebastian ist nicht schuld, das kann nicht sein!" „Es ist falsch und sehr ungesund, die Verantwortung ausschließlich bei sich selbst zu suchen", warnte die Ärztin, doch sie fand auch Anlässe, Anna zu loben. „Es spricht für sie, dass sie das Verdrängen angegangen sind und sich der Realität, ihrer Liebe zu Sebastian, gestellt haben, egal, wie schwer es war und welche Konsequenzen daraus erwachsen könnten! Das war mutig. Das schafft nicht jeder. Ihr Sebastian übrigens auch nicht! Ja, sie haben für diese Liebe einen sehr hohen Preis gezahlt! Das rücksichtslose Agieren ihres Liebhabers hat sie fast das Leben gekostet. Anna, das müssen Sie sehen. Liebe macht oft blind, aber ohne die Einsicht, dass auch der geliebte Mensch schuldig werden kann, kommen wir hier nicht weiter."

Dabei war sie sich selbst gar nicht sicher, wie weit sich da noch etwas therapieren ließ und Anna geholfen werden konnte. Tatsache war doch, dass die heftigen Emotionen, die sich über Jahrzehnte aufgestaut hatten, nicht einfach mal schnell wegtherapiert werden konnten. Das hätten Sebastian und Anna miteinander klären müssen! Dazu wären schwierige, lange Gespräche nötig gewesen. Allerdings hegte die Ärztin auch gewaltige Zweifel daran, dass Basti auf Dauer mit seinem Ignorieren aller Vorfälle alleine klar kommen würde. Denn alles deutete darauf hin, dass er viel mehr emotional beteiligt war, als er zugab und irgendwann würde das auch bei ihm aufbrechen. Seine Schuldgefühle würden auch unterbewusst schwer auf ihm lasten und ihn ebenfalls krank machen. Die Psychologin ermutigte Anna, Sebastian mitzuteilen, dass er eine ganz erhebliche Mitschuld an ihrer Erkrankung trage. „Schreiben Sie ihm, Anna, er sollte das unbedingt wissen, auch, um sich selbst zu helfen!" Und sie hoffte, damit den wichtigen Stein ins Rollen zu bringen, der doch noch zu einer Gesprächsbereitschaft führen könnte.

Aber manchmal stoßen auch Psychologen an ihre Grenzen. Zu gerne hätte sie Sebastian kontaktiert, hätte beide aufeinander losgelassen und sich als stille Beobachterin ihr Bild gemacht. Sie schlug es der Patientin wieder und wieder vor, aber Anna winkte entsetzt ab und war nicht bereit, Bastis Adresse herauszugeben. Es war Anna, die schließlich die Therapie abbrach, obwohl die Ärztin warnte: „Anna, Sie sind nach wie vor hochtraumatisiert, wir müssen dringend weiter daran arbeiten, damit es ihnen wieder gut geht. Ohne ärztlichen Beistand kann das böse enden!" Doch Anna konnte sehr stur sein!

Dann durfte sie endlich nach Hause, aber sie wurde krank entlassen. An eine Rückkehr an ihren Arbeitsplatz war überhaupt nicht, vielleicht nie mehr zu denken.

Annas Liebe zu Sebastian hatte dramatische Konsequenzen. Dafür hatten die gesamten Geschehnisse neben ihrem Körper auch ihre Psyche viel zu heftig angegriffen.
Würde sie jemals wieder die alte, fröhliche, robuste, selbstsichere Anna werden?

28

Wenn es in der Sauna heiß wird

Regelmäßig besuchte Sebastian einmal pro Woche mit seinen Freunden die gemischte Sauna. „Da kommt die Opatruppe schon wieder und der dicke selbstverliebte Lustmolch ist auch wieder dabei", flüsterten sich die jungen weiblichen Stammgäste zwinkernd zu, wenn sie die nicht mehr taufrischen Männer erblickten, deren Selbstgefälligkeit ihren Realitätssinn benebelte. Man sah ihnen an, wie überzeugt sie von ihrer unwiderstehlichen Ausstrahlung waren, ohne zu registrieren, dass kein einziges der jungen Dinger interessiert war! Basti genoss es, zwischen möglichst vielen entblößten, jungen Weibchen zu schwitzen, ihnen dabei auf die Brüste und auch mal zwischen die Beine zu linsen und sich nette Gedanken zu machen. Und in Begleitung seiner Freunde wuchs seine Selbstsicherheit noch. „Meine erste Liebe meldet sich dauernd bei mir. Sie kann mich nicht vergessen", prahlte er großkotzig unter dem Siegel der Verschwiegenheit. Alle hatten ihn beneidet und bewundert: „Das einem so etwas noch in deinem Alter passieren kann. Respekt Basti, andere wären sicher schwach geworden! Du hast einen Orden für deine Standhaftigkeit verdient. Super, dass du so treu zu Regina hältst und dich nicht verführen lässt." (Sie ahnten nämlich nicht, wie viele Dinge der ehrwürdige Sebastian ihnen verschwieg bzw. verfälscht darstellte). Basti fühlte sich seit Annas Geständnis wieder äußerst attraktiv und begehrenswert und hatte irgendwie das Gefühl, die Frauen stehen reihenweise auf ihn. Je jünger, desto besser, überlegte er. Eine

Zwanzigjährige, maximal eine Dreißigjährige käme durchaus in Frage. Dass seine keineswegs athletische Figur, sein Doppelkinn und seine Bequemlichkeit ein Handicap sein könnten, realisierte er in euphorischer Gockellaune nicht. Zwar hatte er Anna gegenüber betont, dass Sex ihm nicht mehr so wichtig sei, wenn aber so eine fesche Achtzehnjährige im Evakostüm neben ihm in der Sauna schwitzte, dann stimmte diese Aussage eben doch nicht. Das konnte ihn richtig in Fahrt bringen. Und wenn Anna ihn so sehr begehrte, warum nicht auch mal eine richtig junge, knackige Zwanzigjährige? Selbstbewusst hatte er in der Sauna hartnäckig versucht, der großbusigen Blondine neben sich nicht nur auf die Brüste sondern auch in die Augen zu schauen, um Kontakt zu ihr aufzunehmen. Schade, sie weicht meinen Blicken aus, registrierte Basti nach einer ziemlichen langen Weile. Vermutlich ist sie eine ganz besonders Schüchterne, redete er sich ein. Er schätzte sie auf höchstens Zwanzig. Sollte er nachher im Pool doch noch versuchen, sie einfach mal anzusprechen? Schwierige Frage…

Im Endeffekt reichten Basti seine geheimen Fantasien.
Denn Träumen darf doch wohl erlaubt sein, oder?

29

Bloß nicht sentimental werden

Gedankenlabyrinth ohne Ausgang: Anna irrte die Wege entlang und dachte schon wieder an Sebastian. Dadurch, dass sie nicht arbeiten durfte und konnte, hatte sie auch wenig Ablenkung und massenhaft Zeit für verbotene Gedankenausflüge. Julian war wie üblich nur sporadisch zu Hause, besorgte den Haushalt zwar gewissenhaft, überließ seine geschwächte Frau aber weitgehend sich selbst.
Wie bitteschön sollte sie diesen Teufelskreis ihrer Emotionen für Sebastian, den sie selbst nicht verstand, durchbrechen? Immerhin schaffte sie es ja schon, ihm nur noch äußerst selten zu schreiben. Das war eine enorme Leistung, wenn man berücksichtigte, wie stark sie sich immer noch nach ihrem gewohnten, vertrauten Kontakt sehnte.

Sebastian hatte mittlerweile wiederholt geäußert: „Ich hätte mich nicht mehr bei dir melden dürfen, dann wäre das alles nie passiert." Anna widersprach ihm anfangs heftig: „Du, da bin ich mir nicht so sicher, Irgendwann kommt doch alles an die Oberfläche. Die jahrelange Verdrängung musste ich vermutlich aufarbeiten." „Trotzdem war es falsch von mir", insistierte Sebastian, „damit habe ich die falschen Signale gegeben!" Hilflos gefangen im Netz der hartnäckigsten Emotionen, die sie einfach nicht losließen, gab sie ihm jetzt doch recht: Wenn er im letzten Jahr nicht wieder angekommen wäre, um ein Date gebettelt und gefleht hätte, sie einfach in Ruhe gelassen hätte, wäre ihnen eine Menge erspart geblieben.

Im Anschluss an die Kur war Anna dann ziemlich schnell bei Julian ausgezogen. „Sei mir bitte nicht böse, ich brauche jetzt mal Abstand", hatte sie ihm erklärt. „Okay, Anna, du wirst mir fehlen. Aber ich verstehe dich. Vielleicht ist es auch für mich das Beste. Ich muss ebenfalls herausfinden, was ich wirklich will!", hatte Julian eingewilligt. Die Zwillinge studierten zu der Zeit in der Schweiz, dadurch gestaltete sich Annas Auszug komplikationslos. „Anna, wir sagen den Kindern vorerst nichts", hatte Julian gebeten. Das war auch Anna sehr recht. Sie wohnte jetzt bei ihrer Freundin und wollte erst einmal zu sich kommen, ihre Emotionen sortieren und alle Probleme ausklammern, um schneller gesund zu werden. Die Frauen-WG mit ihrer besten Freundin funktionierte wider Erwarten perfekt, obwohl beide Frauen sehr unterschiedlich waren. Macho, den Anna natürlich mitgenommen hatte, wusste zunächst gar nicht, wie ihm geschah, durchschaute dann aber schnell die Situation, um sie für sich auszunutzen und ließ sich gnädig von beiden Frauen verwöhnen und beschmusen. „Wird der hier immer fetter?", überlegte Anna manchmal, wenn sie seinen Bauch liebevoll kraulte und dabei seine Speckröllchen zählte. Aber sie liebte jedes Gramm an diesem fantastischen Tierchen.

Dann endlich nach langer Zeit meldete Sebastian sich. Doch seine gepresste Stimme versprach gar nichts Gutes. Nicht einmal ansatzweise konnte Anna ausmachen, welche Laus ihm da schon wieder über die Leber gelaufen war. „Du hast in meinem Leben nichts zu suchen, Anna. Mein Leben geht dich nichts an", warf er ihr an den Kopf. „Und ich verbiete dir auch den Kontakt zu meiner Familie, zu meiner Mutter und meinen Schwestern", fügte er hinzu, dabei hatte er selbst diese Kontakte nach ihrer Trennung vor vielen Jahren immer unterstützt und

gefördert. Erneut spürte sie, wie er mehr und mehr nur noch darum bemüht war, sie wie ein lästiges Insekt abzuschütteln. Und das tat immer noch höllisch weh!
Wie viele Verletzungen hält ein geschwächter Mensch eigentlich aus, ohne durchzudrehen?

Sebastians Privatleben ohne Anna plätscherte, wenn man seine Fantasiegespinste in der Sauna einmal ausklammerte, sensationslos ohne Aufregungen, Leidenschaft, Sehnsucht und nicht zu bändigende Schmetterlinge im Bauch gemächlich dahin, bis er einen mutigen Entschluss fasste. An einem sonnigen Tag im Mai stieg er mit dreizehn langstieligen roten Rosen aus seinem Wagen. Genau dreizehn Jahre lebte er jetzt mit Regina zusammen. Er schloss seine Wohnungstür auf, trat in den Flur und plötzlich sah er Annas Gesicht, ihre blauen Augen, die ihn flehend anschauten: „Sebastian, bitte, tu das nicht!" Schnell nahm er die durch die Wärme der Wohnung beschlagene Brille von der Nase und putzte sie. Damit wollte er Annas Gesicht vertreiben und den Stich ins Herz, den ihm die Vision grade versetzt hatte, verdrängen. Schon stand Regina vor ihm, musterte verständnislos die Rosen und forschte skeptisch nach: „Blumen? Von dir, Basti? Hast du ein schlechtes Gewissen?" Er war in letzter Zeit oft übellaunig und suchte Streit. „Nun, ich habe eine wichtige Frage an dich", erwiderte er, obwohl ihre Bemerkung die Stimmung fast verdorben hatte und hielt ihr die herrlich duftenden Rosen (jede einzelne hatte schließlich vier Euro gekostet!) entgegen: „Regina, willst du meine Frau werden?" Fehlte eigentlich nur noch, dass er sich hinkniete. Aber das war dem ungelenken, schwerfälligen Mann zu anstrengend. Sebastian hatte nachgedacht. Regina würde bald erben, zwei Häuser und ein riesengroßes Grundstück. Da war es günstig, ihre Partnerschaft offiziell zu machen. Frauen wollen doch immer alle vor den Traualtar! Ohne Ehevertrag, versteht sich, den würde er ihr schon ausreden! Aber er kannte seine Regina wohl nicht so gut, wie er dachte. Diese hatte sich nach der ersten gescheiterten Ehe geschworen, nie wieder zu heiraten. Und Sebastian, den spannte ihr doch keine aus. Da war sie durchaus realistisch. So begehrt war er nicht. Sie hatte ihn ja schon umgestylt, seine Frisur und seinen Kleidungsstil geändert und ihn zum Fasten und Sporteln animiert. Seine einzigartigen Qualitäten sah sie darin, dass sie ihm hundertprozentig vertrauen, sich immer auf ihn verlassen konnte. Ihr erster Mann war enorm attraktiv und begehrt gewesen. Sämtliche Freundinnen hatten sie um ihn beneidet und geschwärmt: „Regina, du hast mit diesem Mann unbeschreibliches Glück! Der absolute Traummann", um ihn bei der nächsten sich bietenden Gelegenheit in ihr Bett zu zerren und sich mit ihm haltlos auszutoben. Als Regina das herausfand, war sie schon hochschwanger. „Du hast mit allen meinen Freundinnen geschlafen?", stellte sie ihn zur Rede. „Tut mir leid, Regina", hatte er ganz kleinlaut geantwortet: „Du weißt doch, die Hormone! Das ist bei uns Männern nun mal so! Aber es hat mir wirklich nichts bedeutet!" Wütend jagte sie ihn zum Teufel, und zog das Kind alleine groß. Kein leichtes Unterfangen! Als Sebastian dann ihren Weg kreuzte, wusste sie direkt: Der wird mir immer treu ergeben sein. Deshalb hatte sie sich sehr um ihn bemüht und war schließlich glücklich mit ihm in eine Beziehung gepurzelt. Nur nie mehr einen Mann zum Partner, der zu attraktiv aussieht, diese unwiderstehliche Ausstrahlung hat und dem alle Frauen zu Füßen liegen, hatte sie sich geschworen. Wenn sie allerdings gewusst hätte, welche Geheimnisse ihr ach so zuverlässiger unattraktiver Sebastian ihr vorenthielt, wäre sie vermutlich in Ohnmacht gefallen! Sein gutes Gehalt gab ihr die Möglichkeit, nur noch in Teilzeit zu arbeiten und sie betrachtete es zudem als Absicherung eines sorglosen Rentnerdaseins. Aber eine Heirat schien aus ihrer

Sicht überhaupt nicht nötig. Darum antwortete sie, als er als grinsender Rosenkavalier erwartungsvoll vor ihr stand, kurz und bündig: „Sei mir nicht böse, Sebastian, aber meine Antwort lautet: Nein!"

30

Ich mach dich fertig, den Rest regelt mein Anwalt

Gut so!!!

Manchmal bleibt nur noch der Abschied! Anna musste einen neuen Anlauf starten, den Kontakt zu beenden. Basti hatte zwar vorgeschlagen, eine Freundschaft beizubehalten, aber das ewige Warten darauf, ob und wann er sich mal meldete, tat ihr gesundheitlich überhaupt nicht gut. Jetzt bat sie ihn um ein Telefongespräch. Sie wollte ruhig bleiben und ganz vernünftig mit ihm sprechen. Auf gar keinen Fall durfte er merken, wie weh ihr das alles noch tat. Nie wieder sollte er erfahren, wie es in ihr aussah! Diese Blöße wollte sie sich nicht mehr geben. Nie, nie mehr!
„Sebastian?"
„Hallo, Anna!"
„Es macht keinen Sinn, wir müssen den Kontakt endgültig abbrechen".
„Das sehe ich auch so Anna. Du machst dir sonst dauernd falsche Hoffnungen. Das geht so nicht weiter."
Annas Augen füllten sich mit Tränen, aber sie versuchte, es zu überspielen. Es berührte ihn also gar nicht mehr, nach ihrem jahrelangen Kontakt mal eben so für immer die Verbindung zu

lösen. Im Gegenteil: Er schien begeistert, dass sie es endlich verlangte. Das tat weh. Immer noch, denn sie liebte ihn und Anna war weder physisch noch psychisch besonders belastbar. Elend und schwach stieß sie körperlich mehrmals täglich total an ihr Limit. „Warum lässt ihn das so kalt?", fragte Anna sich, denn sie hätte schon erwartet, dass er irgendeine Regung zeigt. „Bastian, bitte, tu mir den Gefallen und lösche deine Handynummer, deine Emailaddy und deinen Messiaccount, denn solange ich die habe, komme ich nicht von dir los und werde doch immer wieder schreiben!" „Gut, mache ich", versprach er emotionslos ohne eine Sekunde zu zögern. Er blieb nüchtern, gelassen, souverän, ließ sich überhaupt nicht aus der Fassung bringen. Aber Anna zerriss es das Herz (klingt kitschig, aber es war wirklich so) und ihre Verzweiflung war unbeschreiblich groß. Die Vorstellung, das allerletzte Mal im Leben mit ihm zu reden, ihm nie mehr schreiben zu können, ihn nie wieder im Leben zu sehen….Horror pur. Und er? Sie merkte an seinem harten, eisigen Tonfall, dass es ihm einfach nur recht war und ihn gar nicht berührte. Er war nur noch hart und kalt. Und nun flippte sie aus: „Sebastian, ich hasse dich!", und knallte den Hörer auf, um ganz bitterlich zu weinen. Das war jetzt also der endgültige Schlussstrich unter den Kontakt zu der Liebe ihres Lebens. Na toll! Und als sie sich beruhigt hatte, schnappte sie sich ihr Handy und überhäufte ihn mit Unmengen bösester Kurznachrichten. Schreiben konnte sie! Oh ja! Und wenn es sein musste, auch sehr boshaft und verletzend.

Sebastian hatte lange nicht den Mut gehabt, die Beziehung zu Anna endgültig abzubrechen. Er konnte nicht abschätzen, ob sie dann nicht wieder zusammenbricht. Einerseits wollte er überhaupt nichts mehr von ihr hören, andererseits war sie ihm immer wichtig. Auch er war hin- und hergerissen! Das ließ er sich jedoch überhaupt nicht anmerken. Die Blöße gab er sich nicht. Doch sie hatten sich mittlerweile in den letzten Monaten gegenseitig so sehr verletzt und Anna hatte seine ohnehin schon enorme Wut ins Unermessliche gesteigert, dass er jetzt noch eine allerletzte Demütigung ins Auge fasste, mit der er sie für immer abschütteln wollte. Ihm war sehr bewusst, wie niederträchtig das von ihm war, nachdem sie wegen ihren Gefühlen für ihn schon fast gestorben wäre und immer noch traumatisiert war und wohl nie mehr seine alte Anna werden würde. Anna sollte die Konsequenzen für ihre Kontrollverluste auch tragen! Da musste er sich jetzt durchsetzen, ihr zeigen, wer hier die Hosen an hat. Daran führte gar kein Weg vorbei. Ihm war klar, wie sehr diese Frau an ihm hing, wie wichtig er ihr war und wie schlimm sein geplantes Vorgehen für sie sein würde. Aber das spielte keine Rolle mehr. Nein, mit ihm war nicht zu spaßen! Es war endgültig vorbei!

Anfangs passierte es Anna noch manchmal, dass sie Nachrichten, die für andere bestimmt waren, an Basti verschickte. Diese verirrten SMS konnten ihn immer noch zur Weißglut bringen. Ganz offensichtlich hatte sie sich jetzt in eine Affäre mit ihrem Kardiologen gestürzt, denn Bastian erhielt wiederholt Kurznachrichten, die für Stefan, ihren Herzspezialisten bestimmt waren. Anna war oft zerstreut, aber vielleicht beabsichtigte das kleine Biest auch, dass er diese Nachrichten erhielt. Basti war sich da gar nicht sicher. Dass sie so schnell Ersatz für ihn fand, verärgerte ihn. Solche heißen Nachrichten von Anna gehörten ihm, nur ihm, brüllte wieder diese lästige Stimme in ihm empört.

Ja, Anna hatte in der Tat ein Date mit ihrem Kardiologen. Während eines Untersuchungstermins in seiner Praxis flirteten sie heftigst, was damit endete, dass der Arzt fragte: „Darf ich unverschämt sein? Bekomme ich Ihre Handynummer?" Und Anna hatte ihm lachend ihre Nummer notiert mit dem Zusatz: Okay, fremder Mann, wenn du so unbedingt willst, ruf mich halt an! ☺ Oh, es tat gut, einfach so ganz unverfänglich zu flirten.

Hallo Anna,
ich habe im angesagtesten Restaurant Hamburgs einen Tisch bestellt und hoffe, dass du mir Gesellschaft leistest.
☺ GLG Stefan

Diese Nachricht schrieb er ihr schon am nächsten Tag. Als sie bei Anna eintraf, steckte diese schon wieder bis über beide Ohren im Deprifieber, weil Sebastian ihr so sehr fehlte. Sie freute sich über jede Ablenkung und sagte genau aus diesem Grund ohne zu zögern zu. Sie trafen sich vor dem Restaurant. Der Herzdoktor hatte sich wirklich Mühe gegeben, Anna zu beeindrucken. Übereifrig führten die vornehmen Kellner den gutbekannten Stammgast mit seiner Begleitung zum besten Platz des Restaurants. „Meinst du nicht, wir hätten ungezwungen in einer kleinen Pizzeria essen können?", fragte Anna eher genervt als beeindruckt von dem Tamtam, das hier um die Gäste gemacht wurde. „Du, es gibt doch ein nächstes Mal", antwortete Stefan lachend.
„Anna, wenn wir nachher zu mir fahren, muss ich unbedingt dein Herz untersuchen und dazu werde ich dich entkleiden müssen, auch wenn du in deinem bestimmt sündhaft teuren Designerfummel umwerfend aussiehst", beschrieb Stefan schon nach dem zweiten Glas Wein unverblümt seine Erwartungen für den weiteren Verlauf des Abends. Ganz schön dreist, mir jetzt schon mit der Ausziehnummer ins Haus zu fallen, dachte Anna empört, lächelte aber weiter höflich und zuckersüß. Juhu, nun saß sie in der Falle. Anna hatte naiv einen netten Flirtabend anvisiert, mehr nicht! Sie wollte erst einmal Sebastian verges-

sen! Eine neue Affäre kam überhaupt nicht in Frage! Zweifellos, Stefan sah sehr gut aus, war noch dazu wohlhabend und großzügig. Geld schien überhaupt keine Rolle zu spielen, er schmiss es mit beiden Händen raus. Dazu trat er selbstsicher und äußerst charmant auf. Aber Anna wusste genau, dass auch ein paar Nächte mit diesem attraktiven Kardiologen kein Vergessen bringen würden, abgesehen davon, dass es auch Stefan gegenüber unfair gewesen wäre. „Wie komme ich hier jetzt wieder raus?", überlegte sie fieberhaft und hoffte auf einen Geistesblitz. Ja, ihre Freundin, die könnte sie retten! Schnell wurde Beate per Kurznachricht instruiert, anzurufen. Gut, dass es Handys gab. „Entschuldige Stefan, der Anruf ist wichtig", signalisierte Anna ihrem Begleiter, als sie das Telefonat während des Essens annahm. Anschließend war er es selber, der ihr riet, sofort zu ihrem „angeblich" hoch fiebernden Sohn zu fahren und das gemeinsame Essen abzubrechen. „Anna, du kommst dann morgen oder übermorgen zu mir, oder am besten gleich die ganze Woche! Du hast ja jetzt meine Anschrift", sagte er zum Abschied und wollte sie frech auf die Lippen küssen! Geschickt wehrte sie das ab. Der Schmatzer landete auf ihrer Wange. „Danke dir für das vorzügliche Essen!" „Anna, ich hoffe doch auf eine Wiederholung, vielleicht kochst du mal für mich?" „Hm"…kam nur noch von Anna, die sich nicht festlegen wollte. Sie sauste hektisch zu ihrem Auto. „Verflixt, bin ich noch ganz dicht?", fragte sie sich kopfschüttelnd. Ihr Guthaben an Dummheiten hatte sie mit Basti ausgeschöpft, indem sie ihn wieder und wieder und wieder in ihr Leben ließ und daran zerbrochen war! Frustsex war ganz sicher keine Lösung! Sie musste sich nichts beweisen!
In einer SMS schrieb sie Stefan dann noch:

Bitt, sei mir nicht böse, wenn ich nicht komme, ist besser so!

Und er antwortete postwendend:

Weißt du eigentlich, dass du die allererste Frau bist, die mir einen Korb gibt? Kannst du das wirklich verantworten ;-)…Hat das nicht doch eine besondere Bedeutung?! Komm, trau dich, probier es aus!

Stefan konnte fabelhaft verführen, das musste Anna zugeben. Aber sie war im Moment völlig resistent gegen männlichen Charme. Und sie dachte traurig: „Kannst du denn nicht Sebastian heißen und mich, seit ich Fünfzehn bin, küssen und liebhaben?" Servus Depristimmung, wie hab ich dich vermisst!. Man, das Leben kann so blöd sein!
Was wartete eigentlich noch an bescheuerten Prüfungen auf sie?

„Bitte, lieber Gott, zeige ihm, wie dringend ich seine Antworten brauche", betete Anna verzweifelt in jeder Kirche, die sie betrat, zündete die fünfzigste Kerze an und spürte wieder diesen ganz winzigen, törichten Hoffnungsfunken. Nein, die Wünsche kamen bei Basti nie an. Anna sollte nicht mehr mit Sebastian sprechen, die Situation klären, Frieden finden dürfen. Sie schrieben sich noch ein paar böse Mails hin und her, die damit endeten, dass Anna plötzlich Post bekam, die ihr jeglichen Kontakt zu ihm verbot. Jetzt versuchte er sie also tatsächlich noch zur Stalkerin zu machen. Er, der sich über Jahrzehnte hinweg wieder und wieder in ihr Leben eingemischt hatte, nie Ruhe gab, selbst als er endlich wieder mit einer Frau zusammenlebte und hartnäckig ohne Skrupel die erneuten Kontakte der letzten Monate wieder initiiert hatte! Okay, im Austeilen war er wirklich genial. Anna hatte wegen Sebastian extrem gelitten, wäre seinetwegen fast gestorben und hatte das Vertrauen ihres Ehemanns verloren, um nun mit dem Vorwurf der Belästigung konfrontiert zu werden? Ja, dreißig Jahre Beziehung bricht man am bequemsten für immer ab, indem man die Konfliktlösung anderen überlässt, sich selbst feige zurückzieht und entspannt zurücklehnt. Damit erspart man sich unnötige Arbeit mit Aussprachen, wird eine lästige Geliebte ganz schnell und bequem los und hat wieder seine wohlverdiente Ruhe. Kompliment, Sebastian war ein Genie. In seinen Augen war das eine saubere Lösung, die er im Notfall sogar seiner Partnerin als Beweis gemischt mit ein paar netten Unwahrheiten vor die Nase halten konnte, wenn es brenzlig werden sollte, so in der Art: Meine Ex hat mich aus heiterem Himmel ganz penetrant belästigt und wollte wieder was von mir. Aber ich habe ihr die Grenzen aufgezeigt, denn ich liebe ja nur dich, Regina. Als Beweis konnte er dann das anwaltliche Schreiben aus der Tasche ziehen und war damit hundertprozentig glaubwürdig.

Als Anna mit dem ICE von Hamburg nach Bonn fuhr, um ihre Familie zu besuchen, gab es an fast jedem Bahnhof, an dem der Zug anhielt, Erinnerungen an die Zeit mit Sebastian. „Das darf doch echt nicht wahr sein, dass mich überall die Vergangenheit einholt", schimpfte sie. Und noch schöner wurde es in Bonn. Sie musste sogar mit dem Taxi an dem Haus vorbei, in dem der Depp früher mit seiner Familie wohnte. Dann tauchte die Disco auf, in der sie sich kennenlernten. Die gab es tatsächlich immer noch! Und nun fuhren sie auch noch durch die Straße, vorbei an der Ecke, wo sie sich zum ersten Mal küssten. Sollte sie sich einfach die Augen zuhalten? Würde das etwas nützen? Aber der Taxifahrer schaute sie schon ganz komisch von der Seite an und fragte: „Soll ich kurz anhalten? Ist Ihnen nicht gut?" „Nein, geht schon wieder", antwortete sie. Das hätte ihr gerade noch gefehlt, wenn der Taxifahrer ausgerechnet an der Stelle Halt machte, an der sie ihren ersten Kuss erhielt! Anna schüttelte sich, um all die Erinnerungen loszuwerden. Hört das denn

nie auf?, fragte sie sich resignierend und wusste, dass die ganze Geschichte mit Sebastian der schlimmste Fehler ihres
Lebens gewesen war. Aber sie schaffte es nicht, Basti zu hassen, sie schaffte es immer noch nur, ihn zu lieben. Manchmal können Frauen wirklich naiv sein!
Hundert offene Fragen, deren Antworten Anna so dringend brauchte, die sie nie erhalten wird.
Nein, dreißig Jahre voller Leidenschaft, Vertrauen und Zuneigung vergisst man nicht, vergisst man nie, besonders, wenn man nicht versteht. Manche Spuren, die das Leben hinterlässt, sind derartig festgetreten, dass sie sich nicht einfach verwischen lassen.

Sebastian war sicher, das Richtige zu tun. Er feierte seinen Geburtstag. Zufrieden stand er in der Küche und betrachtete das üppige Gourmetbuffet, das er gemeinsam mit Regina vorbereitet hatte: „Ich denke, unsere Gäste werden beeindruckt sein!" Diesmal wollte er es so richtig krachen lassen. Er hatte weder Kosten noch Mühen gescheut. Die vergangenen Monate hatten ihn viel Kraft gekostet. Er konnte kaum zählen, wie oft er seine Partnerin im letzten Jahr belogen, betrogen und angemotzt hatte. „Regina, stell dir vor, wirklich alle haben zugesagt", verkündete er stolz. Die gute Meinung seiner Freunde war Sebastian ungeheuer wichtig. Er galt als vertrauenswürdig, zuverlässig, als ein Fels in der Brandung. Seine Saubermannsweste durfte auf gar keinen Fall befleckt werden! Darauf achtete er penibel! Selbst wenn dafür seine große Liebe geopfert werden musste. Das war dann eben so.
Eigentlich bestand sein Plan darin, an diesem Abend auch die Hochzeit mit Regina bekannt zu geben, aber seine Freundin hatte ja dankend abgelehnt. „Ein Satz mit X, das war wohl nix!", sein Lieblingsspruch traf wieder einmal ins Schwarze. Regina hatte ihm am Morgen schon ihr Geschenk, ein Paar

Walkingstöcke, feierlich überreicht. Sie achtete darauf, dass er sich sportlich betätigte, auch wenn er sich meist sehr ungeschickt anstellte. Ihr war wichtig, dass er noch etliche Kilo abspeckte, sowohl aus gesundheitlichen als auch aus optischen Gründen. Wenn er erst in Rente gehen würde, könnten sie gemeinsam jeden Tag in der schönen ländlichen Umgebung ihre Walkingkreise ziehen. Aber bis dahin mussten noch einige Jährchen gemeistert werden und Sebastian mochte seine Arbeit, wollte sich ein Leben nur noch daheim gar nicht ausmalen. Es klingelte und die Gäste erschienen einer nach dem anderen. „Überraschung, Sebastian", riefen alle, als es erneut an der Haustür schellte, obwohl die Gäste doch schon vollzählig waren. „Wer sind Sie denn?", fragte er völlig verdutzt die vollbusige Schönheit, die in der Tür stand. Und schon dröhnte aus seinem CD-Spieler orientalische Musik, die jemand eingelegt haben musste. Eilig drängelte das junge, attraktive Ding an ihm vorbei in das Wohnzimmer, schmiss in hohem Bogen den Mantel in die Ecke und lieferte, bekleidet mit einem glitzernden Hauch eines fast Nichts, eine perfekt einstudierte Bauchtanznummer ab. Die Stimmung unter den Gästen heizte sich auf. Zugaben wurden verlangt. Viele männliche Gäste sabberten schon. Dann plötzlich standen auch Regina und ihre Freundinnen in funkelnden Bauchtanzkostümen im Raum und präsentierten stolz ihre heimlich einstudierten Tänze. Für ihr Alter bewegten sie sich recht passabel, obwohl die junge Profitänzerin mit ihren aufreizenden Bewegungen natürlich am meisten erregte. Atemlos hingen die begehrlichen Blicke der ganzen „alten Knacker" an diesem reizvollen jungen Wesen. Wenn Sebastian ganz ehrlich war, fand er, dass seine Regina mit ihren schwabbelnden Speckröllchen ganz und gar nicht Lustgefühle in ihm erweckte. Er schämte sich für sie. Kurz flammte der Gedanke an Anna auf. Sie hatte immer gemeint, Bauchtanz gefiele ihr nur bei sehr schlanken Frauen und da musste er ihr nun zustimmen. Aber ganz schnell verdrängte er die Erinnerung an diese Frau wieder, um an seinem schönen Geburtstag nicht auch noch wütend oder sogar noch melancholisch zu werden. Und der reichlich fließende Rotwein und das Bier aus der lokalen Hausbrauerei sorgten dafür, dass der Abend ein sehr fröhlicher und unvergesslicher wurde.

Orts- und Szenenwechsel! Anna lag kraftlos am Boden und flehte mit schwacher Stimme ganz leise: „Basti, hilf mir bitte!" Er schaute in ihr blasses Gesicht, das ihre roten Lippen betonte, die er immer so gerne küsste, drehte sich schnell um und lief weg. „Das ist wieder einer ihrer ganz üblen Tricks", murmelte er in seinen nichtvorhandenen Bart. Vor der Haustür fiel er fast über den Leichenwagen, der dort parkte. „Was macht der denn hier?", fragte er sich panisch, denn der Anblick des schwarzen Autos traf ihn eiskalt. „Anna! War sie tot?" Er wollte zurücklaufen, sie in seine Arme nehmen, ihr Atem einhauchen, sie wärmen, sie wachküssen! Verdammt, warum funktionierten seine Beine nicht? Hilfe, ich muss doch zu ihr!
Schweißüberströmt wachte Basti auf. Hatte er grade wirklich ganz laut nach Anna geschrien? Neben ihm schnarchte Regina lautstark vor sich hin. Verflixt, was träumte er denn da für einen Schwachsinn? Seine Hände waren ganz zittrig. So ein Unsinn, Anna hatte den Unfall doch unbeschadet überlebt, beruhigte er sich.

Sebastian redete sich ein, zufrieden zu sein mit seinem Leben und seinem ach so klugen Vorgehen gegen Anna. Ja, es tat richtig gut, souverän alle Probleme aus der Welt geräumt zu haben. Steril und blitzschnell! Es hatte ihn nicht viel Zeit gekostet. Mit wenigen Klicks wurde ein Anwalt online beauftragt, ein einziger Brief und Anna war für immer in ihre Grenzen verwiesen worden und musste Ruhe geben. Ihm fiel es nicht schwer, die vielen Jahre mit Anna einfach zu löschen. Er war ja nicht sentimental, redete er sich immer wieder ein und glaubte schon fast selbst daran. Endlich hatte er auch sich selbst bewiesen, dass er kein Weichei ist.

Das Leben ging weiter, auch für Anna. Trotzdem tat es so weh, als wäre Sebastian gestorben. Vielleicht sogar schlimmer. Denn er lebte ja. Dreihundert Kilometer entfernt arbeitete und lebte er und sie durfte nie wieder mit ihm sprechen, würde nie mehr erfahren, ob es ihm gut geht und was er so macht. Sie musste loslassen und die vielen offenen Fragen einfach vergessen. Jeden Abend vor dem Einschlafen kamen die Gedanken an ihn, ließen sich einfach nicht verjagen. Wenn sie dann endlich eingeschlafen war, legten die Träume los. Anna verfluchte sie, aber sie zeigten eine extreme Hartnäckigkeit. Immer wieder sagte Sebastian ihr dann, wie wichtig sie ihm sei, wie sehr er sie liebe und dass er ihr immer alles verzeihen müsse! Es gehe einfach nicht anders! Oft lag sie dann glücklich in seinen Armen. Sie führten schöne, aber auch schwierige Gespräche. Im Traum funktionierte das immer. Wenn Anna dann aufwachte, hatte sie die Orientierung verloren und musste mühsam ihr Negativbild von Sebastian zurückrufen, um in die Realität zurückzufinden. Manchmal, wenn die Träume zu schön waren, wachte sie auf und Tränen flossen, weil die Realität sie schonungslos einholte.

Und dann gab es ja auch noch die Baustelle „Ehe mit Julian". Wie sollte es da eigentlich weitergehen?

31

Auf dem Eifelturm

Eines ganz unspektakulären Morgens stand Julian vor der Tür, wedelte Anna mit zwei Flugtickets vor der Nase herum, lächelte sie dabei mit seinen warmen braunen Augen unwiderstehlich an und forderte sie auf: „Bitte, komm mit mir mit auf eine Reise ins Ungewisse!" Positiv überrumpelt schnappte sie sich schnell noch ihre Zahnbürste und Unterwäsche zum Wechseln und ging ohne weiter nachzufragen einfach mit. Sie hatte überhaupt keinen blassen Schimmer, auf was sie sich da nun wieder einließ! Seit fast acht Wochen hatten sie sich nicht mehr gesehen und Anna musste sich eingestehen, welche unglaubliche Ausstrahlung Julian besaß und wie attraktiv er nach wie vor ausschaute. Er verhielt sich ganz ungezwungen. Man merkte ihm überhaupt nicht an, dass zwischen ihm und Anna jemals Konflikte gebrodelt hatten. Im Flieger nach Paris unterhielt er Anna geistreich, witzig, einfach toll! Die Zeit verflog im Nu. „Schau mal, Anna, unter uns liegt die Stadt der Liebe!" „Beeindruckend, Julian, ich freue mich auf dieses Wochenende", antwortete sie und zappelte dabei schon ungeduldig auf ihrem Sitz herum. Von der Hygiene und Ausstattung billiger Hotels in Paris hatte Anna allerdings schon manche Horrorgeschichte gehört und dem Sparfuchs Julian konnte man zutrauen, dass sie womöglich sogar in einer Jugendherberge absteigen würden. Und tatsächlich, am Flughafen in Paris meinte er: „Weißt du Anna, die Hostels hier sind richtig teuer. Eine Frechheit ist das! Wie soll man das eigentlich noch bezahlen?" „Na, toll! Wenn ich vorher gewusst hätte, dass du mich in eine Jugendherberge entführst, würde ich jetzt gemütlich mit Macho auf dem Bauch daheim auf meinem Sofa liegen und mir einen Liebesfilm reinziehen", stöhnte sie wenig begeistert. „Ach, Annalein, in der Stadt der Liebe pfeifen wir doch auf luxuriöse Unterkünfte", neckte Julian sie weiter.

Ein bisschen Nervenkitzel konnte ihr seiner Meinung nach nicht schaden. Er wollte die Wirkung seiner sorgfältig vorbereiteten Überraschungen mit seinem Jugendherbergegenecke nur steigern. Das von ihm tatsächlich gebuchte First-Class-Fünf-Sterne-Hotel lag direkt neben der Pariser Oper. „Anna, mach den Mund zu", forderte Julian seine staunende Frau respektlos auf. Zwei vornehme Hausdiener schleppten eifrig ihr Gepäck durch das Hotel und im Zimmer stand ein weiterer Hausangestellter und begrüßte das Paar mit einstudierter Höflichkeit und einem Gläschen edelstem Champus. Julian hatte die teuerste Suite mit traumhaftem Blick auf die Seine und direktem Zugang zu einem ganz privaten Whirlpool auf dem Dach in der obersten Etage gebucht. „Sag mal, verprassen wir grade deinen heimlichen Lottogewinn?", fragte Anna überrascht, aber auch mächtig beeindruckt, denn solche Verschwendungssucht kannte sie gar nicht an ihm. „Vielleicht", antwortete dieser verschmitzt. Anna beeile dich bitte, denn in vier Stunden fängt die Vorstellung in der Oper an, für die ich unter enormem Aufwand

Tickets besorgen konnte, und wir wollen doch pünktlich sein."
Hatte sie sich verhört? Oper? Julian? Das konnte doch gar nicht sein! „Vorher müssen wir allerdings noch Kleidung für dich organisieren!" Julian trieb sie zur Eile an: „Los jetzt, Madame, shoppen steht auf dem Programm. Wie jetzt? Ihr Mann wollte freiwillig mit ihr einkaufen gehen? Und eine weitere Überraschung ließ nicht auf sich warten. Sie waren tatsächlich im Modehaus Dior angemeldet und Julian hatte dort ein umwerfendes himmelblaues Abendkleid für Anna reserviert. Und es passte perfekt. „Nimmst du das, oder möchtest du weitere anprobieren?", fragte Julian lachend seine völlig perplexe Frau. „Julian, das können wir nicht bezahlen", protestierte sie energisch, egal ob die anwesenden Verkäufer das jetzt mitbekamen. „Anna, lass das mal meine Sorge sein", erwiderte Julian und unterstütze Anna dabei, noch ein weiteres Kleid, zwei Blusen, einen Pulli und zwei Röcke auszuwählen. „Du sollst ja nicht nackt durch Paris laufen, mein Schatz, obwohl die Vorstellung durchaus ihre Reize hat!"
„Mensch Julian, gut dass die vornehmen Verkäufer das jetzt nicht verstanden haben!", regte Anna sich auf.
Doch dann strahlte sie wieder glücklich: „Heute komme ich mir vor, wie ein IT-Girl."
Julian instruierte die Verkäufer: „Schicken Sie die ganze Kleidung bitte umgehend in unser Hotel! Wir brauchen sie noch heute Abend!" Anna musste lächeln. Faszinierend, wie selbstbewusst und souverän er in diesem edlen Modehaus auftrat.

Und es kam noch überraschender. In der Oper führten sie das das Ballett Schwanensee auf und Julian schlief während der Aufführung nicht ein. „Sag mal, hast du ein Verhältnis mit einem der Tänzer?", fragte Anna in der Pause und war immer noch irritiert von seinem völlig untypischen Interesse am Ballett. „Nein, danke", entgegnete Julian, „die sind doch alle viel zu mager!" An diesem Abend erreichte Annas Glück Vollkommenheit. Ein Ballett in der Pariser Oper war einer ihrer bisher unerfüllten Träume geblieben. Julian kannte sie doch erstaunlich gut. Danach entführte er sie im Hotel noch in den gutgeheizten Pool auf der Dachterrasse. Anna wunderte sich schon nicht mehr. Wellnesspools waren für sie schon immer ein Non-Plus-Ultra des Lebens. Im warmen, blubbernden Zauberwasser, Haut an Haut, bat Julian: „Erzähl mir bitte, warum du ausgerechnet eine Affäre mit diesem Sebastian eingingst! Wenn es nötig ist, nehme ich mir die ganze Nacht für deine Geschichte!" Und Anna gestand Julian ihre Leidenschaft, alle ihre verwirrten Gefühle für den ersten Mann ihres Lebens, erzählte die ganze Geschichte, schonungslos und weinte dabei sehr viel. Aufmerksam hörte Julian zu und an vielen Stellen hatte Anna den Eindruck, dass auch er einen Kloß im Hals hatte und schlucken musste, so sehr nahm es ihn mit. Als alles erzählt war, wurde Julian unendlich wütend. „Anna, dieses rücksichtslose Scheusal hat dich beinahe getötet! Er ist es nicht wert, dass du noch an ihn denkst! Dieser Mistkerl liebt nur sich selbst! Okay, ich habe in den letzten Jahren auch zu viel an mich und zu wenig an dich und uns gedacht, habe dich in dieses Fiasko hineingetrieben, habe auch betrogen. Aber ich gebe diesen Fehler offen zu, schäme mich dafür und entschuldige mich in aller Form bei dir." Ihre Aussprache zog sich durch die ganze Nacht. Julians Offenheit beeindruckte Anna und tat ihr gut. „Sebastian hatte kein Recht, dich so sehr zu quälen. Am liebsten würde ich diesen Kerl wegen seelischer Grausamkeit verklagen und ein Dutzend Wunderkerzen in seinem Allerwertesten entzünden!", ergänzte Julian noch. Anna hatte nicht damit gerechnet, dass er mit ihren schweren Verfehlungen so fair umgehen konnte und trotzdem noch zu ihr hielt. Gegen diesen großherzigen Mann war Sebastian nur ein engstirniger, verkniffener Egomane. Schade, Julian verkörperte wieder einen dieser fantastisch aus sehenden Männer, die für die Frauenwelt nicht mehr erreichbar waren. Anna hatte in ihrem Leben schon mehrfach erlebt, dass die schönsten und nettesten Männer homosexuell waren.

„So Anna, dein Traum wurde gestern mit Ballett erfüllt, heute muss meiner real werden", beschloss Julian beim Frühstück, das ihnen in der Suite serviert wurde. Bei Anna machte sich Unruhe breit, denn sie wusste, was das jetzt bedeutete. „Willst du den Eifelturm wirklich zu Fuß besteigen?", fragte sie vorsichtig. Wie bitte sollte sie in ihrem angeschlagenen Gesundheitszustand diesen Turm bezwingen? Natürlich wollte sie ihrem Mann gerne den Gefallen tun.
„Na sicher, Anna und keine Sorge, zusammen schaffen wir beide das!" Julian ließ sie in diesem Glauben. Dieser Nervenkitzel musste jetzt einfach sein. Zu Annas Erleichterung nahmen sie dann doch den Aufzug. „Weißt du, ich würde dich ja auf Händen auf den Turm tragen, aber meine Bandscheibe, du erinnerst dich?", musste Julian dann doch kapitulieren.
„Du Schlitzohr, immer veräppelst du mich!", lachte Anna erleichtert.
Herrlich, der Blick auf die Stadt der Liebe. Es dämmerte schon und ein Lichtermeer lag zu ihren Füßen.
Julian nahm Anna sanft in den Arm und begann: „Schatz, hör mal! Du bist immer die Frau gewesen, die mich verstanden hat, die mich aufgefangen und mich eingefangen hat! Dafür bin ich dir unendlich dankbar! Komm zu mir zurück und lass uns weiter als gute Freunde zusammenleben. Als Team waren wir doch immer perfekt! Ich vermisse dich! Mir ist klar, dass ich meinen Teil dazu beigetragen habe, dass du dich anders orientiert hast und dafür entschuldige ich mich hier und jetzt!"

„Julian, wenn du das so sagst, fühle ich mich entsetzlich schuldig!", erwiderte Anna bedrückt.

„Nein, Anna, das musst du nicht."

„Aber, Julian, wenn du deinen Traummann triffst, sei bitte ehrlich! Dann räume ich das Feld. Lass uns da keine halben Sachen mehr machen!" Sie sah diesen attraktiven, verständnisvollen Mann an, der gerade in Paris hoch oben auf dem Eifelturm stand und sie so unglaublich lieb mit seinen wunderschönen warmen braunen Augen anstrahlte.

„Der Alltag hat so vieles zerstört, lass es uns hinbekommen, alles, was möglich ist, zu reparieren! Und Sex wird doch im Endeffekt definitiv überbewertet.", meinte Julian nur.

Und wie Anna das wollte! „Verzeih mir, Julian, ich war blind! Du glaubst gar nicht, wie sehr du mir in den letzten Wochen gefehlt hast. Aber ich bin doch eine kranke Frau. Ich bin dir doch nur noch eine Last!"

„Nein, ganz und gar nicht. Wir schaffen das, Hauptsache du bist bei mir! Das ist mir sehr wichtig, auch wenn ich sexuell in eine andere Richtung gewechselt habe. Und Anna? Juliane und Michael sagen wir nichts von dem ganzen Drama, okay?

Selbstverständlich besuchten sie vor ihrer Abreise noch eine Pariser Revue, in der hundert barbusige Revuegirls über die Bühne hüpften und freche Ohrwürmer sangen und Julian ganz schön beeindruckten. „Anna, so viele nackte Busen auf einem Haufen können selbst den stärksten Mann erschlagen!", meinte er humorvoll und dann lachten sie beide und konnten gar nicht mehr aufhören. Seit Monaten ging es Anna zum ersten Mal wieder richtig gut. Sie fühlte sich unglaublich glücklich, optimistisch und zufrieden. War das vielleicht ein Signal, dass sie doch wieder ganz gesund werden würde? Kompliment Paris, du Stadt der Liebe, du hast es tatsächlich geschafft, die Harmonie wieder herzustellen und Menschen glücklich zu machen! Bis dass der Tod uns scheidet, hatten sie sich versprochen, und daran konnten beide jetzt endlich wieder glauben! Es musste auch ohne Sex einen Weg geben, glücklich zu sein.

Und Annas Verstand meldete sich: Siehst du, das Schicksal meint es immer noch gut mit dir. Du hast dir damals den absolut richtigen Mann ausgesucht und geheiratet. Es war die einzig richtige Intuition. Immerhin hast du mit diesem wundervollen Mann die schönsten Kinder der Welt bekommen! Obwohl du Julian belogen und betrogen hast, steht er zu dir, will dich versorgen, egal wie krank du bist. Kapier endlich: Sebastian war immer die falsche Wahl! Mit dem wärst du niemals glücklich geworden! Ganz deutlich sah Anna das alles jetzt vor sich. Und diesmal verstand Anna. Endlich!

32

Mit sich selbst ins Reine kommen?

Mitternacht, verkündete der Schlag der nahen Kirchturmsuhr. Geisterstunde. Basti wälzte sich im Bett hin- und her.
Als er zur Seite blickte, traute er seinen Augen nicht! Da lag ja Anna wie ein Bettvorleger neben seinem Bett auf dem kalten Fußboden. Sie schien Probleme mit der Luft zu haben, denn sie atmete ganz schwer. Verstört blickte er auf die andere Seite seines Bettes. Oh nein, da rekelte sich friedlich schlummernd seine Regina. Ganz offensichtlich lag er jetzt zwischen Anna und Regina. Eine ganz fürchterliche Situation! Träume ich?, fragte er sich irritiert. Aber er hörte Anna doch ganz deutlich! Ihr schwerer Atem beunruhigte ihn, ihre Luftnot wurde immer größer. Oh Gott, sie erstickt! Was mache ich? Panisch schaute er von Anna zu Regina und wieder zurück zu Anna. Sie stirbt! Ich muss Hilfe holen! Schnell! Aber er konnte nicht aufstehen. Das Bett schien ihn festzuhalten. Mit aller Kraft versuchte er herauszukommen. Doch Regina schien ihn festgeschnallt zu haben, er konnte sich nicht bewegen. Ja, da war doch was gestern Abend. Jetzt erst bemerkte er, dass seine Hände und Füße mit Handschellen an den Bettrahmen gekettet worden waren.
„Regina, mach mich sofort los! Ich will nicht, dass Anna stirbt! Nein, nein, meine Anna! Hilfe, Hilfe!", schrie er verzweifelt.
Aber Regina begleitete seine entsetzten Schreie nur mit hämischem Gelächter.

„Sebastian, wach auf!" Regina rüttelte ihn unsanft. „Was träumst du? Du schreist ja im Schlaf!" Schon wieder so ein Traum. Anna! Die Gedanken an diese Frau verfolgten ihn immer noch ganz hartnäckig bis in seine Träume. „Es reicht", schimpfte er leise, „verzieh dich endlich aus meinem Denken, Anna!"

Ungewollt war durch eine Unachtsamkeit beim Verstecken des Annahandys Sebastians Betrug bei seiner Freundin aufgeflogen. Regina hatte das Handy in die Hände bekommen, seine SMS gelesen, ein riesiges Theater veranstaltet und war ausgezogen. Ganz unnötig, Bastis Meinung nach, schließlich waren die Dinge mit Anna doch längst verjährt. Nun stellte sich ihm die schwierige Frage, ob und wie er seine Beziehung retten sollte. Erstaunlicher Weise rang der sonst so bequeme Sebastian sich dazu durch, nicht die Kriech- und Bitte-Verzeih-Mir-Nummer Regina gegenüber durchzuziehen. Nein, er hatte sich endlich entschieden, emotionale Verdrängungen aufzuarbeiten, denn eins war ihm mittlerweile bewusst geworden: Regina war immer nur seine zweite (wenn nicht gar die dritte) Wahl. An erster Stelle hatte sein ganzes Leben lang Anna gestanden. Deshalb trennte er sich von Regina und fühlte sich nun enorm befreit.

So, und jetzt wurde es dringend nötig, Nägel mit Köpfen zu machen. Er suchte sich eine Psychologin mit gutem Ruf, lange Wartezeiten bei der Terminvergabe trotz Privatpatientenstatus inbegriffen, und war schrecklich aufgeregt, was diese aus den Tiefen seines Bewusstseins ausgraben würde.
„Hallo, Herr König, wie kann ich Ihnen helfen?", begrüßte eine attraktive Blondine, großzügig geschätzt in den Dreißigern anzusiedeln, Sebastian lächelnd. Er fühlte sich gut in Gesellschaft dieses unglaublich attraktiven weiblichen Exemplars.

Genau die richtige Atmosphäre für den steifen, viel zu verkrampften Mann, um sich endlich einmal öffnen zu können. „Bei mir hatten es alle Frauen immer extrem gut", begann Basti zunächst selbstgefällig. Aber irgendwann drückte die fähige Seelenklempnerin dann den richtigen Knopf und Sebastian erzählte offen seine durchaus nicht eintönige, aber auch sehr schmerzliche Lebensgeschichte. Verständnisvoll bedauerte die Ärztin ihn: „Diese Anna hat Ihnen wirklich schlimm zugesetzt. Nicht sehr einfühlsam und extrem demütigend, wie sie sich Ihnen gegenüber in der Jugend verhielt!" Sebastian fühlte sich verstanden und taute immer mehr auf. Zum ersten Mal seit langer, langer Zeit. In wochenlangen Sitzungen, zu denen Sebastian mittlerweile ausgesprochen gerne ging, arbeiteten sie die ganze Anna-Sebastian-Katastrophe auf. Schonungslos konfrontierte die Ärztin ihn: „Herr König, haben Sie nie aufgehört, für Anna Gefühle zu haben? „Kann nicht sein", blockte er ab. „Und die Demütigungen, die diese Frau ihnen zufügte? Die sind doch in ihren Erzählungen dauernd präsent!" „Nein, nein!", entgegnete Basti abwehrend, „mit dieser Frau habe ich abgeschlossen! Für immer und ewig!" Eine durchaus typische Reaktion und reiner Selbstschutz. Damit hatte die Ärztin gerechnet. Dass Anna Sebastians Vertrauen zerstört hatte und nach und nach immer mehr zur Negativfigur für ihn wurde, hatte sie auch selbst zu verantworten. Doch die Vergewaltigung, die dieser Mann dann auch ganz offen und ohne Ausreden zugab, brachte sogar die erfahrene Psychologin aus der Fassung. „So etwas ist unentschuldbar, Herr König. Fühlen Sie sich denn schuldig?", fragte sie behutsam und Sebastian hatte zerknirscht zugegeben: „Ist überhaupt nicht meine Art, ich verstehe mein Verhalten bis heute nicht! Nur bei Anna verliere ich sexuell derartig die Kontrolle! Ich weiß selbst nicht, was das zwischen uns ist. Da haben Hexen, Zauberer und unheimliche Geister ihre Finger im Spiel. Sie tut mir nicht gut! Ich dachte in der Situation sogar, das Rollenspiel, als das ich selbst das Ganze ansah, gefällt ihr. Sie war doch sonst immer so fantasievoll und kreativ!" „Das war ihre grenzüberschreitende Methode, Anna endlich zu zeigen, dass sie der Chef ist", hatte die Psychologin ihm dann erklärt. „Sie wissen, dass Anna sie dafür anzeigen kann? Tut es Ihnen denn leid? Fühlen sie sich schuldig?" Sebastian wich wieder und wieder aus. Zuletzt aber brach er unter der ungeheuerlichen Last seiner Schuld zusammen, musste er sogar heulen, weil er sich so schlecht vorkam. „Am liebsten würde ich mich selbst anzeigen. Was meinen Sie?" Die Ereignisse lasteten, seitdem sie geschehen waren, wie schwere Felsbrocken auf seiner Seele. „Herr König, diese Entscheidung müssen sie alleine treffen! Wenn es Ihnen hilft, dann sollten sie es tun, ansonsten ist es aber wichtiger, dass sie ehrliche Reue und Einsicht zeigen und sich nie wieder an einer Frau vergreifen werden, egal, wie schlimm sie sie verletzt!" „Selbstverständlich werde ich das nicht!", beteuerte Sebastian zutiefst bereuend. „Wie gesagt, Anna sorgte immer wieder dafür, dass ich die Kontrolle verlor. Besonders auch sexuell! Deshalb werde ich mich von ihr fernhalten!"

Insgesamt hatten Ärztin und Patient dann das Fazit gezogen, dass beide, Sebastian und Anna gemeinsam Schritt für Schritt die Katastrophe initiiert hatten. Sebastian spürte Erleichterung, endlich den ganzen komplexen Mist artikulieren zu können. „Aber es liegen noch so viele Dinge unausgesprochen im Raum, Herr König! Irgendwann sollten sie und Anna noch einmal miteinander reden. Eine Aussprache brauchen sicher beide Seiten ganz dringend! Das kann ich Ihnen leider nicht abnehmen", meinte die Psychologin zum Abschied und drückte ihm dabei ganz fest die Daumen, dass er sich im Laufe der Zeit dazu durchringen könne. „Nein!", antwortete Basti stur und legte noch zwei weitere Reihen Steine auf die Mauer, hinter der er sich verkroch, „mit Anna wünsche ich keinerlei Kontakt mehr! Nie wieder!" Schade, dachte die Psychologin, denn er ist irgendwie ein ganz netter, aber auch ein extrem sturer und unflexibler Kerl. Er liebt seine Anna noch…

33

Wer hätte das gedacht?

Seit dem endgültigen Kontaktabbruch zwischen Anna und Basti waren drei Jahre vergangen.

Im letzten Monat war Sebastians Mutter unter Höllenqualen gestorben und das hatte den Sohn enorm mitgenommen. „Bastian", fing sie in den letzten Wochen immer wieder an, wenn die Schmerzmittel es zuließen, „melde dich bei Anna. Ich bin mir sicher, ihr beide seid füreinander bestimmt!" Sie sah deutliche Parallelen zu ihrem eigenen Leben. Nach dem Tod von Bastis Vater, mit dem sie nie glücklich war, hatte sie endlich den Mut gefunden, mit ihrer Jugendliebe zusammenzuziehen und hatte mit diesem Mann noch viele wunderschöne Jahre verleben können. „Basti, ich habe in meiner Jugend genau wie Anna meine Jugendliebe einem optisch schöneren Mann geopfert! Das war ein riesengroßer Fehler! Bitte gib Anna noch eine Chance! Ich bin mir sicher, ihr seid füreinander bestimmt! Du liebst sie, ich weiß es. Steh deinem Glück nicht weiter im Weg!" Sie kannte die Sturheit ihres Sohnes, mit der er sich manchmal enorm selber schadete. Er hatte es ihr nicht versprochen.

Im Leben weiß man nie, was das Schicksal für den nächsten Tag geplant hat. Diesmal war Sebastian selber mit einem leichten Schlaganfall in die Klinik eingeliefert worden. „Herr König, Sie haben enormes Glück gehabt", gaben die Ärzte Entwarnung, „Sie werden keine bleibenden Schäden zurückbehalten!" Gelangweilt hatte er ans Bett gefesselt sehr viel Zeit, über sein Leben nachzudenken und zu sich selbst zu kommen.

Anna kam ihm in den Sinn. Auch sie lag damals ähnlich im Krankenhaus. Allerdings war ihr Zustand im Gegensatz zu seinem extrem lebensbedrohlich. Damals ignorierte er ihre Krankheit einfach, hatte sie nicht ein einziges Mal besucht, obwohl er wusste, wie sehr er ihr fehlte.

Aber Annas Existenz hatte er doch längst verdrängt, den Speicherstick mit allen Erinnerungen an sie gelöscht. Oder? Nein, Anna und ihr Schicksal interessierten nicht! Eigentlich! Doch plötzlich waren da wieder seine Schuldgefühle und die belasteten ihn zunehmend. Als sie vor mehr als drei Jahren so gerade überlebte, hatte er ohne Rücksicht auf Verluste ihre Liebe zertrampelt. Er wollte sie nicht, sie gefährdete sein sicheres, ruhiges, exakt berechnetes und geplantes Leben. Sie hätte ihn sehr leicht in ihre emotionalen Strudel hineinziehen können. Davor musste er sich schützen. Aber jetzt, im Krankenhaus, als er sich schonen sollte, wurde ihm sehr bewusst, dass er sich so, wie es gelaufen war, nicht von dieser Frau, die er sehr geliebt hatte, verabschieden wollte und die, wenn er einmal ehrlich zu sich selbst war, ihm fast sein gesamtes Leben sehr viel bedeutete. Hier musste er sich einen Ruck geben, seine Wut abstellen und Dinge klären. Auch wenn es ihn eine enorme Überwindung kostete. Er hatte seit vier Jahren nichts mehr von ihr gehört.

Lebte sie überhaupt noch?

Hatte ihre Ehe den Stress ausgehalten?

Wie reagierte ihr Mann, als die Briefe von Sebastians Anwalt im Briefkasten lagen?

Hatte Julian sie aus dem gemeinsamen Haus geworfen?

War sie wieder gesund?

Hatte sie längst einen neuen Liebhaber als Ersatz für ihn gefunden?

Fragen über Fragen! Aber endlich ließ er die Fragen zu.

Entgegen all seinen sonstigen Prinzipien rief Sebastian Anna jetzt doch an. Tatsächlich, die Telefonnummer war noch aktuell. „Hallo Anna! Ich liege im Krankenhaus, kannst du kommen?"
„Fahr Anna, ich sehe doch, es belastet dich und du brauchst die Begegnung mit Basti jetzt", ermunterte Julian sie sogar. Und Anna eilte gleich am nächsten Tag trotz Stress im Job und zweihundert Kilometern Anreise an Sebastians Krankenbett.
„Anna, wie schön, dass du kommst", begrüßte der Kranke sie erfreut, war jedoch über ihr Aussehen ziemlich schockiert. „Man, du hast aber gewaltig abgenommen!" Ihre wilden langen Locken umrahmten noch widerspenstig ihr schmal gewordenes Gesicht und fielen über ihre Schultern. Ihn überkam spontan der Wunsch, ihr die Haare zu zerzausen, sein Gesicht in ihnen zu vergraben und Anna ganz nah bei sich zu haben. Ihre blauen Augen sahen sehr müde aus und nicht mehr so optimistisch herausfordernd wie sonst. Sie wirkte zerbrechlich, sehr blass und mit Sicherheit noch ziemlich krank. Obwohl er selber geschwächt im Bett lag und sich unbedingt schonen sollte, überkam ihn das unglaubliche Bedürfnis, sie beschützen zu müssen, ganz fest in die Arme zu nehmen und sie nie mehr loszulassen. Viel zu spät! Das wäre doch schon vor Jahren fällig gewesen, durchfuhr es ihn. Anna näherte sich zärtlich lächelnd seinem Bett, strahlte von innen heraus, als sie ihn erblickte. Dieses Blitzen in ihren Augen, wenn sie ihn anschaute, berührte ihn. Sebastian sah ihr an, wie sie versuchte, die Kontrolle nicht zu verlieren, ihre Gefühle für ihn zu verstecken! „Sag mal, was machst du für Sachen?", fragte sie betont locker, „brauchtest du eine Auszeit von der Arbeit, du Schlimmer?", und überreichte ihm einen riesigen Kaktus mit spitzen Stacheln.

„Blumen für den Kranken, gehört sich doch so, oder?" Dabei lächelte sie verschmitzt.

„Anna, lass uns reden", begann Sebastian ohne überflüssige Höflichkeitsfloskeln.

„Aber", setzte Anna mit besorgter Miene an und Sebastian war klar, dass sie jetzt die Sorge um seine Gesundheit äußern würde.

„Nein, hör bitte zu! Als ich hier lag, ist mir bewusst geworden, dass ich dir noch Einiges erklären will! Ich möchte nicht irgendwann vielleicht ganz plötzlich sterben, ohne mich mit dir ausgesprochen zu haben. Ich habe mein Leben lang Gefühle für dich gehabt und das war nicht dadurch vorbei, dass mein Anwalt dir den Kontakt verboten hat, auch wenn die Gefühle sich sehr ins Negative verkehrt hatten. Das war reiner Selbstschutz. Ich war so wütend, Anna! Und wenn ich ärgerlich bin, dann geht bei mir gar nichts mehr! Dann habe ich den Tunnelblick!"

„Ich weiß!", erwiderte Anna sehr ernst und schluckte und war innerlich extrem aufgewühlt. „Du hast mich oft genug davor gewarnt! Weißt du, Sebastian, das mit uns sollte und später durfte es nicht mehr sein. Das war uns beiden doch auch immer bewusst! Warum hattest du Panik, dass ich mehr wollte? Ich hatte nie vor, dich zu bedrängen, geschweige denn zu zwingen, Regina im Stich zu lassen, um mit mir zusammenzuleben! Aber ich konnte nicht damit klarkommen, dass du mich plötzlich nur noch extrem negativ sahst, mir misstrautest und mich nur noch los werden wolltest! Um jeden Preis! Dazu warst du mir mein Leben lang viel zu wichtig." Besorgt schaute sie Sebastian an: „Wird es dir zu anstrengend?"

„Nein, nein, es war mein Wunsch diese Dinge zu klären!", entgegnete er.

„Weißt du, verstanden habe ich dich überhaupt nicht mehr, wäre toll, wenn du mir da helfen könntest", sagte Anna nun

zögernd. „Deine Härte führte dazu, dass auch ich vom Teufel geritten wurde und es darauf anlegte, dich schlimm zu verletzen!" Sebastian nickte bedrückt. „Das ist uns beiden perfekt gelungen, Anna!"
„Auch wenn es darauf hinausgelaufen wäre, dass du mir ehrlich gesagt hättest: „Anna, du bedeutest mir nichts mehr", ergänzte sie, „hätte mir das geholfen! Ich brauchte dringend Antworten von dir. Du hast mich so sehr alleine gelassen", und sie begann zu zittern in Erinnerung an diese schrecklichen Erlebnisse, die für sie zu einem sehr hässlichen Trauma geworden waren.
Basti ergriff ihre Hand und streichelte sie beruhigend: „Nein Anna, meine Gefühle für dich waren immer da, sogar extrem heftig. Aber ich war einfach nicht mehr jung genug, belastbar genug, um die ganzen Aufregungen zu ertragen. Deshalb wählte ich den egoistischen und einfachsten Weg. Das war reiner Selbstschutz! Vielleicht verstehst du ja jetzt", und damit spielte er auf seinen Schlaganfall und seinen Aufenthalt im Krankenhaus an. „Aber in den letzten Tagen ist mir etwas klar geworden, Anna! Ich habe dir gegenüber schreckliche Schuld auf mich geladen, die sich nie wieder gutmachen lässt! Die Grenzen dir gegenüber habe ich in meiner Wut hemmungslos in jeder Beziehung überschritten. Meine Gefühle für dich waren einfach immer noch viel zu stark. Da ist diese unerklärliche Anziehung zwischen uns, die mir manchmal unheimlich ist, vor der ich weglaufen wollte! Aber eins weiß ich jetzt ganz genau: Wir beide gehören zusammen! Immer schon! Das Schicksal ließ uns da gar keine andere Wahl! Du musst mir heute nicht antworten, aber überleg dir, ob du zu mir kommen möchtest! Das wäre mein allergrößter Wunsch!" Dabei schaute er Anna so liebevoll an, dass diese ganz rot wurde.
„Ich habe mich übrigens schon vor einiger Zeit von Regina getrennt und bin wieder Single. Aber ich bin nicht stolz darauf,

dass ich immer nur den bequemsten Weg wählte und dich so alleine ließ. Ich möchte dich jetzt nicht unter Druck setzen! Und ich kann auch gut verstehen, wenn du mich heute, nach allem, was ich dir antat, ablehnst! Entscheide selbst, was für dich das Beste ist!"

Das letzte, was ich noch zu hören bekam, war Annas Äußerung: „Sebastian, du weißt, dass ich dir nicht lange böse sein kann. Auch ich habe mich dir gegenüber unmöglich verhalten. Weil wir uns so gut kennen, wissen wir sehr genau, wie wir uns am Nachhaltigsten verletzen können und das taten wir in Perfektion! In den letzten Jahren, als du für mich endgültig verloren schienst, habe ich mir immer wieder zum Trost gesagt: Es gibt Dinge in unserem Leben, die kann mir keiner mehr nehmen: Ich war das erste Mädchen, das du geküsst hast, deine erste Freundin, die erste, mit der du geschlafen hast und deine einzige Affäre. Auf all diese Dinge bin ich unendlich stolz und die Erinnerung daran machte und macht mich glücklich."

Sebastian lächelte über Anna. Das war jetzt wieder genau die Anna, die er sehr mochte. Sie konnte immer noch das Gute in allem finden. Und ihr grenzenloser Optimismus war schon immer etwas, was dem melancholischen, schwerblütigen Mann unglaublich gut tat.

Endlich hatten die beiden Streithähne den Weg beschritten, sich auszusprechen und der weitere Inhalt geht nur noch die Beiden etwas an. Was sie daraus machen werden, wird die Zukunft zeigen…

34

Jetzt meldet sich sogar noch Anna zu Wort

Die Erzählerin hätte Euch, liebe Leser mit diesem offenen Ende abgespeist. Da ich Romane ohne eindeutige Lösungen am Schluss wie die Pest hasse, habe ich mich doch noch durchgerungen, ein Nachwort zu schreiben.

Als ich nach dem Besuch bei Sebastian aus der Klinik kam, war ich sichtlich mitgenommen und sehr aufgewühlt. Das Emotionskarussell drehte sich wie wild. Julian bemerkte es sofort. „Anna, ich nehme mir heute Nachmittag früher frei, mir scheint, du brauchst das jetzt! Krisengespräch um siebzehn Uhr bei einer Latte? Mache ich bei dir sogar ohne Krankenschein", versuchte er zu scherzen. „Gerne, Termin verbucht!", antwortete ich. Julian war ein einfühlsamer, geduldiger Zuhörer. „Anna, ich sehe doch, dass dir Sebastian immer noch unglaublich wichtig ist", meinte er und ich nickte. „Wenn dem so ist, hast du mir gegenüber keinerlei moralische Verpflichtungen. Das weißt du, oder?" Wieder nickte ich.
„Anna, manchmal ist ein Neuanfang auch genau die richtige Option!"
„Julian, ich brauche jetzt Zeit! Im Moment weiß ich gar nichts mehr und bin völlig durcheinander!"
„Ich muss dir allerdings auch etwas beichten", setzte Julian an, „und hoffe, dich damit nicht in ein noch größeres Chaos zu stürzen!"

Hatte ich jetzt ein Déjà-vu? Als ich ihm das letzte Mal meine Beziehung mit Sebastian gestehen wollte, lief da das Gespräch nicht genau so ab? Ich wollte beichten und letztendlich gestand Julian!

„Du kennst Stefan noch?", fuhr Julian fort.

„Aber sicher, sieht der immer noch so fantastisch aus?", fragte ich neugierig.

„Anna, mit Stefan hatte ich schon vor ein paar Jahren einen sehr heftigen Flirt und ich glaube, diesmal hat es uns so richtig erwischt, als wir uns wiedergetroffen haben. Jetzt hat er es endlich geschafft, seiner Frau alles zu gestehen und sich von ihr zu trennen, um zu einer Beziehung mit einem Mann offen und ehrlich stehen zu können. Kein leichtes Unterfangen, du weißt..." Ich wunderte mich über mich selbst, als ich ganz entspannt und lächelnd erwiderte: „Oh, Julian, das freut mich für euch! Bring ihn heute Abend doch einfach mit zu uns, dann koche ich etwas Delikates." Der Abend wurde tatsächlich richtig schön. Julian und Stefan verwöhnten mich, nahmen Rücksicht auf meinen emotionalen Schwindel, versuchten, perfekte Ratgeber zu sein und ereiferten sich fast mehr als ich, meine Probleme anzugehen. Einmal dachte ich melancholisch: Mist, diese attraktiven Männer werden nie mehr der Frauenwelt als Lover zur Verfügung stehen. Eigentlich bedauerlich! Aber ich hütete mich davor, den beiden diese Gedanken zu verraten. Außerdem waren sie ein wunderschönes Paar.

Und heute? Interessiert es Euch tatsächlich, was aus uns geworden ist? Haltet Euch fest: Es gibt zwei frisch vermählte Paare! Vier Wochen nach unserer Scheidung flogen wir zu Viert in die USA und es gab eine Doppelhochzeit in Las Vegas. Julian heiratete Stefan (natürlich ohne die Anwesenheit der Schwiegermutter, die das zu dem Zeitpunkt noch nicht verar-

beiten konnte) und ich, auch wenn ihr mich für total bescheuert erklärt, meinen Sebastian.
Das ist mittlerweile schon drei Jahre her und ich bereue keine einzige Minute meinen Mut. Basti und ich, wir tun uns einfach nur gut und unsere gesamte Liebesgeschichte mit allen Höhen und Tiefen hatte das Schicksal von vornehrein so geplant. Dadurch, dass wir beide einmal durch die Hölle und zurück geritten sind, ist unsere Liebe nur noch stärker und intensiver geworden. Da bin ich mir ganz sicher!!

Julian und Stefan, ein knuffliges Vorzeigeehepaar, sind ständige Gäste bei uns. Manchmal habe ich schon überlegt, ob wir vier nicht einfach eine WG aufmachen sollten, denn ich genieße das harmonische Zusammensein mit meinen drei Männern immer außerordentlich. Auch der Kater und die Zwillinge haben die Situation ohne Probleme angenommen. Der steinalte Macho geht leidenschaftlich fremd, seitdem er mitbekommen hat, wie harmonisch Sebastian und ich miteinander leben. Nun sitzt er stundenlang schnurrend auf Bastis Schoß, (dem das sehr recht ist, um sich vor der Hausarbeit zu drücken), ohne mich eines Blickes zu würdigen, dass ich manchmal echt eifersüchtig werden muss. Und die Schwiegermutter ist ebenfalls um eine ganz besondere Lebenserfahrung reicher. Sie hat die zweite Ehe Julians nach einiger Zeit akzeptiert. „Heute ist das doch völlig normal", erzählt sie jedem, der sie dumm anredet und schwärmt in den höchsten Tönen von dem durchorganisierten Männerhaushalt. Erstaunlicher Weise scheint sie ausgerechnet an Stefan einen Narren gefressen zu haben und überschüttet ihn mit brandaktuellen Designerklamotten, wie früher ihre Enkelchen. Stefan trägt sie begeistert, denn die Schwiegermutter hat ein Händchen dafür, den richtigen Geschmack zu treffen und er sieht in ihnen nebenbei noch ganz umwerfend aus. Sebastian liebe ich genau so, wie er ist, wie er ausschaut, wie er mich anschaut, sich anfühlt, mich festhält, sich vor der Hausarbeit zu drücken versucht und öfter auch mal nörgelt und meckert.

Ganz liebe Grüße

Anna und Sebastian

Hand in Hand immer noch auf rosa Schäfchenwolken schwebend und ihre Liebe und ihr Leben nicht bereuend!

Danke an

- Susanne Froch, die sich viel Zeit genommen hat, um den Roman zu korrigieren und inhaltlich zu kontrollieren!
- Julia Krämer, die erfrischend kritisch ohne Skrupel äußerte, wenn ihr etwas nicht gefiel und mir damit sehr geholfen hat!
- Brigitte Fehling, die kostbare Zeit opferte, um gemeinsam mit mir Titel und Cover zu finden!
- Last not least auch an meine Mutter, die als versierte Romanintensivleserin gute Ratschläge für mich hatte.